HELGONET

Carin Gerhardsen

Pocketförlaget

www.pocketforlaget.se
redaktion@pocketforlaget.se

Svensk utgåva enligt
överenskommelse med Nordin Agency.
Originalutgåva utgiven av Norstedts.

Omslag: Niklas Lindblad
Omslagsfoto: Eva Lindblad, 1001bild.se

Tryck: UAB PRINT-IT 2012

ISBN: 978-91-86675-72-1

Jag famlar kring i detta dunkla rum,
jag känner klippans vassa kant mot mina fingrar,
jag river mina uppåtsträckta händer
till blods mot molnens frusna trasor.

Ack, mina naglar sliter jag från fingrarna,
mina händer river jag såriga, ömma
mot berg och mörknad skog,
mot himlens svarta järn
och mot den kalla jorden!

Ångest, ångest är min arvedel,
min strupes sår,
mitt hjärtas skri i världen.

Pär Lagerkvist

Ur Ångest – Pär Lagerkvist

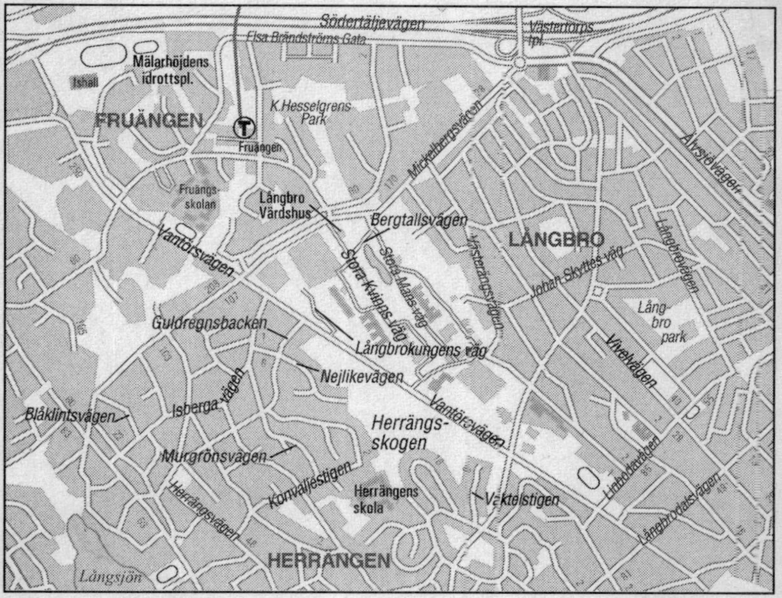
Södertäljevägen
Elsa Brändströms Gata
Västertorps tpl.
Mälarhöjdens idrottspl.
Ishall
FRUÄNGEN
K.Hesselgrens Park
Fruängen
Fruängs-skolan
Långbro Värdshus
Mickelbergsvägen
Älvsjövägen
Bergtallsvägen
LÅNGBRO
Västerängsvägen
Vantörsvägen
Stora Mans väg
Stora Kvinns väg
Johan Skyttes väg
Långbrovägen
Lång-bro park
Guldregnsbacken
Långbrokungens väg
Vivelvägen
Nejlikevägen
Blåklintsvägen
Isberga vägen
Vantörsvägen
Herrängs-skogen
Murgrönsvägen
Lindbodavägen
Konvaljestigen
Herrängens skola
Väktelstigen
Herrängsvägen
Långbrodalsvägen
HERRÄNGEN
Långsjön

Augusti 2009, natten mellan lördag och söndag

Nattens mättade dofter fyllde hans näsborrar och det var fullständigt vindstilla. Månen som för en stund sedan hängt stor och gyllene strax ovanför trädtopparna var nu på väg bort. Inne bland träden stod ett rådjur och betraktade honom med styv nacke och uppåtpekande öron. En get, tänkte han. Den korrekta benämningen för en rådjurskona var faktiskt get. Vid hennes sida kunde han urskilja ett kid som obekymrat rotade vidare i buskarna efter något ätbart, utan att ägna honom det minsta intresse.

Gud är god, konstaterade han. I natt håller Gud sin vakande hand över oss.

Han var ensam under stjärnorna, ensam på promenadstråket i Herrängsskogen. Tankarna avlöste varandra, flöt igenom hans medvetande utan att slå rot. Skolungdomarna, vad hade de för sig en varm och klar kväll som den här? Inga berusade tonåringar hade synts till sedan han gått hemifrån. Kanske hade dessa veckor utan plikter tagit ut sin rätt. Kanske var de mätta på kravlöst umgänge och frihet och beredde sig på att återgå till fållan. Och de hemlösa, vad gjorde de just nu? Samlade krafter inför en ny skoningslös vinter? Förutsättningarna hade onekligen varit de bästa den här sommaren. Vad fotbollstjejerna hade för sig kände han sig tämligen övertygad om: de sov, laddade inför morgondagens match. De framsteg som gjorts under de senaste veckorna och den geist som laget visat under träningen i torsdags övertygade honom om att det bara kunde gå på ett sätt: de skulle vinna. Och det var välförtjänt. Alla de timmar som både tjejerna och han själv hade lagt ner på den där gräsplanen hade gett resultat.

Vilken sommar. Vilken kväll. Högt i tak med pokergubbarna på Långbro Värdshus. Sill och strömming, grillat i världsklass, gott att dricka och humöret på topp hos alla inblandade. Också hos Janne Siem som dragit det kortaste strået när det kom till själva betalningen. Men den som sig i leken ger ... Nu var det en gång så att pokerkassan skulle festas upp varje år och den som förlorat mest bidrog naturligtvis mest. I år råkade det vara Siem som inte riktigt haft Fru Fortuna på sin sida, men inte hängde han läpp för det. Även Staffan Jenner hade varit på bättre humör än vanligt. Han levde verkligen upp när han kom i lag med pokergänget och fick anledning att glömma livets vedermödor för några timmar. Stackars Staffan, han borde flytta ifrån det där huset, lägga allt det tråkiga bakom sig och börja om på nytt. Som Lennart hade gjort efter skilsmässan. När Lennart Wiklunds fru lämnat honom hade han rest sig upp och gått vidare, alltid lika uppåt och en stor tillgång i sociala sammanhang som det här.

Han plockade fram mobilen ur fickan, förflyttade med van hand pekfingret över displayen och skulle just stoppa ner telefonen igen när han såg en rörelse i ögonvrån. Det var rådjuret som tycktes ha kommit till beslut. Utan förvarning tog hon ett elegant språng in bland träden för att strax därpå helt uppslukas av mörkret. Kidet såg han inte till, men förmodligen tog det samma väg. Av augustimånen syntes nu inte ett spår. Han drog ett djupt andetag och lungorna fylldes av fuktig sensommarluft.

Gud är god, konstaterade han på nytt. I natt vill Gud oss väl.

Han genomfors av en överväldigande känsla av glädje, av tacksamhet där han gick, ensam under stjärnorna i Herrängsskogen.

Det första skottet träffade honom i ryggen och det andra, sedan han fallit, med stor precision i nacken.

Möjligen var Sven-Gunnar Erlandssons Gud inte lyhörd för det högstämda. Han tycktes slå blint, utan att beakta de tankar som vid samma tid och alldeles i närheten inte var fullt så höga och rena.

– Han vet om det, jag är säker på att han vet. I åratal har han känt till vad jag gjorde och ändå håller han mig under sina vingar …

– Ingenting kan stoppa mig. Jag vill, jag törs. Lugnt och fint, jag är så nära nu …

– Och alltid med ett leende. Som om det inte hade hänt. Först en örfil, sedan en kram. Och allt ska föreställa vara glömt. Fast det är det ju inte, kan inte vara …

– … ingen heder i kroppen, alltid dessa tjuvknep. Vare sig det gäller laguttagning, domslut eller poker. Och alltid med det där skenheliga leendet …

– Jag ska döda honom, jag vågar, jag ska döda. Ni ska få se, jag kan göra det. Jag ska göra det …

– Två gånger, två förbannade gånger har det hänt och han låtsas inte om det. Fast han vet att jag vet att han vet …

– Han skriver om reglerna efter sina egna behov, den jävla hycklaren …

– Man sitter som i en rävsax, måste bli fri ifrån det här oket …

– Om han försvann skulle trycket över pannan lätta och jag kunde få leva mitt eget liv …

– Och vi sitter som lallande fånar allihop, nickedockor, och bara håller med …

– Jag kan, jag törs, andas djupt. Ett skott i nacken ska han få, rent och snyggt …

Söndag morgon

Kriminalkommissarie Conny Sjöbergs sommar hade varit intensiv: långa dagar av arbete med att färdigställa sommarstugan och ljusa nätter med alldeles för mycket mat och vin. Vilket tyvärr inte riktigt tog ut varandra, utan för den uppmärksamme nu kunde skönjas på den inte längre helt ungdomliga kroppen. Familjen Sjöberg hade flyttat tillbaka till stan på fredagen för att ungarna skulle börja vänja sig vid normala sovtider inför måndagens mjukstart på dagis och fritids. Lördagen hade tillbringats på Gröna Lund under näst intill kaotiska former, med två vuxna på fem barn med fem olika viljor som drog åt alla håll. Men det fina i kråksången var att de numera kunde göra sådana saker tillsammans, att alla barnen nu hade blivit tillräckligt stora för att man skulle kunna ägna sig åt lite mer stimulerande aktiviteter än att krypa omkring på alla fyra eller leka rollekar. Tvillingarna hade verkligen vuxit till sig under sommaren. Och lugnat ner sig. Detta, i kombination med det ljuvliga sommarstället som så sakteliga växte fram i Bergslagen, ingav honom lugn, en känsla av befrielse. Nu var den tiden äntligen förbi när middagssömn, barnvagnar, nappar, välling och barnskrik styrde tillvaron.

Lik förbannat blev han väckt klockan halv sex på söndagsmorgonen. Dock av telefonen den här gången.

♣

Jens Sandén hade hunnit jobba en vecka efter semestern och var redan tillbaka i lunken. Efter stroken 2007 hade den nu femtiotreårige kriminalinspektören, tvärtemot vad någon kunnat förutspå, ryckt upp sig ordentligt och tappat inte mindre än tjugotvå kilo. Han åt hälsosamt, tog ofta en långpromenad före frukost och spelade tennis med sin gamle vapendragare Conny Sjöberg varje fredagsmorgon. Rent allmänt kände han sig i strålande form, och det faktum att den lindrigt förståndshandikappade dottern numera hade livet under kontroll gjorde inte saken sämre. Även hon hade återgått till sitt arbete – bakom receptionsdisken i polishuset – och snabbt funnit sig tillrätta igen efter sommarledigheten.

Den här morgonen hade Sandén vaknat för egen maskin vid kvart över fem, kokat ett ägg i mikron i den nyinköpta manicken från Designtorget och var nu i färd med att dra på sig regnställ och stövlar för att ge sig ut på morgonpromenad. Men dessa planer kullkastades när telefonen ringde och han ombads sätta sig i bilen för att ta sig ut till Herrängsskogen. Nåja, tänkte han, regnkläderna skulle komma väl till pass där också.

♣

Det ösregnade. Efter en fantastisk sommarkväll hade det under småtimmarna drivit in molnbyar från Östersjön som nu höll på att tömmas över Östsverige. Allt för att försvåra för oss kriminaltekniker, tänkte Gabriella Hansson där hon stretade på med vagnen i lervällingen på Nacka Golfklubbs femte fairway. Allt för att försvåra för oss golfare tänkte Hedvig Gerdin när hon såg bollen slå ner och tvärstanna i modden, uppskattningsvis tjugo meter före green, efter en duffad järnfemma. Hon gjorde ett halvhjärtat försök att torka av det såphala klubbskaftet på en genomblöt handduk och stoppade klubban i bagen innan hon gick och hämtade den inte helt oansenliga torvan hon skickat iväg med bollen Med baksidan av handen torkade Hedvig – sedan ett drygt år tillbaka oftast kallad Gäddan – bort leran som stänkt upp i ansiktet på henne vid det halvt misslyckade slaget.

Hon var femtiofem år gammal, och hade efter närmare trettio års bortovaro från polisarbetet nu återinträtt i tjänst, och detta med inspektörsgrad vid Hammarbypolisen. Hennes framlidne man hade varit FN-tjänsteman vid Världshälsoorganisationen i Genève fram till sin död ett par år tidigare, och hon hade under tiden varit hemmafru i familjens villa i Soral. Under den tid som blev över när hon inte ägnade sig åt familjen och hushållet hade hon förkovrat sig, underhållit sina teoretiska polisiära kunskaper och dessutom skaffat sig en svensk juristexamen av doktorsgrad. Och lagt ner en och annan ledig timme på golfbanan, vilket hade resulterat i ett handicap som pendlade mellan 6 och 8.

Med sitt sjätte slag lyckades Hansson få upp bollen på green, men gick långt förbi flaggan som stod kort. Gerdin lade med en nätt chip upp sig en halvmeter från hål och sänkte för par, trots att hennes medspelares mobil ringde precis när hon skulle putta.

– Hansson ... Okej ... Ska jag ta med Gäddan? Vi är på golfbanan ... Det kan ta en stund, vi är så långt ifrån parkeringsplatsen som det överhuvudtaget går att komma ... Fyrtiofem minuter. En timme max ... Jag säger till teknikerna att sätta upp ett undersökningstält så fort som möjligt. Och se till så att de inte trampar omkring för mycket runt kroppen är du bussig.

– Slutspelat? undrade Gerdin.

Hansson nickade.

– För oss och för någon pokerspelare i Älvsjö. Jag puttar ut i alla fall, sa hon och lyckades utan större entusiasm smått sensationellt sänka sin tjugometersputt för dubbelbogey.

♣

Som något slags utslag, ett lindrigt eksem; för det mesta tänkte man inte på det men ibland kliade det till förbannelse. Ungefär så brukade den trettioettåriga polisassistenten Petra Westman sammanfatta känsloläget under sömnlösa timmar. Det hade nu gått nästan tre år sedan den där kvällen då hon blivit drogad på Clarions bar och sedan transporterad till en villa i Mälarhöjden där hon våldtagits av två män. Den ene, överläkaren Peder Fryhk, skakade nu galler på Norrtäljeanstalten och det skulle han förhoppningsvis fortsätta med i ytterligare några år. Med hjälp av åklagaren Hadar Rosén hade hon lyckats med konststycket att få Fryhk fälld för flera våldtäkter utan att själv överhuvudtaget figurera i utredningen. Men det mesta talade dock för att hon inte var så inkognito som hon hoppats, för bilder från våldtäkten hade vid flera tillfällen dykt upp i allt annat än angenäma sammanhang.

Polismästaren Roland Brandt hade fått en invit med vidhäftad bild skickad till sig från hennes egen e-postadress. Den hade han tagit på fullaste allvar, försökt få henne i säng och när inte det lyckats i stället gett henne sparken på grått papper. Vilket hade avblåsts först i sista minuten av en rådig Sjöberg. Sedan hade en filmsekvens från samma tillfälle gått iväg från Hamads e-postadress, och fan vet hur många som sett den. Och som om inte detta varit nog hade hon gått rakt i fällan och nästan brutit med Hamad på kuppen, fast han var en av dem som stod henne absolut närmast.

Och allt detta hade regisserats med säker hand av Den andre mannen, som hon kallade honom. Han som höll i kameran. Han som zoomade in smärtsamma penetrationer i medvetslösa kvinnokroppar för att sedan våldta själv när kameran slagits av. Han som var så ljusskygg att de andra utnyttjade kvinnorna förmodligen inte ens kände till hans existens. Han som kanske till och med arbetade i polishuset på Östgötagatan 100 och därmed befann sig i hennes närhet nästan varje dag. För hur skulle han annars ha kommit över hennes passerkort och haft tillgång till både hennes och Hamads datorer? Nej, att Den andre mannen befunnit sig i huset var bortom rimligt tvivel, men vem var han? Petra Westman hade absolut ingen aning.

Och det var det som gnagde i henne. Själva våldtäkten, som hon ändå knappt varit mentalt närvarande vid, och de fysiska och psykiska efterverkningarna hade hon till viss del lyckats tränga undan. Men det faktum att Den andre mannen levde och verkade mitt ibland dem gav henne kalla kårar. Han hade inte stört henne på över ett år, så visst vore det bäst att bara svälja förtreten och gå vidare. Men det kliade ibland. Så in i helvete.

Därför gjorde det inte så mycket att telefonen ringde strax efter halv sex på morgonen, den sista dagen på semestern.

♣

Det var inte möjligt. Det kunde inte vara sant att telefonen ringde så tidigt en söndag, och under semestern dessutom. Han hade inte gått upp före nio en enda gång under hela sommaren, och inte blev han mer sugen när han hörde regnet smattra mot fönstret. Han kastade en blick bort mot Mercury, men han sov oberört vidare trots att det måste ha gått fram minst tre signaler. Den sexårige sonen hade i vanlig ordning sparkat av sig täcket, som brukade hamna på golvet redan innan han somnat.

Odd Andersson var trettioåtta år och hade kommit från cityspan till Hammarbypolisen i oktober föregående år. Med klockren tajming gjorde han entré i det blå ovala rummet bara ett par dagar efter att han inför en och en halv miljon tv-tittare med en hårsmån misslyckats med att gå vidare från en fredagsfinal i Idol 2008. I likhet med en ansenlig del av det svenska folket skapade Conny Sjöberg och hans underordnade snabbt en plats i sitt hjärta för den gamle rockaren. Efter att han under en kort period fått gå under det ganska svåruttalade namnet Idol-Odd hade Jens Sandén tröttnat och i stället föreslagit Loddan. En lodda, sa han, är en ful fisk med stor mun som leker i stora stim men inte är så god att äta. Därför tyckte han att det kunde passa bra på Idol-Odd som på så vis också kunde få vara sällskap åt Gäddan i akvariet – det stora glashuset på Östgötagatan 100. Och i konsekvensens namn dröjde det inte länge innan lille Mercury hade blivit Mörten med Hammarbypoliserna.

Innan telefonen hann ge ifrån sig ytterligare en signal lyfte han luren.

– Okej ... Ja, det blir kanske bäst så ... Jag får ta med grabben i så fall, han bor hos mig ... Äh, han får väl sitta och plonka i bilen, det är lugnt ...

♣

När den sömndruckne polisassistenten Jamal Hamad högst motvilligt gjorde morgontoaletten var hjärnan fortfarande upptagen med att bearbeta gårdagens intryck. Lördagskvällen hade han tillbringat på Pride-festivalen, av alla ställen. Inte för att han var särskilt road av själva företeelsen, han ansåg att alltför mycket fokus låg på det sexuella, det extrema. Seriösa programpunkter om tolerans och sexuellt likaberättigande i all ära, men allvarligt talat – dildokubb? Skulle sådana inslag skapa ökad förståelse för hbt-frågor? Han befarade att det snarast var tvärtom. Nu var det hur som helst varken jippo eller politik som lockat dit honom, utan han var där av högst personliga skäl.

I Tantolunden och i omedelbar närhet till en husvagn där man, om man var beredd att vänta i trettio minuter, kunde få reda på om man hade hiv eller klamydia, ägde en paneldebatt rum. Här samtalade en representant från RFSL, en från Rättsmedicinalverket, en forskare från kriminologiska institutionen vid Stockholms universitet, ett par politiker från olika block samt ett par poliser om jämställdhet, sexuellt likaberättigande och hatbrott. Öppningsanförandet hölls av ingen mindre än den ställföreträdande polismästaren vid Hammarbypolisen, Gunnar Malmberg. Våldtäktsmannen Gunnar Malmberg. Att det var han som var Den andre mannen var det bara Hamad som visste.

Av det Malmberg sa under de tio minuter han talade var det framför allt några saker som fick Hamad att haja till: ”Trovärdighet är av största vikt, speciellt inom en organisation som polisen. För att jämställdhetsarbetet ska få trovärdighet är det dags att gå från ord till handling.” ”Empati. Vi är alla medansvariga till att upprätthålla könsmaktsordningen. Män borde sätta sig in i kvinnors situation. Skulle män i allmänhet göra det, skulle vi inte behöva något jämställdhetsarbete.” ”All erfarenhet visar att jämställdhet är en oerhört verksam kraft mot våldet. Det finns inga onda människor – det är de goda människornas tystnad som jag har så svårt för.”

Fy fan. Hamad genomfors av en rysning när han låste ytterdörren bakom sig för att åka ut till brottsplatsen i Älvsjö.

♣

Man hade fått upp ett tält över kroppen, men den döde mannen var en sorglig uppenbarelse där han låg i något som liknade framstupa sidoläge. Kläderna var fullständigt genomvåta, men regnet hade effektivt avlägsnat allt blod från asfaltsvägen han låg på. För de gapande hålen i nacke och hals vittnade om att det måste ha varit mycket blod. Dessutom tydde allting på att han skjutits också i ryggen.

Han var propert klädd i mockaloafers, beige byxor, ljusblå skjorta och marinblå kavaj. En elegant klocka skymtade fram under manschetten och på vänster hands ringfinger satt en guldring. Man hade i ett tidigt skede tömt mannens fickor för att rädda så mycket som möjligt undan regnet. I kavajens innerficka hade plånboken legat kvar och den innehöll både kort och kontanter, vilket talade emot rånmord. Enligt körkortet var offret femtiotvå år och hette Sven-Gunnar Erlandsson.

Sjöberg, Hamad, Westman och Andersson stod utanför undersökningstältet och tittade in för att göra sig en bild av brottsplatsen. Två tekniker arbetade där inne. Det föreföll vara ett hopplöst företag att vaska fram några som helst spår efter mördaren bland vattenpölarna på asfalten.

– Det var en fin kväll igår. Är det någon som har koll på när det började regna? undrade Sjöberg.

– Jag gick och lade mig vid tolvtiden, då var det fint, svarade Andersson.

– Vid kvart i ett när jag kom hem hade det mulnat på lite, sa Hamad.

– När jag gick upp vid kvart över fyra regnade det floder och det har det gjort sedan dess, intygade Hedvig Gerdin, som plötsligt dök upp med Bella Hansson, Sandén och rättsläkaren Kaj Zetterström i släptåg.

– Det är bra, då skyller vi på dig, Gäddan, sa Sandén. Kul att se er allesammans, har sommaren varit bra?

– Mm, fram tills nu då, svarade Sjöberg. Tack för att ni ställer upp.

Han tog ett steg åt sidan för att Hansson och Zetterström skulle kunna ta sig in i tältet.

– Jag tänkte att det var bra om allihop var med från början, så slipper vi dra alltsammans igen på måndag. Ni får kompensationsledigt vid något annat tillfälle, hoppas det är okej. Om ni tar er en titt där inne, fortsatte Sjöberg och riktade sig till Gerdin och Sandén, så tar vi en sväng här ute. Jag ska växla några ord med de poliser som var först på plats.

Vid avspärrningsbanden en bit bort på vägen stod två uniformerade poliser, en man och en kvinna, som såg ut att hoppas på bättre tider. En av dem vände ansiktet upp mot himlen, men den gav inte hopp om väderomslag inom den närmaste framtiden, utan var oförändrat jämngrå.

– Vem hittade kroppen? frågade Sjöberg.

– En joggare, svarade den kvinnliga polisen. En ung tjej som bor här i närheten. Vi skickade hem henne.

– Hade hon sett eller hört något?

– Ingenting. Det här var vid femtiden.

– Rörde hon honom?

– Hon letade efter puls, men det var rätt uppenbart att han var död, så hon gjorde inga upplivningsförsök. Hon kände dessutom offret.

– Kände hon honom? Hur då?

– Han var tydligen hennes fotbollstränare, förklarade den andre. Hon var väldigt skakad. De hade visst en match idag också.

– Fy fan. Hur gammal är hon?

– Tretton. Josefin Siem, heter hon. Du ska få hennes uppgifter.

Han krånglade fram ett anteckningsblock från någonstans under regnstället, rev av en sida och gav den till Sjöberg som nickade till tack och gick tillbaka till undersökningstältet där de andra slöt upp.

– Ruggigt, sa Sandén och skakade på huvudet. Han ser ut som vilken helyllesvensson som helst.

– Han lär vara fotbollstränare, sa Sjöberg. Enligt tjejen som hittade honom.

– Det fanns både kreditkort och pengar i plånboken, sa Gerdin. Över tusen kronor. Så han verkar inte ha blivit rånad.

– Å andra sidan hade han ingen mobil och det får väl betraktas som ganska ovanligt 2009, tyckte Sandén.

Sjöberg var tveksam.

– Mobilrånare brukar vara unga grabbar som i värsta fall använder kniv. Jag håller det för högst otroligt att ett gäng tonårskillar skulle skjuta skallen av någon för en mobiltelefon. Något annat ni har lagt märke till?

Hansson tittade fram i tältöppningen.

– Jag tänkte att ni ville veta vad vi hittade på honom. Plånboken känner ni till. Sportigt armbandsur av märket Seiko. Guldring utan inskription, antagligen en vigselring eftersom den satt på vänster ringfinger. Och så hade han fyra spelkort i bröstfickan på kavajen.

– Ess? undrade Westman.

– Nja, något av korten var nog ett ess, men inte allihop.

– En fuskare kanske? funderade Hamad. Enligt gammal fin tradition skjuter man fuskare i huvudet.

– Vad hände med tjära och fjädrar? suckade Sandén.

Också Zetterström dök upp inifrån tältet.

– Han blev inte skjuten i huvudet, utan i nacken. På nära håll och med ett grovkalibrigt vapen, skulle jag gissa. Kulan gick tvärs igenom halsen, så den lär ni väl hitta här i krokarna, gissar jag. Antagligen sköts han först i ryggen på en fem tio meters håll. Han bör då ha fallit framåt, varpå mördaren kom upp nära inpå och placerade ytterligare en kula i nacken på honom. Jag har inte hittat något utgångshål efter det första skottet, antagligen tog kulan i ryggraden och ändrade riktning så att den blev kvar inne i kroppen någonstans. Men jag återkommer när jag har kommit igång med obduktionen.

Rättsläkaren drog sig tillbaka in i tältet och Hansson tog upp tråden igen.

– Och så hittade vi en handskriven lapp i samma ficka som spelkorten. Men den är så uppblött av allt regnande att det inte går att tyda texten. Det ser ut att kunna vara både siffror och bokstäver, men det är väldigt utflutet.

– Ett telefonnummer kanske? Eller en adress? föreslog Andersson.

– Mycket möjligt. Jag ska göra vad jag kan för att få den i läsbart skick. Det var allt.

– Tack för det, sa Sjöberg. Jag ska ta reda på var han bor, om han har några anhöriga och om han har anmälts försvunnen.

Han slängde en blick på sitt armbandsur.

– Klockan är inte sju än, så det är ju mycket möjligt att ingen har hunnit sakna honom ännu. För någon anhörig har han nog, av ringen att döma. Vi tar oss tillbaka till bilarna.

Därefter slog han numret till Lundin, som han redan visste

tjänstgjorde som vakthavande befäl på stationen eftersom det var han som ringt och väckt honom för inte alltför länge sedan. Av honom fick han en stund senare reda på att Sven-Gunnar Erlandsson inte anmälts saknad, att han bodde på Vaktelstigen 16 i Herrängen samt att också hans hustru, Adrianti, var skriven där.

♣

– Adrianti? sa Gerdin när hon och Sjöberg förberedde sig för att gå och ringa på familjen Erlandssons dörrklocka. Vad är det för konstigt namn?

De befann sig i ett trevligt egnahemsområde med uppvuxna trädgårdar, alldeles invid ett skogsparti som effektivt avskärmade de boende från två ganska tungt trafikerade vägar i närheten. Det var i samma skog Sven-Gunnar Erlandsson hade hittats, fast några hundra meter därifrån. Huset var målat i en grön ton som möjligen kunde kallas oliv, men till skillnad från de kringliggande villorna var det påbyggt på höjden och påminde om en grosshandlarvilla i miniformat.

Himlen hade ljusnat något, och det som återstod av regnvädret duggade ner på dem när de gick förbi Audin på den asfalterade uppfarten och fram till förstubron. Sjöberg tryckte på knappen och en behaglig ringsignal fortplantade sig genom väggarna och ut till dem. Det dröjde bara några sekunder innan dörren slogs upp av en medelålders kvinna i morgonrock och lammskinnstofflor. Hon stirrade på dem med ett jagat uttryck utan säga något. Sjöberg hade polislegitimationen i beredskap och sträckte fram den mot henne.

– Jag heter Conny Sjöberg och är kommissarie vid Hammarbypolisen. Det här är Hedvig Gerdin, kriminalinspektör.

– Har det hänt något? sa kvinnan oroligt. Är det Svempa?

Sjöberg lade genast märke till den starka brytningen och konstaterade att hon av utseendet att döma antagligen var av sydostasiatiskt ursprung. Det svarta håret var slarvigt uppsatt i en hästsvans som höll på att falla sönder. Med armarna krampaktigt korslagda över bröstet och uppskjutna axlar gav hon intryck av att nyss ha stigit ur sängen. Och att uppvaknandet inte var det bästa.

– Är du Adrianti? Sven-Gunnar Erlandssons fru? frågade Sjöberg med ett ansiktsuttryck som han hoppades inte avslöjade alltför mycket av deras ärende.

Hon nickade.

– Vi skulle vilja komma in och prata med dig. Går det bra?

Hon nickade igen och tog ett steg tillbaka för att släppa in dem. De befann sig nu i en liten hall med pärlspont på väggarna och en trasmatta på golvet. De klev ur sina leriga stövlar på dörrmattan och följde efter henne in i huset. Efter att ha passerat en trappa som ledde upp till övervåningen och dessutom fått en glimt av ett hemtrevligt vardagsrum med böcker i hyllorna och ett gammalt piano vid ena väggen hamnade de i köket. Det var ett stort lantkök med plats för tio personer runt ett vitmålat träbord i allmogestil, och även här låg det trasmattor på golvet. Den välbekanta doften av curry påminde Sjöberg om att han inte hunnit få i sig någon frukost. Med darrande händer drog kvinnan ut en stol åt sig själv och satte sig ner med en suck. De båda poliserna slog sig ner mittemot henne och Sjöberg skulle precis ta till orda när hon förekom honom.

– Han kom inte hem igår kväll. Jag gick och lade mig vid midnatt och då hade Svempa inte kommit hem ännu. Och nu när jag vaknade hade han fortfarande inte dykt upp. Vad är det som har hänt?

Hon flätade ihop fingrarna framför munnen och spände dem med sådan kraft att knogarna vitnade.

– Han hittades död för ett par timmar sedan, svarade Sjöberg rakt på sak. Alldeles i närheten. På promenadvägen här borta i skogen. Jag är hemskt ledsen.

Hon stirrade förfärat på honom, oförmögen att säga något. Han lät den fasansfulla nyheten sjunka in när det plötsligt hördes knarrande steg i trappan. Strax därpå dök en ung kvinna upp i dörröppningen, barfota och i pyjamas. Hon såg ut att vara i tjugoårsåldern och lät förvånat blicken vandra från Sjöberg till Gerdin för att slutligen möta sin mors. Eller var det kanske hennes styvmor? De blå ögonen och det blonda håret talade för det. Ett stråk av oro drog förbi hennes ansikte när hon med en blick bort mot digitalklockan på mikrovågsugnen försäkrade sig om att det verkligen var så tidigt som hon trodde.

– Har det hänt något? frågade hon med ett halvhjärtat försök till leende. Är det pappa? Adri?

Tilltalet övertygade Sjöberg om att han gissat rätt. Styvmodern fick inte fram ett ord, så Sjöberg kände sig tvungen att svara i hennes ställe.

– Sven-Gunnar Erlandsson, är det din pappa?

Hon nickade.

– Jag beklagar, men han hittades död för en stund sedan.

Gerdin reste sig upp och lade armen om flickan som började gråta, en tyst och stillsam gråt, och hjälpte henne sedan att sätta sig.

– Vad hände? frågade hon matt, med tårarna rinnande nedför kinderna.

– Han blev skjuten, svarade Sjöberg. En motionär hittade honom vid femtiden på skogsvägen här borta. Vet ni var han hade varit?

– På Långbro Värdshus, svarade Adrianti Erlandsson med sprucken röst.

Hon harklade sig och fortsatte.

– Pokergänget gör av med kassan en gång om året. Äter och dricker upp alla pengarna. Det brukar bli sent, så jag var inte orolig över att han inte var hemma när jag gick och lade mig.

Så kom tårarna också för henne.

– Lilla gumman, sa hon och drog flickan intill sig. Lilla älskade Ida.

Så satt de lugnt och sansat och gav tröst och värme till varandra. Sjöberg tyckte att hela scenen präglades av värdighet. Lågmäld sorg och kärlek.

– Finns det fler barn? frågade han försiktigt.

– Ja. Jag måste ringa till Anna och Rasmus.

– Vi ska inte plåga er med en massa frågor. Men för att komma vidare med det här skulle vi ändå behöva få reda på några saker nu genast. Så får vi återkomma med resten vid senare tillfälle. Vi behöver namn och adress eller telefonnummer till dem som var med under kvällen igår. Kan ni hjälpa oss med det?

Adrianti Erlandsson kysste flickan på pannan, samlade sig och vände sig mot Sjöberg.

– Staffan, sa hon. Staffan Jenner, Svempas bästis. Han bor inte så långt härifrån. På Blåklintsvägen. Lennart Wiklund. Han bor borta på Långbrokungens Väg numera. Och så var det Janne Siem, som bor i Långbro.

Sjöberg hajade till.

– Siem? upprepade han. Har han händelsevis en dotter som heter Josefin?

Hon såg förvånat på honom.

– Ja, hon spelar i laget som Svempa tränar. Hur så?

– Det var hon som hittade honom. När hon var ute och joggade.

Ida såg upp på honom med grumliga ögon och gav sedan sin styvmor en svårtolkad blick. Styvmodern såg nu om möjligt ännu mer skärrad ut.

– Stackars barn, sa hon och skakade på huvudet. Jag ... vet inte vad jag ska säga ... Jag ska se om jag har deras nummer i mobilen.

Hon reste sig med en djup suck och lämnade köket.

– Ida, vet du om pappa lämnade sin mobil hemma igår kväll? passade Gerdin på att fråga dottern.

– Nej, det skulle han aldrig ha gjort, svarade flickan och drog handen under näsan. Han hade alltid mobilen med sig.

– Vad hade han för mobil?

– En iPhone, sexton gigabyte. Med rött skal. Blev han rånad?

Gerdin tittade frågande på Sjöberg, överlät åt honom att bedöma vad som fick sägas och inte.

– Kanske, svarade han. Vi har inte hittat någon mobil. Däremot var plånboken kvar. Var jobbade din pappa?

– På SEB. Vid Kungsträdgården.

– Vet du om han hade några fiender?

– Fiender?

Ida Erlandsson verkade uppriktigt överraskad.

– Det har jag svårt att tro. Alla älskar pappa. Älskade pappa, korrigerade hon sig.

Adrianti kom tillbaka med mobiltelefonen i handen, och hon hade uppenbarligen också hört frågan.

– Svempa hade inga fiender, sa hon. Jag har aldrig hört någon säga ett ont ord om honom. Generös, hjälpsam, uppskattad på jobbet, engagerad i familjen. Han hjälpte hemlösa och har varit fotbollstränare i många år. Ideellt.

Nya tårar vällde upp i hennes ögon när hon talade, så hon avbröt sig och slog sig på nytt ner vid bordet med händerna för ansiktet. Sjöberg tyckte det var magstarkt att ställa fler frågor nu, så de båda poliserna såg till att få den efterfrågade informationen och tackade för sig.

Söndag förmiddag

Vid niotiden, när alla hade hunnit få i sig något att äta, samlades styrkorna i det blå ovala rummet i polishuset. Sjöberg hade lyckats nå Hansson när hon var på väg från brottsplatsen, men hon ansåg sig inte ha hunnit få fram något nytt som kunde kasta ljus över fallet. Därför avstod hon från att närvara vid mötet och ägnade sig i stället åt analyser i labbet. Åklagaren Hadar Rosén hade åkt in från sommarstugan i Roslagen enkom för detta möte, men hade av allt att döma inte ansett det befogat att byta om från fritidskläder till kostym. En inställning han tycktes dela med samtliga kring bordet, även om det bara var han som bar just kostym till vardags.

Sjöberg öppnade mötet med en kort redogörelse av kända fakta angående mordet, främst för att sätta in åklagaren i fallet. Han sammanfattade också det korta besöket hos änkan och dottern.

– Det finns naturligtvis mycket mer vi vill prata med dem om, men vi låter dem vara ifred idag, så tar vi ny kontakt imorgon.

– Vad arbetade Erlandsson med? undrade Rosén.

– Dottern sa att han var banktjänsteman, jobbade tydligen på SEB.

– Mördades han i Herrängsskogen eller någon annanstans?

– Enligt Bella blev Sven-Gunnar Erlandsson skjuten på platsen där han hittades, svarade Sjöberg. Mycket blod hade spolats bort av regnet, men under kroppen fanns det tillräckligt för att man kunde dra slutsatsen att det var där han mördades. Det mesta tyder som sagt på att han först skadesköts i ryggen och att det hela strax därpå avslutades med ett nackskott.

– En regelrätt avrättning, konstaterade Gerdin.

– Utförd av en feg jävel som inte vågade se offret i ögonen, påpekade Sandén.

– Jag tror fortfarande på fusk i kortspel, sa Hamad. Kan inte se någon annan anledning till att det låg spelkort i hans ficka. Hade det varit en hel kortlek vore det ju en annan sak. Och ett skott i huvudet är faktiskt vad traditionen påbjuder, även om det kanske känns som om det tillhör en annan tid och en annan plats.

– Nu var det ju som sagt inte i huvudet han sköts, utan i nacken, påpekade Andersson.

– Men det var väl hårfint ... Det är samma andas barn, tyckte Hamad.

– Vi vet ju inte hur stora summor det rörde sig om, sa Sjöberg. Men efter vad jag förstod så festade de här killarna upp *hela* pokerkassan igår kväll på Långbro Värdshus. Även om det mot förmodan skulle vara en enda person som fick stå för hela kalaset har jag svårt att tro att det skulle ha handlat om så stora pengar att det vore värt att döda för. Trerätters och fina viner, kanske till och med champagne och konjak för fyra personer. Jag säger tiotusen kronor, och då tar jag i i överkant. Men det är ju enkelt att ta reda på.

– Jag håller med Conny, sa Westman. Tiotusen är alldeles för lite för att man ska få skallen avskjuten.

– Nacken ... försökte Andersson på nytt.

– Inte om karln har satt det i system, envisades Hamad. Han kanske har ägnat sig åt fusk i åratal och till slut rann bägaren över för någon.

– Då skulle det röra sig om hämnd, fortsatte Westman. Och i så fall skulle skottet ha suttit i pannan. Vad är det för hämnd om offret inte ens hinner märka vad som händer? Dessutom verkar det vara fel tillfälle att hämnas när notan redan är betald.

– Jag är fortfarande fundersam angående det där med mobiltelefonen, sa Sandén. Kollade ni om han hade lämnat den hemma?

– Det hade han inte gjort, svarade Sjöberg. Enligt dottern hade han den alltid med sig.

– Då kan vi alltså konstatera att mördaren i alla fall snodde honom på mobilen, sa Sandén. Vad var det för märke på den?

– En iPhone, sa Sjöberg. Med rött skal.

– Sexton gigabyte, förtydligade Gerdin.

– En sådan kostar väl i alla fall en fem sextusen. Men det är ingen som tror på mobilrånare?

Idel huvudskakningar. Sandén ryckte på axlarna, var antagligen inte så övertygad själv heller.

– Att plånboken fanns kvar tycker jag gör att vi kan utesluta rånmord, sa Andersson. Att han blev skjuten i ryggen först tolkar jag som att vi har att göra med ett fegt kräk, precis som Jens sa. Kanske till och med en nybörjare. Men hur som helst en person med avsikt just att döda Erlandsson. Och vem vet – kanske bara för att komma åt mobilen. Kanske innehöll den viktig information. Något värt att döda för.

– Intressant tanke, sa Sjöberg. Eller också hade han den framme och mördaren kunde helt enkelt inte låta bli att lägga vantarna på den. Men vi gör så här: Du Loddan och Jens hör Jan Siem och hans dotter. Jag behöver knappast påpeka att det kan vara läge att ta det lugnt med flickan. Petra och Jamal hör de andra två pokergubbarna, Lennart Wiklund och Staffan Jenner. Gäddan får stanna här och bedriva forskning. Kolla folkbokföringen, brottsregistret, ISP, ASP och så vidare för alla inblandade personer. Själv ska jag kontakta Långbro Värdshus och sedan försöka få kontakt med Erlandssons arbetskamrater, om det nu är möjligt på en söndag.

– Är du alldeles säker på det? sa Gerdin obegripligt.

Samtliga blickar vändes emot henne. Gerdin var en udda fågel som man inte blev riktigt klok på. Antagligen för att hon inte kunde bestämma sig för om hon var en ung tjej eller en dam i övre medelåldern. Tanken hade faktiskt slagit Sjöberg att det möjligen var så enkelt som att de bara hade problem med att sätta etikett på henne, vilket gav upphov till viss irritation. Utom hos Sandén, av alla människor, som tyckte att hon var en ”riktigt jävla skön typ”, som han uttryckte det. Och Hansson förstås, som ägnade en hel del tid tillsammans med henne på golfbanan, där Gerdin tydligen var gud.

– Jag är inte säker på någonting, sa Sjöberg torrt. Vad menar du?

– Är du säker på att det är silkesvantar som gäller för Josefin Siem? Varför inte hårdhandskar?

Ingen sa något på några sekunder, men ett brett flin spred sig i Sandéns ansikte.

– Hon är bara barnet, sa Sjöberg tveksamt. Vart vill du komma?

– Jag tycker bara det är ett märkligt sammanträffande att just hon var först på plats. Vad mig anbelangar kan hon mycket väl ha utfört mordet.

– En trettonåring …?

– De är försigkomna nu för tiden. Ett annat alternativ är ju att hennes far mördade Erlandsson och att lilla Josefin hjälpte honom på något sätt. Till exempel med att göra sig av med vapnet. Hon är fotbollsspelare, har säkert järnkondis och kan mycket väl ha sprungit till Fittja och tillbaka.

Sjöberg nickade tankfullt, var tvungen att ge henne rätt på den punkten. Långsökt visserligen, men fullt möjligt. Vapnet hade inte hittats, trots att man finkammat ett ganska stort område kring mordplatsen.

– Nåja, det var bara en tanke. Bara så att ni håller ögonen öppna, pojkar, avslutade hon och fyrade iväg ett leende mot Sandén och Andersson.

I samma ögonblick slogs dörren upp och Gunnar Malmberg uppenbarade sig i öppningen. Som vanligt oklanderligt klädd, för dagen i jeans och pikétröja, med en klädsam solbränna och en frisyr som helt klart inte utsatts för morgonens oväder.

– Herrejisses, utbrast Sandén, är det inte söndag idag?

– Och semester dessutom? inflikade Gerdin, som i likhet med Sandén inte bekymrade sig alltför mycket om sin ställning i hierarkin, utan tilltalade den ställföreträdande polismästaren som om han vore vem som helst.

– Jag hade några pappershögar jag måste plöja igenom under helgen, svarade Malmberg avmätt, men bytte genast samtalsämne. Jag hörde av Lundin att ni utreder det där Älvsjömordet, stämmer det? Hette han Erlandsson?

– Det stämmer, bekräftade Sjöberg.

– Jag fick ett märkligt samtal alldeles nyss.

Han kastade en blick på klockan som nu var tjugo minuter i tio.

– För ungefär fem minuter sedan. Han ringde mig eftersom jag var polischef, som han kallade det, och berättade att han hade uppgifter angående mordet. Jag kände inte till någonting om det här, men jag gjorde mig beredd att anteckna. Tyvärr sa han inget annat än att vi aldrig skulle ta mördaren, och så lade han på.

– Det var som tusan, sa Sjöberg. Och det var en man, det är du säker på?

– Absolut. Ganska ung, tror jag.

– Hade han någon dialekt?

– Det tänkte jag inte på.

– Ålder?

– Ingen aning, det var rätt bullrigt i bakgrunden också.

– Röstförvrängning? föreslog Gerdin, utan att någon riktigt förstod om hon skämtade eller menade allvar.

– Tja, det är ju möjligt förstås, svarade Malmberg, som uppenbarligen i alla fall tog frågan på allvar. Det är väl rätt svårt att avgöra nu för tiden, eller hur?

– Du skulle inte kunna återge det där samtalet mer eller mindre ordagrant? bad Sjöberg.

– Visst, sa Malmberg och drog upp en handskriven lapp ur bakfickan. Jag skrev ner det som jag mindes det. Med reservation för smärre felaktigheter: "Är du polischef på riktigt eller?" "Ja, det skulle man kunna säga. Ställföreträdande polismästare är den korrekta benämningen." "Jag har intressanta uppgifter rörande mordet på Erlandsson." "Okej, låt höra." "Då kan jag berätta att han som sköt han kommer ni aldrig att hitta. Jävla losers." Det var allt.

– Ja, han ångrar sig i alla fall inte, så nu vet vi det, konstaterade Sandén.

– Tveksam grammatik, anmärkte Gerdin, utan att någon fäste något större avseende vid det.

– Fick du samtalet på mobilen eller via växeln? undrade Hamad, som noggrant antecknade allt Malmberg hade berättat.

– På mobilen visserligen, men via växeln. Det är enda sättet för en utomstående att komma i kontakt med mig telefonledes. Mitt mobilnummer är givetvis hemligt, men jag vidarekopplar alla samtal till mobilen.

– Du nämnde något om buller, sa Rosén, kunde du urskilja vilket slags buller det var?

– Röster? Motorljud? Musik? föreslog Sjöberg.

– Jag skulle nog säga att det var trafikbuller. Det gick så snabbt, jag hann knappt reagera innan det var över.

– Jag kan ta itu med det där, sa Hamad. Jag sätter fart på Telia så får vi reda på från vilket nummer samtalet ringdes och varifrån. Jag kan begära ut Erlandssons telefonlistor också, när jag ändå är i farten.

Sjöberg började samla ihop sina papper.

– Bra, Jamal, sa han. Vi får väl se hur snabba de är en söndag under semestertider. Och tack för informationen, Gunnar. Jag tror vi bryter här. Så tar vi ett nytt möte imorgon bitti klockan nio.

♣

Sandén och Andersson plockade upp Mercury inne hos Lundin, där han satt och ritade efter att enligt uppgift ha lyckats lära det vakthavande befälet två gitarrackord. Sedan gav de sig i Anderssons bil iväg till familjen Siems bostad på Vivelvägen i Långbro, alltmedan sexåringen brassade på för fullt på gitarren i baksätet. Där lämnade de honom en stund senare för att av fru Siem mötas av beskedet att varken Josefin eller hennes far var hemma, utan att de trots det inträffade hade åkt iväg för att spela den planerade bortamatchen i Södertälje.

– Men var flickan verkligen i skick att spela fotboll efter det hon varit med om? frågade Sandén med viss skepsis.

– Vi gjorde bedömningen att det var bra för henne att komma ut och träffa folk, svarade kvinnan. Tänka på annat.

Hon var någonstans mellan fyrtio och fyrtiofem och såg bra ut, även om hon i Sandéns tycke hade aningen mycket smink i ansiktet för en söndagsförmiddag hemma i villan.

– Men såvitt jag begriper var Sven-Gunnar Erlandsson deras tränare. Hur löser de det?

– Janne fick rycka in. Han är tränare för ett annat lag och känner alla tjejerna, så det är inga problem, svarade hon obekymrat.

– Men om lagledaren har mördats ... Är det inte läge att ställa in matchen då? tyckte Andersson. Lämna WO? Tjejerna måste vara upprörda allihop, ha svårt att fokusera på uppgiften?

– Vi gjorde bedömningen, sa hon än en gång, att de inte behövde få reda på något än. Det har inte kommit ut och ...

– Och ...?

Hon stramade upp sig på ett sätt som inte gick de båda poliserna förbi.

– ... det var en viktig match.

Sandén fick anstränga sig för att inte avslöja vad han tänkte.

– Och det är knappast vår uppgift att informera om det som har hänt, fastställde hon.

Sandén var i och för sig benägen att hålla med, men frågade av ren fascination för hennes sätt att tackla situationen:

– Vems uppgift är det då?

Hon ryckte på axlarna.

– Klubbens. Polisens. Föräldrarnas.

– Hade du någonting emot Sven-Gunnar Erlandsson? vågade sig Andersson på att fråga, och hennes ansikte antog nu plötsligt ett helt annat uttryck.

– Inte alls, svarade hon med ett sorgset leende som mycket väl kunde vara äkta. Tvärtom. Han var en fantastisk människa. Vi kommer att sakna honom.

– Fantastisk – på vilket sätt då? undrade Sandén.

Hon såg ut att tänka efter ett ögonblick innan hon svarade, flyttade kroppsvikten till andra benet och verkade söka vägledning någonstans bland molnen.

– God.

Konstpaus.

– Han hade ett gott hjärta. Hjälpsam, hänsynsfull. Han lade ner hur mycket tid som helst på de här tjejerna och deras fotboll. En underbar pappa. Ja, det var ju så han hamnade i det här med fotbollen. Och så, ovanpå det, allt välgörenhetsarbete.

– Välgörenhet?

– Ja, han ägnade sig väldigt mycket åt uteliggarna. Vi kommer att sakna honom, upprepade hon, nu med ögon som Sandén undrade om de inte var på gränsen till blanka.

– Umgicks ni privat? frågade Andersson.

Hon skakade på huvudet.

– Inte familjevis, men Janne och Svempa umgicks en del. Dels genom fotbollen, dels spelade de ju poker ihop.

– Och det gjorde de igår?

– Nej, igår gjorde de bara av med pengarna de hade tjänat ihop. Ja, hur nu det där går till, det vet jag inte. Men igår var de på Långbro Värdshus och åt middag.

– Har du någon aning om hur länge de var kvar där? fortsatte Andersson, utan att avslöja vad han egentligen var ute efter.

– Efter vad jag hörde var de kvar till stängningsdags. Janne var hemma vid halvettiden, skulle jag gissa.

– Då får vi tacka för oss, avslutade Sandén samtalet. Vi lär höra av oss igen.

– Vilken jävla robot, sammanfattade Andersson det hela, när hon stängt dörren om sig och de gick tillbaka till bilen.

Sandén kunde inte annat än instämma.

– Antingen hade hon inte alla hönsen hemma eller också var hon precis en sådan känslokall borgarbracka som hon gav sken av.

– Med inslag av skenhelighet, fyllde Andersson i. Lite som det passar från stund till annan. En *soccer mom* i Chaneldräkt.

– Hade hon det? utbrast Sandén häpet. Chaneldräkt?

– Inte fan vet jag! Tror du jag vet hur en sådan ser ut? Men jag såg tydligt att hon hade någonting på sig i alla fall.

Så började de skratta. Ett rått härligt asgarv.

♣

Omedelbart efter mötet tog Hamad kontakt med Telia, och uppdrog åt dem att återkomma så snart som möjligt med information om från vilka abonnenter samtal inkommit till polisens växel mellan klockan 09.30 och 09.40. För säkerhets skull bad han dem också att göra detsamma för Malmbergs direktnummer respektive mobil. Dessutom satte han dem på det något lägre prioriterade jobbet att generera en lista över inkommande och utgående trafik för Sven-Gunnar Erlandssons mobil. Därefter gav han sig tillsammans med Westman av till Blåklintsvägen i Herrängen.

Staffan Jenner var en udda figur. Trots att han bara var i femtiofemårsåldern var han kutig, grå och insjunken, och byxorna såg ut att hållas uppe enbart tack vare livremmen. Hamad kunde inte undvika att tänka cancertanken, och hade sedan under förhöret påtagliga problem med att slå den ifrån sig. Men Jenner bemötte dem på ett vänligt sätt redan från början, bjöd dem att sitta ner vid soffbordet i vardagsrummet utan att först förhöra sig om deras ärende. Han hade en behaglig röst och ett par intensivt blå ögon som nu mer än något annat uttryckte nyfikenhet.

– Vad hade du för dig igår kväll? började Westman, medan Hamad tog fram anteckningsblocket.

– Jag åt middag på Långbro Värdshus med några goda vänner, svarade han utan omsvep.

– Hur dags var du hemma?

– Vid halv ett.

– Hur tog du dig hem?

– Jag promenerade, det var en fantastisk sommarnatt.

Han log när han sa det, ett knappt synligt leende som kunde betyda allt möjligt, till exempel just det han sa.

– Så det regnade inte då?

– Nej, regnet måste ha kommit sedan jag gått och lagt mig. Det var nästan molnfritt. Vi lade märke till att augustimånen var enorm där den hängde ovanför trädtopparna.

– Vi?

– Ja, till en början gick jag i sällskap med ett par av vännerna som jag tillbringat kvällen ihop med.

Fortfarande inga frågor. Varför undrade han inte vad de ville?

– Var en av dem möjligen Sven-Gunnar Erlandsson?

– Just det, nickade han.

Westman smidde medan järnet var varmt.

– Vilken väg tog ni?

Han svarade omedelbart, behövde uppenbarligen inte tänka efter.

– Vi tog Bergtallsvägen och Stora Kvinns, och i hörnet där vid gamla hispan tog vi promenadvägen ner till Vantörsvägen, där vi skildes från Svempa. Han korsade Vantörsvägen och gick genom skogen. Det finns en promenadväg där som leder hela vägen hem till honom. Lennart och jag gick bort mot Långbrokungens Väg där han bor. Sedan tog jag Guldregnsbacken en liten bit, svängde höger på Nejlikevägen, sedan vänster på Isbergavägen och följde den ända fram till Blåklintsvägen.

Var det inrepeterat? Eller hade karln bara huvudet på skaft? Hamad skrev så att pennan glödde.

– Den vägen har du gått förut, konstaterade Westman med ett torrt skratt.

– Tja, det vet jag inte om jag har gjort så ofta. Men jag kan omgivningarna här, vet vad gatorna heter. Jag har bott här i många år.

Fortfarande samma vänliga tonfall.

– Varför ställer ni alla dessa frågor?

Där kom den.

– Därför att tidigt imorse hittades Sven-Gunnar Erlandsson i den där skogen du nämnde, sa Petra med en blick som var tydligt granskande. Mördad. Avrättad med ett skott i nacken.

Staffan Jenner stelnade till i fåtöljen, drog ett djupt andetag. Rynkade sedan pannan. De båda poliserna studerade hans reaktioner, vägde dem, analyserade. Han släppte ut luften ur lungorna, flyttade oroligt blicken från den ena till den andra. Sedan lutade han sig fram över bordet och lade ansiktet i händerna, medan han upprepade gånger skakade på huvudet. Hamad och Westman utbytte blickar, utan att säga något. Sekunderna tickade på. Slutligen lät han händerna falla ner på bordet och lutade sig tillbaka i fåtöljen med en suck.

– Jag är ... förkrossad, fick han ur sig.

Var han verkligen det? Försökte han intala sig att han var det? Eller ville han få dem att tro att han var det?

– Sven-Gunnar ... Varför kallar jag honom så? Svempa, min

allra bästa vän ... Vad händer nu? Det är kanske dags att flytta nu till slut ... Alla minnen ... Stackars Adri, hur blir det med henne? Och barnen – vad ska de tro?

Hamad kastade en blick på Westman, men hon gav sig inte tid att möta den, hon var fullt upptagen av Jenner. Han verkade inte rikta sig till dem. Fragment av tankar tycktes komma ut genom munnen utan sammanhang. Hamad ville förstå, nöjde sig inte med halva meningar utan substans. Därför återupptog han dialogen.

– Så Erlandsson var din bäste vän? frågade han. Var det ömsesidigt?

Jenner såg på honom med oväntat klar blick.

– Det är ju svårt för mig att svara på, men jag tror det. Jag känner mig övertygad om det. Blev han rånad?

– Det vet vi inte, svarade Hamad sanningsenligt. Umgicks ni familjevis?

– Ja, det gjorde vi på den tiden.

– På den tiden? När var det?

Det hemtrevliga vardagsrummet var fullt av inramade fotografier föreställande barn i alla åldrar, så att Staffan Jenner hade familj var ingen vågad gissning.

– Barnen är utflugna sedan länge. De är tjugosju och tjugofem år gamla.

– Och hustrun?

– Jag är änkling. Och inte omgift, lade han till. Men för att svara på din fråga så kom barnen mycket väl överens, de var någorlunda jämnåriga. Ja, utom Ida då förstås, deras yngsta, men hon hängde på hon också. Så vi umgicks flitigt allihop, det gjorde vi.

Jenner verkade ha återhämtat sig något, svarade klart och redigt även om hela hans uppenbarelse gav ett lite tröttare intryck. Vilket ju fick betraktas som normalt, tvingades Hamad erkänna för sig själv. Men det var något som inte stod riktigt rätt till med den här mannen, han lyckades bara inte sätta fingret på vad det var. Dolde Jenner något för dem?

– Hade han några fiender, Erlandsson? undrade Westman.

Jenner skakade på huvudet.

– Det har jag svårt att tro. Han var väldigt populär i alla kretsar. På jobbet – jag har träffat några av hans arbetskamrater –, inom klubben, i grannskapet. Jag skulle inte tro att någon har ett ont ord att säga om Svempa.

– Och i pokergänget? inföll Hamad. Ingen osämja där heller?

– Absolut inte. Herregud, det är ju bara ett spel.

– Med en hel del pengar inblandade.

Jenner såg tillbaka på honom med en misstrogen rynka mellan ögonen.

– Det var väl att ta i. Vi är fyra personer som träffas någon gång i månaden och spelar i ett par timmar. Huvudsakligen för att umgås. Ingen vinner några pengar, utan de pengar som spelas hem av någon eller några under kvällen går till den gemensamma kassan. Det brukar röra sig om någon tusenlapp i värsta fall. Eller bästa, lade han till. Beroende på hur man ser det.

– Du säger att ingen vinner några pengar, sa Westman. Men de där tusen kronorna du pratar om måste väl ändå någon ha förlorat?

– Självklart är det så, men det rör sig ju oftast om två eller tre personer. Det är som sagt inga stora pengar vi spelar om.

– Så hur mycket pengar var det då ni festade upp igår kväll? ville Hamad veta.

Jenner skakade uppgivet på huvudet och suckade.

– Jag har för mig att det var cirka sju och ett halvt tusen. Jag försäkrar att ingen …

– Och vem stod för fiolerna? avbröt Hamad.

Staffan Jenner suckade igen, men svarade utan knot.

– Det var Janne som hade bidragit mest den här gången. Men förra året …

– Och vem bidrog minst?

Det blev tyst i några sekunder innan Jenner tycktes bestämma sig för att sluta konstra.

– Svempa, svarade han och såg ner på sina händer.

– Han kanske fuskade? föreslog Westman.

Staffan Jenners sorgsna ansikte sprack oväntat upp i ett leende.

– Inte en chans. Det vore helt emot hans natur. Svempa var ärligheten själv. Han var dessutom djupt troende.

– Kyrkligt aktiv?

– Nej, men aktivt kristen, skulle man kunna uttrycka det som.

– Hur menar du då?

Staffan Jenner slog ut med armarna i en gest som fick honom själv att se ut som en frikyrkopastor när han talade.

– Han hade ett stort hjärta. Hjälpte människor i sin omgivning. Fanns alltid till hands när man som bäst behövde det. För sin familj, vännerna och vad jag förstår också fotbollsklubben. Delade ut mat och kläder till hemlösa. Stöttade och uppmuntrade. Man skulle kunna säga att han i allt han gjorde efterlevde den gyllene regeln. Och alla andra budord också för den delen, tillade han och tystnade.

Någonting fick Hamad att reagera. Exakt vad det var hann han inte reda ut just nu. Den gyllene regeln var förvisso inte ett av tio Guds bud, men det var inte det. Det var något som inte kändes sunt med den här relationen, något med sättet han talade som inte stämde. Han framställde sin vän som en gigant – förminskade han sig själv? Såg allt i svart och vitt? Eller var det kanske hur han plötsligt upphörde att tala? Skam? Skuld? Lik i garderoben? Hos honom själv eller hos Erlandsson?

– Du råkar händelsevis inte äga något skjutvapen? undrade Westman.

Staffan Jenner lät händerna falla tillbaka ner i knäet, såg henne rakt i ögonen och svarade med ett leende som innehöll allt annat än glädje:

– Nej, det gör jag verkligen inte. Jag är emot våld.

Det sista sa han med helt oväntad emfas, och Hamad hade kunnat svära på att Jenner var en hårsmån ifrån att börja gråta. Men de tårar som under en bråkdels sekund möjligen skymtade i Staffan Jenners ögon drog sig omedelbart tillbaka utan att han vek från Westman med blicken. Hon studerade honom i några sekunder under tystnad innan hon ställde den sista frågan.

– Kan du komma på någon i kretsen runt Sven-Gunnar Erlandsson som inte är det? Lennart Wiklund? Janne Siem? Adrianti?

Hans isblå ögon uttryckte ingenting annat än övertygelse när han svarade.

– Absolut inte. Det måste vara en vettvilling som ligger bakom det här.

Westman såg inte lika övertygad ut.

– Det får räcka så tills vidare, avslutade hon och reste sig upp. Vi beklagar det inträffade och kommer antagligen att höra av oss igen.

Söndag eftermiddag

Matchen var i full gång när de kom fram till idrottsplatsen i Södertälje, och Sandén kunde genast konstatera att utvecklingen väsentligen hade gått framåt sedan han själv växte upp. På den tiden kunde flickor inte hantera en boll, varken med fötterna eller med någon annan kroppsdel, så var det bara. Men de här tjejerna såg ut att kunna ta en plats i vilket skolgårdslag som helst och det var glädjande. Förmodligen mycket tack vare eldsjälar som Erlandsson. Och Gunnar Malmberg, fick han motvilligt erkänna. Inte för att han egentligen hade något emot den ställföreträdande polismästaren som talade sig så varm för jämställdhetsfrågor, men det faktum att han var just ställföreträdande polismästare var nog för att han också skulle vara irriterande.

Vid den bortre långsidan stod det två bänkar där avbytare och funktionärer höll till, så Sandén och Andersson tog sig runt planen med Mercury rännande med en fotboll runt benen på dem. Sandén siktade in sig på en medelålders man i blå träningsoverall som stod vid sidlinjen och med hög röst delade ut order till tjejerna på planen.

– Jan Siem – är det du det?

– Stämmer. Är ni poliser eller?

Sandén nickade med en åtbörd att plocka fram plånboken ur bakfickan.

– Har ni lust att vänta i tio minuter tills matchen är slut?

– Är det bara några minuter så är det inga problem. Vi vill prata med dottern också.

– Visst, det löser vi, svarade Siem och återgick till sin högljudda ordergivning. Akta rygg där, Soffan!

Efter en liten stund var matchen över, och när övriga spelare och föräldrar börjat dra sig bort mot omklädningsrummen kom Siem och hans dotter fram till de båda poliserna.

– Hur gick matchen, Josefin? frågade Sandén efter att de mer formellt hälsat på varandra.

– Äh, sådär, svarade flickan, fortfarande andfådd efter ansträngningarna på fotbollsplanen.

– Vann ni inte?

– Jodå, men jag spelade inte så bra.

– Inte så konstigt kanske, efter vad du har varit med om. Hade du svårt att koncentrera dig?

– Mm.

Hon drack några klunkar ur en vattenflaska. Väldigt söt var hon, med höga kindknotor och färger som sin far, brunbränd med blå ögon och tjockt mörkt hår uppsatt i en hästsvans.

– Kan du redogöra för vad som hände imorse? Jag vet att du redan har berättat det för poliserna som var först på plats, men dra det en gång till är du snäll.

Hon kastade en blick på pappan som nickade medgivande.

– Jag stack ut och joggade vid halvfemtiden. Som uppvärmning inför matchen eller vad man ska säga.

– Vilken väg tog du?

– Jag sprang bort till Älvsjöskogen och lite längs sjön, sedan upp bland husen ända till skolan. Ja, Herrängens Skola alltså. Och så en bit genom skogen där tills … Ja, tills jag fick syn på Svempa.

– Och vad gjorde du då?

– Först ropade jag till honom. Trodde att han var full kanske, eftersom …

– Eftersom …? sa Sandén uppmanande.

– Ja, eftersom jag visste att de hade varit ute och festat. Pappa var ju med.

Hon tittade lite skamset på sin far som kände sig manad att ingripa.

– Ja, det var ju inte riktigt på den nivån, men det kunde ju inte Jossan veta. Jag menar, att han var död var kanske inte det första som ...

– Okej, fortsatte Sandén. Så han svarade inte. Vad gjorde du då?

– Jag fick syn på blodet och skakade lite på honom.

– Så här? undrade Andersson och tog tag om Sandéns överarm med sina bägge händer.

Hon nickade.

– Och så ringde jag hem. Men det var ingen som svarade.

– Jag hade stängt av mobilen, förklarade Siem. Ville inte bli väckt för tidigt eftersom ... vi hade varit ute ganska sent.

– Och mamma?

– Hon har inte heller mobilen påslagen på natten.

– Har ni inget fast abonnemang? undrade Andersson.

– Nej, intygade fadern. Det fasta nätet har spelat ut sin roll och ...

Han avbröt sig mitt i meningen.

– ... kostar bara en massa pengar? föreslog Andersson.

– Precis. Men vi hade ingen aning om att Jossan skulle ut och springa så tidigt. Då hade vi naturligtvis lämnat telefonerna på.

– Och du ringde från din egen mobil? fortsatte Sandén och vände sig åter till flickan.

– Ja.

– Det får vi kolla upp.

Han riktade sig nu till Andersson, men var vaksam på flickans reaktion. Hon gav sin far en ängslig blick, men den kunde tolkas på olika sätt. Till exempel som tecken på oro över att bli avslöjad som mobiltjuv. Eller som en naturlig reaktion från någon vars trovärdighet plötsligt ifrågasätts.

– Vad gjorde du då? fortsatte Sandén.

– Jag ringde 112. De sa åt mig att stanna kvar. Fast ... jag gick bort en bit.

– Såg du någon i närheten? I skogen eller bland husen?

– Nej. Det var jättedåligt väder.

– Det måste ha varit en väldigt otäck situation?

Hon nickade, flackade lite med blicken.

– Och ändå åker du och spelar fotboll strax därpå?

– Pappa tyckte att ...

– Jag bedömde det som att det var bra för Jossan att få något annat att tänka på, avbröt Siem. Det var en viktig match. Som hon hade sett fram emot. Och livet är ju inte över för att ...

Så hejdade han sig och gav ifrån sig en uppgiven suck. Sandén låtsades inte om faderns inhopp, utan inriktade sig helt på dottern.

– Vad hade du för relation till Sven-Gunnar Erlandsson? Stod ni varandra nära?

– Han var ... Ja ...

På nytt förde hon flaskan till munnen och drog i sig ytterligare någon deciliter vätska. Sandén släppte henne inte med blicken, ville inte missa minsta nyans i hennes ansikte.

– Han var vår tränare. Jag tyckte han var bra. Alla gillade honom. Han var väldigt snäll också. Och hjälpte till mycket.

– Hjälpte till? Med vad då?

– Med att skjutsa. Med att träna oss när den gamla tränaren slutade. Och så hjälpte han uteliggare och så.

Det slog honom att hon antagligen bara rabblade upp sådant som hon hört de vuxna säga. Hur skulle han få reda på vad hon egentligen tyckte? Och de andra tjejerna i laget?

– Var han hård mot er? Sträng? Eller var det mest på lek?

– Vi fick jobba hårt på träningarna. Men det är ju det som är meningen. Tack vare honom så började vi vinna. Men han busade mycket med oss också. Han var jätterolig faktiskt.

Det sista sa hon med ett leende, och det fick sammanfatta hennes känslor för Erlandsson i Sandéns bok.

– Nu skulle vi vilja prata lite med bara pappa. Kan du tänka dig att gå ut och lära lillkillen lite om hur man spelar fotboll under tiden?

– Visst, svarade Josefin Siem, vände sig mot Andersson och bytte plötsligt skepnad. Skulle jag kunna få din autograf? frågade hon med ett närmast kokett leende som saknade varje spår av det allvar som dittills präglat hennes uppträdande.

På nytt var hon den bekymmerslösa trettonåring som hon kanske brukade vara. Hennes pappa såg helt frågande ut när han stumt åsåg hur en småleende Odd Andersson utan kommentarer skrev sin namnteckning på en tom sida i anteckningsblocket, rev loss den och stoppade den i flickans hand, varefter hon glatt sprang tillbaka ut på planen.

– Vad var det där om? dristade han sig att fråga.

– Ingenting allvarligt, svarade Sandén och gav sin kollega en ömsint klapp på axeln. Andersson här har ett förflutet i musikbranschen. Nu skulle vi vilja höra lite mer om gårdagskvällen.

Jan Siem drog ett djupt andetag och gjorde som han blev tillsagd.

– Pokergänget gjorde av med kassan på en krogkväll på Långbro Värdshus. Vi började med sill och nubbe och fortsatte med grillat och rödtjut. Sedan åt vi efterrätt och drack kaffe och konjak. Vi satt kvar tills de stängde vid midnatt, stod och snackade en stund utanför och så gick var och en hem till sitt. Jag gick åt mitt håll och de andra tre åt ett annat. Jag skulle tro att jag var hemma vid halvettiden.

– Vad gick notan på? undrade Andersson.

– Cirka sjutusenfyrahundrasjuttioåtta kronor.

– Det har du hyfsad koll på?

– Det var i princip mina pengar.

– Betyder det att du var en sämre pokerspelare än de andra? inföll Sandén i ett medvetet försök att irritera.

– Nej, det betyder att jag inte har varit så lyckosam under det senaste året. Förra året såg det ut på ett annat sätt.

– Jaså, hur gick det då? frågade Andersson.

– Jag bidrog just ingenting. Det var väl Staffan och Lennart som delade på det då.

– Minsann. Så Erlandsson slapp pröjsa den gången också?

– Precis.

– Är det något speciellt du vill ha sagt? envisades Andersson. För är det det så vore det bäst om det kom fram med en gång.

– Sven-Gunnar Erlandsson blev som bekant skjuten i huvudet, fyllde Sandén i. En gammal beprövad metod.

Andersson valde den här gången att inte anmärka på den något missvisande beskrivningen. Men Siem hade inget att tillägga.

– Jag svarar bara på era frågor. Utan dolda undermeningar, om det är det ni antyder, sa han bara.

– Så du drack snaps, vin och konjak till midnatt och sedan satte du dig i bilen vid ...

Sandén kastade ett öga på klockan. Hon var strax före ett.

– ... åttatiden? Skulle du ha klarat en blåskontroll?

Siem suckade, lade armarna i kors över bröstet och såg ut som en karikatyr av en svensk fotbollstränare i blåsväder.

– Halv nio åkte vi. Dessutom drack jag inga större mängder. Just med tanke på att jag skulle köra bil nu på morgonen. Jag hade planerat redan tidigare att jag skulle skjutsa hit Jossan.

– Så man skulle kunna säga att de andra tre drack upp dina pengar?

Jan Siem såg bister ut, men huruvida frågorna fick honom ur balans var inte lätt att säga. Han bet ihop tänderna så att siluetten av käkbenet blev skarpt markerad i motljuset. Sandén kom att tänka på en tecknad figur av något slag. En förste älskare i Starlet.

– Som jag sa så hjälpte jag också till. Men jag hällde inte i mig precis.

– Och Erlandsson? slog det Andersson. Han skulle väl också köra bil?

– Nej, han skulle åka med mig.

– Hur var stämningen under kvällen? frågade Sandén.

– Mycket god. Som alltid.

– Vad pratade ni om?

Siem slog ut med armarna.

– Ja, vad pratar man om? Allt mellan himmel och jord. Inte så mycket fotboll, när Staffan är med. Han är inte involverad i klubben.

Armarna var nu åter på sin plats, korslagda över bröstet.

– Jaså inte? Så hur känner ni varandra egentligen?

– Man kan väl säga att Svempa är ... var navet. Lennart och jag lärde känna honom och varandra genom klubben. Staffan är Svempas kompis från början. De träffades visst under en sådan där cykelfest.

Andersson såg frågande ut, men Sandén som var villaägare visste vad det handlade om.

– Man cyklar omkring i grannskapet och äter hos varandra för att främja grannsämjan. Men ni kom bra överens allihop?

– Absolut.

– Beskriv de andra gubbarna, bad Andersson. Kortfattat.

Siem trampade lite på stället.

– Lennart är en bra kille, glad och positiv. Han jobbar på posten och är aktiv inom klubben. Spelar själv i B-laget och tränar ett av pojklagen där hans son spelar. Förut tränade han det här laget, men Svempa tog över för något år sedan.

– Jaså, hur kom det sig? undrade Andersson.

– Jag vet inte. Det var något de kom överens om bara. Men alla verkar ju nöjda och det går ju fantastiskt bra för tjejerna nu, så det var säkert det bästa för alla inblandade.

– Okej, något mer om Lennart Wiklund?

– Han skilde sig för ett par år sedan. Det var visst frugan som sa upp bekantskapen. Varför vet jag inte, han har en speciell dragningskraft som kvinnor brukar tycka om, om man säger så.

– Det kanske var problemet, inflikade Sandén, men Siem lät sig inte störas.

– Staffan är nästan det motsatta. Han är trevlig, men ganska tystlåten, lite dyster av sig. Det lär han inte ha varit innan frugan hans tog livet av sig.

Sandén och Andersson utbytte blickar, detta var ny information.

– När var det? undrade Sandén.

– En sex sju år sedan kanske. Jag kände honom inte på den tiden. Hon svalde visst en burk tabletter och Staffan tog det tydligen väldigt hårt. Vilket man ju kan förstå. Han pratar aldrig om det, och man vill ju inte fråga heller.

– Och så var det Erlandsson, sa Sandén.

– Svempa var den som allt kretsade kring.

– I pokergänget, menar du?

– Ja, där också. Men han var en sådan där människa som tar stor plats, som syns och hörs. Han var väldigt engagerad i allt han företog sig. I familjen, i klubbens verksamhet, i umgängeslivet. Brann för sitt arbete med barn och ungdomar. Och så idkade han något slags välgörenhetsarbete för de hemlösa också. Exakt vad han gjorde vet jag inte riktigt.

– Hade han några fiender? frågade Andersson.

– Det kan jag inte föreställa mig. Han var guds gåva till mänskligheten. Typ.

♣

Projektet att kontakta Erlandssons kolleger på SEB bedömde Sjöberg som alltför tidskrävande på en söndag, så han beslutade sig för att låta det anstå till morgondagen. I stället satte han sig i bilen och åkte ut till Långbro Värdshus. Två ur personalen som var på plats hade arbetat också under lördagskvällen och de bidrog med följande information: Sällskapet hade ätit och druckit en hel del, de hade varit något högljudda men inte på ett störande sätt. Stämningen hade varit hjärtlig. Erlandsson var den som pratade mest och det var också han som hade betalat notan. Närmare bestämt åttatusen kronor prick med sitt eget kreditkort. De hade motvilligt, men inte motspänstigt, lämnat lokalen vid stängning, det vill säga klockan tolv, sist av alla gästerna. Efteråt hade de stått och pratat i uppskattningsvis femton minuter utanför värdshuset och sedan avvikit. Vem som hade gått åt vilket håll hade personalen inte lagt märke till. De hade inte uppfattningen att Erlandsson – eller någon annan i sällskapet för den delen – skulle ha varit i kontakt med någon av de andra gästerna. Ingen av dem hade heller utmärkt sig som uppseendeväckande berusad.

Nu var Sjöberg tillbaka på polisstationen och på sin väg bort till pentryt passerade han Gäddans rum utan att ge sig till känna. Varför var han inte helt på det klara med, men det var å andra sidan en hel del annat han inte begrep angående sin inställning till Hedvig Gerdin. Och en inte oansenlig mängd saker han inte begrep om henne. Till exempel varför hon såg ut som en gammal tant i håret och som en tonårstjej på klädstilen. Ena dagen. För att den andra komma i plisserad kjol och knytblus. Eller en tvärrandig Marimekkoklänning modell sjuttiotal. Såvitt Sjöberg kunde avgöra hade kvinnan ingen som helst smak. Som om nu det hade någon betydelse. Han som alltid hade vinnlagt sig om att inte döma hunden efter håren. Men så var hela hennes väsen aningen ... oförutsägbart. Det var svårt att veta om hon var allvarlig eller skämtade. Å ena sidan var hon snar att skoja till det och rent av fräck i mun. Å andra sidan kunde hon, med ett anslag som Sjöberg uppfattade som seriöst, se samband och skeenden ur mer eller mindre absurda perspektiv. Och så den där fördömda permanenten ... Det gick helt enkelt inte ihop.

Vad anledningen nu än var närde han den här irrationella känslan av ogillande i sitt inre. Gerdin hade inte gjort någonting fel, hon var en duktig polis, trots praktisk oerfarenhet. Teoretiskt sett var hon egentligen överkvalificerad, men aldrig att hon satte sig på sina höga hästar eller klagade. Hon genomförde de uppgifter hon tilldelades och mer därtill. Och Sandén älskade henne. Vilket Sjöberg inte alls gillade. Och gjorde allt för att dölja.

– Conny! hörde han henne ropa där inifrån.

Och givetvis hade han tänkt gå in till henne, skulle bara ta något att dricka först. Men han vände lydigt och steg in på hennes rum. Ombonat med gröna växter i fönstret och fotografier av barn i olika åldrar lite här och var i hyllorna och på bordet. Det doftade rent och fräscht med ett inslag av parfym.

– Gäddan, sa han och gick fram till skrivbordet.

Hon vinkade honom till sig med ena handen utan att se upp.

– Kom hit så ska du få se något.

Medan han gick runt skrivbordet och ställde sig bakom henne skruvade hon på högtalaren och satte igång en film som hon av allt att döma hittat på TV4:s hemsida. Scenen var en skogsglänta i vinterskrud och på avstånd såg man en man komma fram bland träden med en trave pizzakartonger i famnen. Han följde en liten väg och strax var han framme på en öppen yta där ett antal husvagnar stod parkerade. Han tittade in i kameran och började tala:

– Det började med att jag var på tjänsteresa i Calcutta. Man stötte på tiggare och svårt sjuka människor överallt, och jag rördes särskilt av en liten flicka som kanske var i femårsåldern och hade en enorm tumör i ögonbrynet. Alltså så stor att den täckte halva ansiktet och förhindrade henne att se och fungera normalt.

– Det är Sven-Gunnar Erlandsson, viskade Gerdin.

– Hennes liv hade säkert kunnat bli helt annorlunda med ett enkelt ingrepp, men som det var nu satt hon och tiggde i ett gathörn. Jag drabbades av något slags vanmakt, hopplöshet, och visste inte vad jag skulle ta mig till. Skulle jag hjälpa henne?

Ta med henne till ett sjukhus och se till att hon blev opererad? Men hon var inte den enda. Jag såg hundratals barn som var i lika stort behov av hjälp. Och kvinnor. Små, späda, undernärda människor vars existens byggde på att förbipasserande stack till dem ett mynt. Naturligtvis fanns det även män i misären, men barnen och kvinnorna är ju mer utsatta. Just då kunde jag inte göra så mycket mer än att kasta till dem lite småpengar, men efter den upplevelsen började jag fundera. Vad kan jag göra, tänkte jag, för att hjälpa till? För att förändra livet för någon, om det så bara är en enda? När jag kom hem bestämde jag mig för att göra en aldrig så liten insats för de hemlösa. De finns ju helt nära inpå oss här hemma, men vi väljer ju ofta att inte se dem. Så jag går och hälsar på några av dem ibland, pratar en stund, visar att jag bryr mig. Det är inte mycket, men jag tror att det är uppskattat.

– Och mat har du med dig, ser jag, sa någon som inte syntes i bild och som Sjöberg förmodade var en kvinnlig reporter.

– Jag brukar ta med några pizzor eller en kasse med mat, svarade Erlandsson. Man vill ju inte komma tomhänt när man är på besök, skrattade han.

– Vilken pajas, sa Gerdin och skakade på huvudet.

Sjöberg kastade en undrande blick på henne, men hon var tillbaka i filmen. Erlandsson knackade på husvagnsdörren och klev på.

– God dag i stugan! ropade han. Är ni hungriga?

Filmteamet tycktes också krångla sig in i husvagnen, för sedan följde en sekvens där det hälsades och packades upp pizzor. Förutom teamet och Erlandsson uppehöll sig fyra personer där inne, två män, en kvinna och en ung flicka med en pärla i näsan som bara syntes i några sekunder innan hon verkade försvinna därifrån. Reportern ställde lite frågor medan de åt, men Erlandsson var inte i bild och deltog inte i samtalet mer förrän alldeles i slutet av det fyra minuter långa reportaget.

– Så du är lite som en i gänget? sa reportern, halvt på skämt. Vad pratar ni om när du är här?

– Allt mellan himmel och jord, svarade Erlandsson allvarligt. Sådant som har hänt eller ska hända. Vardagliga bekymmer. Respekt. Utsatthet. Kvinnors utsatthet. Även här. Jag tycker att det är viktigt att det inte uppstår sociala hierarkier bland de hemlösa heller. Kvinnor tenderar att alltid hamna lägst i sådana strukturer.

Erlandsson försvann ur bild och kameran fokuserade i stället på resten av sällskapet. Alla tre nickade instämmande. Inslaget var slut.

– Vad ger du mig för den? sa Gerdin belåtet och slog av skärmen.

– Fantastiskt. Hur hittade du det där?

– Det dök upp när jag googlade. Patetiskt eller hur?

– Jag förstår inte riktigt vad du menar, sa Sjöberg uppriktigt. Hur skulle välgörenhet någonsin kunna vara patetiskt?

– Om man ägnar sig åt det enbart för sin egen skull, svarade Gerdin enkelt.

– Men var får du det ifrån? Att han skulle göra det för sin egen skull?

– Ser du inte det? Hur självgod han är när han kommer travande genom skogen med de där jävla pizzakartongerna? Och börjar prata om sitt engagemang. Som om han vore huvudpersonen här.

– Det var kanske meningen att han skulle vara det. För att uppmuntra andra till liknande insatser. Nej, jag håller inte med dig. Inte alls. Jag tyckte han gav ett oerhört vettigt intryck.

– Respekt – my ass, fortsatte Gerdin, till synes utan att ha noterat Sjöbergs inpass. Han är en sådan som äter uteliggare till frukost. Och det där han sa om sociala hierarkier – jag är beredd att äta upp min hatt om han inte står högst på den hierarkiska trappan i vilket socialt sammanhang han än befinner sig.

Sjöberg kastade en ofrivillig blick på den hatt som inte fanns, utan för närvarande ersattes enbart av ett mellanblont fågelbo med inslag av grått.

– Jag sätter inte emot, muttrade Sjöberg. Du har säkert rätt i det, men att alltihop bara skulle vara ett spel för gallerierna är väl att gå ett steg för långt. Vem orkar hålla på och springa med pizza hos uteliggarna bara för att det ser bra ut?

– Vi har ingen aning om hur ofta han var där. Det här kan ha varit andra och sista gången.

– Nåja, det är ju ganska enkelt att ta reda på. Jag föreslår i alla fall att vi inte dömer honom förrän vi har mer kött på benen, utan arbetar förutsättningslöst. Okej?

– Jag arbetar alltid förutsättningslöst, fastslog Gerdin. Av precis den anledningen framför jag de här synpunkterna. Nåväl. Folkbokföringen tänkte jag vänta med tills imorgon, men jag hittade lite intressant information om en av de andra gubbarna. I ASP:en.

Allmänna spaningsregistret var ett av polisens interna register, där man kunde söka på personer bland minnesanteckningar som förts under tidigare brottsutredningar. En person som figurerade där och dessutom var aktuell under en pågående utredning gav all anledning att höja på ögonbrynet.

– Det var som fan, sa Sjöberg. Vem då?

– Staffan Jenner, svarade Gerdin. En riktigt otäck historia.

♣

Lennart Wiklund bodde bara ett stenkast från Långbro Värdshus, i en lägenhet på andra våningen på Långbrokungens Väg. I bara kalsongerna släppte han in dem och han behövde inte skämmas för sig. Han var en reslig karl med rejält tilltagna muskelpartier i både ben och överkropp. Det blonda håret var klippt i en pojkaktig frisyr som nu visserligen spretade åt alla håll, men som i Westmans ögon ändå avslöjade något om hans personlighet. Han såg yrvaken ut, men kvicknade till när han fick reda på vilka de var, och släppte beredvilligt in dem i lägenheten.

– Blev det sent igår? frågade Westman medan hon satte sig på anvisad köksstol.

Hamad lade beslag på en annan, men Wiklund blev stående mitt på golvet utan någon ansats att slå sig ner vid bordet.

– Ja ... Nej, det tror jag inte. Så sent blev det nog inte. Varför ...

– Hur dags kom du hem?

Han verkade villrådig och såg från den ena polisen till den andra.

– Svårt att svara på ... Tolv? Ett? Två kanske? Äh, jag vet faktiskt inte. Hurså?

– Minns du *hur* du kom hem?

Han tvekade ett ögonblick och skakade sedan på huvudet.

– Jag har fan inte hunnit tänka efter. Jag låg och sov när ni ringde på ...

– Det blev några järn igår?

Han skrattade till. Inte på något sätt generat, utan snarare som vid en lustig upptäckt.

– Jo, det blev det väl. Men jag förstår inte ...

– Har du *några* minnen av vad du hade för dig igår kväll?

– Jamen, allvarligt ...

Han inte bara såg ut, utan han pratade som en pojkspoling också. Både Westman och Hamad tittade uppfordrande på honom. Han drog ett djupt andetag och tycktes slutligen bestämma sig för att också han skulle sätta sig ner.

– Jag och tre kompisar var på krogen här borta, sa han och drog med en kraftig hand ut en ledig stol. Vi åt och drack och pratade tills det var dags att gå. Sedan vinkade vi av Janne Siem utanför värdshuset och gick hem.

Det hördes ljud av rinnande vatten någonstans i lägenheten.

– Exakt vad klockan var minns jag inte, men det kanske vi kan få reda på av damen i duschen.

– Är det din fru? frågade Hamad. Flickvän?

– Det är en kvinnlig bekant, om man säger så. Vad är det frågan om egentligen?

– Sven-Gunnar Erlandsson hittades död här borta i skogspartiet tidigare imorse, förklarade Hamad med en gest i riktning mot fönstret. Du, Siem och Jenner var de sista som såg honom i livet.

– Död? sa Wiklund förvånat.

– Mördad. Allting tyder på att han blev skjuten strax efter att ni skilts åt.

– Det var det jävligaste. Lotta! ropade han bort mot badrumsljuden, men fick inget svar.

– Är du i besittning av något skjutvapen? frågade Hamad.

Lennart Wiklunds lättsinne var nu som bortblåst, och han gav fortsättningsvis ett eftertänksamt intryck och verkade väga varje ord innan han svarade. Vilket gjorde det väldigt svårt att avgöra om han talade sanning.

– Nej. Har aldrig skjutit.

– Hur var kvällen? undrade Westman.

– Trevlig. Ingen osämja. Om ni undrar, menar jag. Inte för att det brukar förekomma något sådant ...

– Vem stod för notan?

– Svempa. Erlandsson, alltså. Vi festade upp pokerkassan, och det var han som hade hand om den.

– Och du själv? Hade du någon del i den?

– Inte mycket i år, tror jag. Några hundralappar kanske. Det var nog Janne Siem som stod för den största delen.

– Några oegentligheter? frågade Hamad.

– Vadå?

– Någon som fuskade?

Ett osäkert leende passerade hastigt Wiklunds ansikte.

– Nej, det är bara på kul. Inga stora pengar.

– Så hur stor var kassan?

– Sju och ett halvt tusen ungefär. På ett år och fyra spelare. Inga stora pengar, upprepade han.

– Umgicks ni på något annat sätt än vid pokerbordet? undrade Westman.

– Staffan och Svempa umgicks en hel del. De var nära vänner. Janne, Svempa och jag kände varandra genom fotbollen. Min dotter spelar i samma lag som Jannes, men vi umgås inte privat så att säga.

– Så du har barn alltså. Frånskild?

– Ja. Det är därför jag bor här i skilsmässodiket.

– Och "damen i duschen"?

– En kvinnlig bekant, som jag sa. Lotta! försökte han igen.

Och den här gången dök en barfota skönhet i en alldeles för stor morgonrock upp i köksdörren och tittade förvånat på dem. Hon såg ut att vara uppskattningsvis tjugo år yngre än Lennart Wiklund.

– Vet du vad klockan var när jag kom hem i natt? Det är viktigt.

– Ingen aning faktiskt. Men jag tror hon var halv två när vi släckte.

– Var hon alltså kvart över ett när han kom hem? bröt Westman in. Eller kanske kvart över tolv? Något hum har du väl?

– Jag låg redan och sov, svarade kvinnan troskyldigt. Vi låg och jufsade en stund, men jag vet inte hur länge.

Westman kände hur Hamad sökte hennes blick, men hon lade band på sig och upprepade bara torrt det ord kvinnan använt.

– Jufsade. Jaha. Så allt var som vanligt då?

– Inga konstigheter.

– Bra. Det var bara det vi undrade, så du behöver inte stanna.

Westman var oroväckande nära att i stället rekommendera henne att svassa tillbaka till dansgolvet hon kommit ifrån, men tog sitt förnuft till fånga i sista stund. Den unga kvinnan tog hur som helst tillfället i akt och lämnade köket med en axelryckning.

– Kan du komma på någon som hade anledning att önska livet ur Erlandsson? frågade Hamad Wiklund.

Han tänkte efter en stund innan han svarade.

– Nej, det tror jag inte. Han var rätt dominant och tog stor plats. Vi har nog haft våra duster, men han var en jävligt rakryggad och schyst person faktiskt. Höll inte på och spred en massa skit. Även om han kände till allt om alla.

Något som tycktes vara en förvånansvärt insiktsfull analys från det håll man minst anade.

Måndag förmiddag

Vid niotiden på måndagsmorgonen var allihop utom Gabriella Hansson åter församlade i det blå ovala rummet för att sammanfatta gårdagens händelser. Gerdin noterade att även Gunnar Malmberg hedrade dem med sin närvaro, med största sannolikhet för att han kände sig viktig som hade tagit emot samtalet från den eventuella mördaren. Sjöberg hade knappt hunnit öppna mötet innan frågan dök upp.

– Jag har satt Telia på jobbet, berättade Hamad, men det var söndag igår och det är fortfarande semestertider. Det finns en risk att det som normalt ska gå på tjugofyra timmar tar lite längre tid just nu. Men de känner till att det är högprioriterat och jag ska ringa och trycka på direkt efter mötet.

– Då kör vi en dragning av vad som kom fram under förhören igår, fortsatte Sjöberg. Vi kan börja med familjen Siem. Något intressant att rapportera?

Andersson och Sandén sammanfattade sina intryck, vilket följdes av Westmans och Hamads redogörelse för besöken hos Lennart Wiklund och Staffan Jenner. Därefter lämnade Malmberg, som tydligen hade viktigare saker att göra, mötet. Vilket gladde Gerdin, eftersom de riktigt intressanta nyheterna inte hade kommit upp ännu.

– Samtliga inblandade verkar ju ha uppfattningen att Sven-Gunnar Erlandsson ägnade sig en hel del åt välgörenhet, sa Sjöberg. Gäddan har hittat ett inslag från en dokumentär på TV4 som underbygger det. Här ska vi se, sa han och drog igång filmen på datorn som kopplats till den SMART Board konferensrummet nyligen utrustats med.

Westman var fyra minuter senare först med att kommentera reportaget.

– Så har ytterligare en god människa gått till de sälla jaktmarkerna, suckade hon.

Sandén och Andersson höll med, och även Rosén nickade instämmande. Gerdin lade märke till att Sjöberg studerade henne för ett ögonblick. Inte triumferande, för det var inte hans stil; snarare nyfiket, för att se om hon tog intryck av sina kolleger. Viket hon inte gjorde. Dock tänkte hon inte offentliggöra sitt förhållningssätt.

– Han kan vara hur god han vill, sa Hamad. Jag tror ändå att det har att göra med fusk i kortspel. Alla tecken tyder på det. Det var en kväll i pokergrabbarnas sällskap, han hade spelkort i fickan och blev skjuten i huvudet. Ja, Loddan, jag vet att det var i nacken, men skillnaden är marginell.

– Inte fuskade han, sa Westman avfärdande. Alla säger att han var oerhört generös, han delade bevisligen ut mat till hemlösa och var dessutom, enligt Staffan Jenner, djupt troende. Hur går det ihop med fusk i kortspel?

– Jag håller med Petra, sa Sjöberg. Dessutom har jag ytterligare info som styrker det resonemanget. Både Jenner och Wiklund säger att notan på Långbro Värdshus var på sju och ett halvt tusen, Siem är mer exakt och säger sjutusenfyrahundrasjuttioåtta kronor. Personalen däremot försäkrar att kalaset gick på åttatusen kronor. Det var Erlandsson som hade hand om pokerkassan och betalade. Han lade alltså in drygt femhundra kronor ur egen ficka utan att någon kände till det. Det är vad jag kallar äkta generositet, något man inte gör bara för att det ska se bra ut.

När han sa det sista riktade han sig till Gerdin, som också nu valde att inte gå i svaromål, men Hamad var inte färdig.

– Generositet i all ära, men fusk handlar inte om det. Jag tvivlar inte ett ögonblick på att han var rena undret av givmildhet – när det handlade om pengar. Men i det här fallet handlar det om att vinna, att vara bäst. Herre på täppan. Det är två helt olika saker.

Gerdin instämde till hundra procent – i tysthet.

– Var dök det där pokersnacket egentligen upp ifrån? frågade hon i stället, till allas uppenbara förvåning. Från början, menar jag.

Sjöberg tittade på henne med någonting nästan beklagande i blicken.

– Det har varit känt hela tiden att *poker*gänget festade upp *poker*kassan, upplyste Hamad henne om.

– Det har inte varit känt hela tiden. Det kom fram vid Connys och mitt besök hos änkan. Redan när Bella och jag blev kallade till brottsplatsen hette det att man hittat en död pokerspelare. Jag undrar bara varför.

– Kanske för att han hade spelkort i bröstfickan, sa Hamad med illa dold ironi i rösten. Smygvänliga.

Det där med smygvänliga skulle hon gå till botten med. Det enda de hittills hade fått reda på om de där korten var att ett av dem var ett ess. Ett smygvänligt ess? Kanske det. Men det kunde man ju omöjligtvis veta innan man hade sett resten av leken. Hon bestämde sig för att inte tjafsa mer om det just nu.

– Fyra stycken, sa hon i stället. I poker har man fem kort på handen.

– Nu lämnar vi det där, avbröt Sjöberg. Vi har något mycket intressantare att prata om. Dra det du, Gäddan.

– Okej. För åtta år sedan, det vill säga sommaren 2001, hade Staffan Jenners familj ett ryskt sommarbarn på besök. Är ni bekanta med begreppet sommarbarn?

– Vagt, svarade Sandén. Men du får gärna förklara.

– Det handlar om ett utbyte mellan några ryska barnhem och en svensk förening som arbetar för att barnhemsbarnen ska få komma till Sverige under sommaren. I vissa fall också under julen. Syftet är att de ska få känna på hur det är att leva i en familj, och dessutom naturligtvis vila och njuta av den svenska sommaren. Och välfärden. Konceptet är mycket lyckat och familjerna upprätthåller ofta kontakten med barnen långt efter det att de lämnat barnhemmet. Det har till och med hänt att familjer adopterar sina sommarbarn.

– Där kan man snacka om generöst, sa Hamad. På riktigt.

– Vänta ska du höra. Den här flickan var elva år och hette Larissa Sotnikova. I slutet av sommaren, en vecka innan hon skulle åka hem, försvann hon plötsligt. Spårlöst. Det var stort pådrag, skallgång och så vidare, och hela grannskapet var involverat. Men man hittade henne aldrig. Staffan Jenner var naturligtvis hårt ansatt under några månader, men man lyckades aldrig bevisa att han hade något med försvinnandet att göra. Han ville ha det till att flickan var i livet, att hon rymt och höll sig gömd någonstans i landet. Hon var nämligen inte så pigg på att åka hem, och hade inte varit det under tidigare somrar heller. Vilket säkert var sant. Eller att hon i värsta fall hade rymt och råkat illa ut. Jenner nekade hur som helst konsekvent till att han skulle vara inblandad. Men det trodde inte polisen på. Och inte hans fru heller, kan man misstänka. Eftersom hon ju tog livet av sig ett år senare. Men Staffan Jenners idé om vad som hade hänt var ju trots allt inte helt och hållet osannolik. Det är ganska vanligt förekommande att flyktingbarn försvinner av egen fri vilja. Nu var det här ju ett sommarbarn och inget flyktingbarn, men i alla fall. Vem bryr sig egentligen? Det är ju bara ett barn någonstans ifrån. Som inte skapar något tomrum efter sig, som ingen saknar.

– Det var det jävligaste, sammanfattade Andersson det alla tänkte.

– Han var lite halvskum, den där Jenner, sa Hamad. Satt och svamlade för sig själv.

– En udda figur, intygade Westman.

– Och jag fick en stark känsla av att han undanhöll oss någonting, fortsatte Hamad.

– Säkerligen det här, konstaterade Sjöberg. Och det är ju inte så konstigt. Oavsett om det har något med saken att göra eller inte.

– Erlandsson hade kanske fått nys om vad han hade gjort och hotade att avslöja honom, föreslog Sandén.

– Det är tänkbart. Men man bör dock komma ihåg att någon kropp inte har hittats, och det är långt ifrån säkert att flickan ens är död, påpekade Gerdin.

– Jag föreslår hur som helst att Petra och Jamal jobbar vidare med det här spåret, sa Sjöberg. Gäddan och jag tar ny kontakt med familjen Erlandsson, men först ska jag besöka SEB-kontoret vid Kungsträdgården. Det fixar jag själv, så kan du ägna dig åt folkbokföringen och brottsregistret så länge. Och så blir man ju lite nyfiken på människorna i den där husvagnen. Loddan och Sandén letar rätt på dem och tar reda på vad de tycker om saker och ting.

Andersson hade inga invändningar.

– Söt tjej, hon där i början. Jag tar brudarna så kan du ta de där tandlösa gubbarna, skrattade han och gav Sandén en dunk i ryggen.

Mötet var över.

♣

Sjöberg satt i ett inglasat konferensrum på tredje våningen i SEB:s kontorsbyggnad på Kungsträdgårdsgatan. Mittemot honom satt en av Sven-Gunnar Erlandssons arbetskamrater som enligt uppgift hette Kristina Wintherfalck. Hon såg dock inte hälften så struntförnäm ut som namnet antydde, och han fick – för vilken gång i ordningen visste han inte – påminna sig själv om att folk i de allra flesta fall inte kunde rå för vad de hette. Till exempel han själv. Hon var i fyrtiofemårsåldern, solbränd och med långt halvblont hår uppsatt i en enkel hästsvans. Den svarta kavajen hade hon hängt av sig på sin arbetsplats och satt nu tillbakalutad i stolen med korslagda ben i en knälång svart kjol och en vit blus. I handen hade hon en bunt papper som hon mekaniskt viftade med framför ansiktet. Det var mycket varmt i glasburen och det fanns inget fönster att öppna.

Kristina Wintherfalck och Erlandsson hade arbetat sida vid sida i det stora tradingrummet och ägnat dagarna åt att sälja och köpa optioner, terminer, växlar och annat Sjöberg knappt begrep innebörden av. Det hade de också gjort i Singapore under några år i mitten av nittiotalet, vilket gjorde henne till en alldeles särskilt intressant person att höra i det här sammanhanget.

– Bra. En riktigt bra kille, svarade hon på Sjöbergs fråga om hur Erlandsson var som person. Han fanns alltid till hands när man behövde hjälp. Kunde rycka in på ledig tid om man var sjuk eller var tvungen att ta ledigt. Behandlade alla på samma sätt. Det vill säga med respekt. Det kan vara lite grabbig stämning här ibland, men han var inte sådan.

– Jag har fått uppfattningen att han var en ganska dominant person. Håller du med om det?

– Ja, visst. Fast på ett positivt sätt. Han var inte rädd för att säga vad han tyckte om saker och ting. Men vi var i stort sett alltid överens, så mig störde det inte det minsta.

– Och de andra?

– Han var inte särskilt kontroversiell, så det var inget problem. Mer en sådan som sa vad alla – eller i varje fall de flesta – tyckte.

– Och de högre cheferna hade inga problem med det?

– Inte alls. Svempa var väldigt diplomatisk och kunde uttrycka sig på rätt sätt.

– Så några direkta fiender hade han inte?

– Nej, det har jag svårt att tänka mig, svarade hon med ett sorgset leende. Han var populär i alla skikt.

– Och i Singapore, frågade Sjöberg, hur var det där? Hände det något speciellt?

Med tre fingrar strök hon tillbaka en hårtest som smitit ur hästsvansen och tänkte efter i några sekunder innan hon svarade.

– Allt och inget var speciellt i Singapore. Vi jobbade på samma sätt som här, och med samma saker. Men livet runt omkring var annorlunda så klart. För Svempas del så var väl det mest omvälvande att han träffade sin nya fru där.

– Ja, kan du berätta lite om det?

– Har du inte pratat med henne?

– Jodå, men jag skulle ändå vilja höra din berättelse.

En halvsanning. Visst hade han pratat med Adrianti Erlandsson, men inte om detta. Situationen hade varit fel vald, men under dagen skulle han ta upp saken.

– Han var ganska nybliven änkling när han hoppade på det där Singapore-jobbet. Hans fru dog i bröstcancer ungefär i samma veva som jag och en annan jobbarkompis flyttade till Singapore. Han blev nog lite inspirerad av det och tänkte att det skulle göra honom och barnen gott med ett miljöombyte. Och det tror jag var rätt beslut, för hela familjen trivdes jättebra och barnen lärde sig dessutom att tala flytande engelska. Hur som helst – de som spelade golf brukade åka över till Indonesien ibland, det tog mindre än en timme med båt. Svempa spelade inte golf, men han följde med några gånger i alla fall för att pröva på. Under en av de resorna träffade han Adri – jag tror att hon gick caddie åt honom faktiskt. Och på den vägen var det. Till slut åkte han dit varenda helg, med ungar och allt, och så gifte de sig och flyttade hem till Sverige.

– Och vad tyckte ni andra om det? undrade Sjöberg.

– Vi var glada för hans skull. Det var precis vad han och barnen behövde. Och Adri förstås. De har det inte för kul där borta. Sliter häcken av sig för rika singaporianer som kommer dit och glassar. Typiskt Svempa på något sätt, att inte bara hjälpa sig själv utan någon annan också. Det var en win-win-situation. Helt klart.

Sjöberg kom inte på något mer att fråga, så det fick avsluta samtalet. Ordet "win-win-situation" skulle komma att hänga kvar i huvudet på honom under hela utredningen. Vem hade egentligen vunnit vad? I slutändan framstod alla som förlorare.

Efter att ha dividerat med administrationen på TV4 en stund hade de till slut kommit i kontakt med reportern i inslaget från de bostadslösas husvagnsparkering. Hon hade varit behjälplig och gett dem de namn hon kände till samt en vägbeskrivning till den skogsglänta i Huddinge där Andersson och Sandén nu befann sig.

Platsen var sig inte riktigt lik. Det som på tv-bilderna hade framstått som en risig snårskog, grå, tyst och avvisande med nakna hotfulla träd, var nu en mossbelupen trollskog som hämtad ur en saga av Elsa Beskow. Fuktiga svenska sommardofter slog emot dem när de klev ur bilen, och det var inte svårt att förstå varför man valt denna plats för sin sjabbiga husvagnspark.

Det var folk i rörelse runt omkring; någon hängde tvätt på en lina som spänts mellan en husvagn och ett träd, någon försökte såga sig igenom ett metallrör. En kvinna satt och rökte i en campingstol och ett par karlar strök omkring utan att verka ha något särskilt för händer. De blickar som mötte de båda poliserna var nyfikna, inte misstänksamma, men ingen sa något.

Den husvagn som främst intresserade dem stod kvar på samma plats som i reportaget, och dörren var uppställd. Sandén knackade lite försiktigt i väggen vid sidan av dörröppningen.

– Ja? hördes en kvinnas röst där inifrån.

– Får man kliva på? frågade han och stack in huvudet i rummet. Vi skulle vilja ställa några frågor.

– Är du från kommunen?

– Nej, från polisen.

– Jaså. Ja, kom in du. Vi har inget otalt.

– Det tror jag inte heller, skrattade Sandén medan han tog sig upp i vagnen med Andersson strax bakom sig.

Kvinnan, som kunde vara i femtioårsåldern, var densamma som i tv-inslaget. Hon såg fräsch ut, satt med vått hår vid bordet och drack te. På överkroppen bar hon en alldeles för stor svart T-shirt, och under bordet skymtade två bara ben i ett par avklippta jeans. Det luktade schampo och cigarrettrök.

– Jens Sandén, Hammarbypolisen. Det här är Odd Andersson. Och du är Gunilla Mäkinen?

Hon nickade till svar.

– Vi söker också Svante Boberg och Roger Lindström.

– Och alla andra som känner Sven-Gunnar Erlandsson, fyllde Andersson i.

– Men det är nog bara vi. Som känner honom. Alla vet ju vem han är, men det är oss han brukar besöka. Svante sitter inne. För stöld. Tre månader, han kommer ut i början av oktober.

– Och Lindström?

– Roger! Det är några här som vill prata med dig!

Andersson hoppade till. Han hade inte haft en tanke på att ytterligare någon person kunde befinna sig i den lilla husvagnen, och några livstecken hade varken synts eller hörts bortifrån sovalkoven.

– Han har inte gått upp ännu, förklarade kvinnan med ett leende som tyvärr avslöjade en tandrad som drog ner helhetsintrycket rejält.

Nu rörde det på sig borta i sängen och ett grymtande ljud hördes.

– Vill ni ha te? undrade kvinnan.

Spontant tänkte Andersson avböja, men Sandén tackade ja och vid närmare eftertanke gick det nog lika bra att dricka kokt vatten i en risig husvagn som någon annanstans.

– Ja, tack. Gärna en kopp te för mig också, svarade han och såg sig omkring.

Husvagnen var visserligen sliten och antagligen inte av något modernare snitt, men det verkade hyfsat rent och de prylar som fanns låg inte och drällde. Det var trots allt någons hem, människor levde sina liv här. Efter bästa förmåga.

Några minuter senare var ordningen någorlunda återställd och de satt runt bordet alla fyra och drack te. Roger Lindström var enligt uppgift några år yngre än Gunilla Mäkinen, men inte lika välbevarad. Även hans mun blottade en och annan lucka bland tänderna och han var dessutom både rynkig och ärrig. Att han hade ett långvarigt blandmissbruk bakom sig var en inte alltför kvalificerad gissning. Nu satt han med bar överkropp och blottade både en och två billiga och slarvigt utförda tatueringar, men hade i alla fall dragit på sig ett par träningsoverallsbyxor.

– Förlåt den bryska väckningen, sa Sandén. Vi har tråkiga nyheter och behöver prata lite med er.

Gunilla Mäkinen fick något ångestfyllt i ögonen och sköt upp axlarna som för att värja sig. Roger Lindström strödde finskuren tobak över ett cigarrettpapper utan att se upp.

– Sven-Gunnar Erlandsson har avlidit, sa Sandén rakt på sak. Han hittades igår morse, i ett skogsområde inte så långt härifrån. Allting tyder på att han blev skjuten någon gång under natten.

– Och vad har det med oss att göra? undrade Lindström utan att slita blicken från det som skulle bli en cigarrett. Är vi misstänkta på något sätt?

– Har ni något skjutvapen? kontrade Andersson. Eller något motiv?

Mannen gav honom en hastig blick och började sedan rulla in tobaken i pappret med darriga händer.

– Varken eller, svarade han.

– Varför skulle vi önska livet ur Svempa? frågade kvinnan. Vi gillar ju honom. Eller hur, Roger?

– Jodå, för fan. Lite tjatig kanske. Men han bryr sig. Kommer hit med mat och grejer.

– Tar sig tid, fyllde kvinnan i. Sitter ner och pratar.

– Hur ofta brukade han komma? undrade Sandén.

– Någon gång i månaden kanske. Sedan något år tillbaka.

– Ensam? Eller hade han någon socialarbetare med sig?

– Nej, han kom på eget initiativ. Någon gång hade han en kompis med sig. Det var ett tag sedan, i vintras, tror jag. Men han var väl inte fullt så road. Jag kommer inte ihåg vad han hette.

– Var det just er Erlandsson besökte? Inte grannarna?

Hon skakade på huvudet.

– Man kunde ju knappast begära att han skulle försörja hela lägret. Att han hjälpte oss var väl mer än tillräckligt.

– Och vilka är ni?

– Det sa du ju själv. Roger, Svante och jag. Det händer att vi är fyra också, men vi tre har kamperat ihop i nästan tio år.

– Är ni ett par, ni två? dristade sig Andersson till att fråga. Eller kanske du och Svante?

– Eller Svante och Roger? föreslog Sandén.

– Haha. Nej, vi håller ihop ändå, svarade Lindström och fuktade papperskanten med tungan och strök med fingret över den nu färdiga cigarretten.

– Och den där fjärde personen, vem är det? frågade Andersson.

– Det är inte *en* fjärde person. Men ibland låter vi någon som behöver tak över huvudet bo här ett tag.

– Någon av dem som kände Erlandsson?

Roger Lindström stoppade cigarretten i munnen och tände den. Sedan skakade han på huvudet.

– Det tror jag inte man kan säga. Han snackade ju lite med alla han mötte, men det var med oss här i vagnen han hade långa samtal.

– Den där tjejen i tv-inslaget då? sa Andersson. Ung. Söt.

– Vet jag inte. Det var ju bara vi i inslaget.

– Hon skymtade förbi som hastigast. Jag tänkte att hon kanske också bodde här.

– Kan det ha varit Rebecka? sa Gunilla Mäkinen. Hon bodde här ett tag i vintras, några veckor bara. Hade rymt hemifrån. Hon var bara femton år. Jag stötte på henne i Skärholmens centrum. Men det är sant, Svempa pratade en del med henne också. Försökte få henne på bättre tankar, han tyckte att hon skulle flytta tillbaka hem igen.

– Och det gjorde hon alltså?

– Ja, det tror jag. Jag har inte hört något annat i alla fall.

Det hade inte Roger Lindström heller.

– Hur får vi tag i henne? undrade Andersson. Vet ni vad hon heter i efternamn?

Gunilla Mäkinen ryckte på axlarna och såg på Lindström som askade cigarretten i en Coca Cola-burk. Han var häpnadsväckande darrhänt.

– Något sonnamn. Johansson. Larsson. Nej, jag minns inte. Men jag har för mig att hon var från Norsborg. Gullig tjej.

– Du sa att han var lite tjatig, Erlandsson, sa Sandén till Lindström. Vad menade du med det?

– Äh, jag tar tillbaka det. Han var en jävligt bra typ faktiskt. Jag menade väl att han kunde vara lite mässande. Överseriös.

– Det vill jag gärna att du utvecklar.

Lindström drog ett par bloss på cigarretten, funderade. En disharmonisk ton, tänkte Andersson. Var det så att änglakören inte sjöng hundraprocentigt unisont? Siem hade gett Erlandsson idel lovord med ett enda falskt ackord. Bitterhet? Om så bara ett uns. Jantelagen? Ja, troligtvis. Hamad pratade om makt. Uttrycket ”herre på täppan” hade han använt om Erlandsson. Var det kanske bara andra sidan av samma mynt? Hade Erlandsson utnyttjat sin omvittnade sociala maktställning för att göra gott? Det vill säga på bästa sätt. Andersson hade en känsla av att inte heller Gäddan hyste något större förtroende för Erlandssons omsjungna generositet, men så var hon ju också en riktig motvallskärring. Satte en ära i att gå mot strömmen. Möjligtvis kunde det ju också vara så att hon i större utsträckning än de andra ägnade sig åt kritiskt tänkande och att det var det som störde honom. Dem. Där var den igen. Jantelagen.

– Vi sitter ju här i vår husvagn, sa Roger Lindström. Och vi kämpar med väder och vind, ensamhet, försörjning och hälsoproblem. Ja, många gånger för ett existensberättigande överhuvudtaget. Vissa av oss har dessutom drogproblem ovanpå allt det andra. Då kan man kanske tycka att jämställdhet inte står allra högst på dagordningen.

Andersson hann bara öppna munnen för en invändning, när Lindström vidareutvecklade resonemanget.

– Men då är man ute på djupt vatten, för det är ju faktiskt så att vi sitter i den här skiten tillsammans. Gunilla och Svante och jag till exempel. Och inte fan ska hon springa våra tjänster och ställa upp på vad som helst bara för att hon är kvinna. Det räcker ju som det är. Så Svempa har fan i mig helt rätt.

– Men ...? sa Andersson.

– Men vi känner redan till det där. Det är ju så vi lever. Eller hur, Gunilla?

Hon instämde övertygande.

– Så då kanske vi inte hade behövt älta det där varenda jävla gång. Men det är klart, bra budskap tål väl att upprepas. Även om man ibland fick känslan av att Svempa var lite som en gammal repig vinylskiva. Ni vet, armen hoppar tillbaka och samma stycke spelas hela tiden.

En metafor som Andersson inte hade några som helst problem att tillgodogöra sig.

♣

Gerdin satt med fötterna på skrivbordet och tangentbordet i knäet i vetskap om att denna arbetsställning var förödande på mer än ett sätt. Förr eller senare skulle hon få problem med ryggen – om hon inte redan hade det. Efter att ha suttit på det viset en stund fick hon oundvikligen ont i svanskotan, en detalj som dock inte på något sätt överskuggade den njutning som den halvliggande ställningen gav henne i bekvämlighetshänseende. Eventuella besökare studsade alltid till när de såg henne så här; på något vis tycktes det ovärdigt eller möjligen oanständigt. Men det bekymrade henne ännu mindre än de ergonomiska aspekterna. Hon var väl medveten om att hon för många var ett svårlagt pussel, där bitarna inte riktigt tycktes passa ihop. Men sådan var hon nu en gång för alla. Hon tänkte inte ändra på sig, hade inget behov av att vara älskad av alla. Hedvig Gerdin lyckönskade dem som tyckte om henne, beklagade de övriga.

Till exempel Sjöberg, som hon högaktade av en mängd olika orsaker. Med värme ledde han den här färgstarka gruppen av poliser på ett diskret och inkännande sätt. Diskret såtillvida att han fick dem allihop att dansa efter hans pipa utan att peka med hela handen, inkännande i det att han tog vara på vars och ens kvaliteter samtidigt som han var medveten om deras svagheter. Han var inte rädd att delegera; Sjöberg var lyhörd och alltid öppen för nya idéer och infallsvinklar. Vilket kunde tyckas gå stick i stäv med det bemötande han gett hennes egna idéer på senare tid. Men i själva verket var han bara av annan uppfattning, vilket han var i sin fulla rätt till.

Att Erlandsson var ett äckel var Gerdin helt övertygad om, hon kände igen en tom tunna när hon såg en. Efter att ha varit gift med en under större delen av sitt vuxna liv och dessutom levt i en värld som till stor del befolkades av dylika typer hade hon under årens lopp utvecklat något slags hyperkänslighet för plastiga fasader.

Men Sven-Gunnar Erlandsson visade sig åtminstone vara ostraffad. Liksom hans hustru och de vuxna barnen. Inte heller familjerna Siem, Jenner eller Wiklund hade ådragit sig några straff eller ens betalningsanmärkningar. Hela bandet var helylle. På pappret.

Dock fick ett besked från folkbokföringen henne att både ta ner fötterna från skrivbordet och räta på ryggen.

♣

Omedelbart efter mötet ringde Hamad polisens kontaktperson på Telia och tryckte på angående informationen om de under söndagsmorgonen inkomna samtalen till polisstationens växel, Malmbergs mobil samt direktnummer. På Telia var de mycket riktigt underbemannade, men han lyckades få ett löfte om att listan skulle vara genererad och levererad innan arbetsdagen var slut. Därefter utverkade han loggutskrifter från själva växeln, och gav sig tillsammans med Westman återigen av till Älvsjö för ett andra samtal med Staffan Jenner.

Det var Jenner själv som hade föreslagit att de skulle träffas hemma hos honom igen, och Hamad hade ingenting emot att lämna stan för en lummig villaförort en solig förmiddag som denna. Dock var det nog läge att kalla in honom till polishuset nästa gång. Institutionsmiljön kunde ha intressanta effekter på ett samtal.

– Så om du fick spekulera, Staffan, vad tror du ligger bakom avrättningen av Sven-Gunnar Erlandsson? frågade Westman med en ton som Hamad kände igen.

Han anade vad som komma skulle och det fladdrade till i magen på honom. Westman chocköppnade. De satt som tidigare i soffgruppen i vardagsrummet, och Jenner såg förvånat på henne med sina nästan overkligt blå ögon. Just som han öppnade munnen för att svara högg hon.

– Pengar? Hämnd? Kärlek? Eller Larissa Sotnikova?

Han frös till is. Hamad såg hur Jenner frös till is med munnen på vid gavel. Och Westman satt tillbakalutad i fåtöljen med armarna avslappnat vilande på armstöden och studerade honom med ett ansiktsuttryck som var helt neutralt. Hon väntade in honom. Inte ett ord skulle sägas förrän han svarade på frågan. Man hade kunnat höra en knappnål falla.

– Jag har svårt att se att någon skulle ha motiv att mörda Sveppa, svarade han slutligen.

Glasklart. Uttryckslöst.

– Och att Lara skulle ha med saken att göra håller jag för högst otroligt.

Westman släppte honom inte med blicken; ville få honom att prata, försäga sig, komma ur balans.

– Vad det gäller henne har jag fått så många frågor redan av polisen, så jag har inget mer att tillägga. Om ni undrar varför jag inte nämnde försvinnandet vid förra förhöret. Men kör på ni. Om ni nu inbillar er att det skulle ha någon relevans i det här sammanhanget.

Han stålsatte sig. Helt plötsligt kunde han bemästra sina känslor. Situationen var inte ny för honom, han hade upplevt den förut. Till skillnad från mordet på Sven-Gunnar Erlandsson, vare sig han hade begått det själv eller inte. För Hamad var ögonblicket över. Han insåg att aggressiva frågor fortsättningsvis skulle få förhärdade svar.

– Lara – det är Larissa du kallar så? frågade han.

– Ja, det var vad vi alla kallade henne. Vad hon blev kallad där hemma.

– Vad tror du hände med henne?

– Jag kan inte gärna tro någonting. Jag hoppas att hon har det bra. Att hon har hamnat hos någon som tycker om henne.

– Du tror alltså att hon rymde för att hon ville stanna kvar i Sverige?

– Nej. Det är vad jag hoppas. Jag *tror* att hon inte är i livet längre.

Hamad höjde på ögonbrynet.

– Varför tror du det?

Jenner svarade utan att vika med blicken.

– Därför att det förefaller vara det troligaste. Och därför att jag inte känner hennes närvaro.

Han torkade händerna på byxorna. Ett tecken, trots allt, på att han inte trivdes i situationen.

– Så det är inte så att du *vet* att hon är död då? inföll Westman.

Jenner svarade inte, gav henne bara ett trött ögonkast.

– Är du medveten om att det i så fall i din allra närmaste krets har dött tre personer under de senaste åren? fortsatte Westman. Finner inte du det märkligt?

Han suckade.

– Jag förmodar att den tredje då skulle vara Marie? Hon tog livet av sig som en direkt följd av ert arbete senast det begav sig.

– Det beklagar jag uppriktigt. Men skulle du kunna utveckla det?

För första gången såg han bort, försvann ut genom fönstret med blicken. Men han svarade på samma sätt som förut. Lugnt, sakligt och med en viss uppgivenhet.

– När Lara försvann sattes hela familjen under en enorm press. Först av sorgen och förtvivlan över att vi kanske hade förlorat henne. Sedan av polisens upprepade förhör och insinuationer. Slutligen av omgivningens avvaktande förhållningssätt. Outtalade misstankar. Ryktesspridning. Allt tisslande och tasslande.

– Förlorat henne? undrade Hamad. Såg ni det som att ni ägde henne?

Jenner såg på honom med något beklagande i blicken. Eller var det kanske överseende?

– Man kan inte äga en annan människa, svarade han. Men vi var Laras föräldrar. När hon var här. Och vi var i färd med att adoptera henne.

– Skulle ni adoptera henne?

– Ja. Och våra känslor för henne höll på att anpassa sig till det. Vi älskade Lara. Hennes försvinnande tärde på oss allihop, men Marie tog det hårdast. Drygt ett år efter att vi förlorade Lara gav hon upp. Om jag ska vara uppriktig så tror jag att hon kanske till och med tog misstankarna mot mig hårdare än själva förlusten av Lara. För sorgen lär man sig att leva med, men inte skammen.

– Så det var inte så att Marie också misstänkte dig? gick Westman på, men Jenner tog frågan med fattning, fortfarande med blicken förlorad i någonting utanför fönstret.

– Hon var inte opåverkad av snacket som gick. Men hon kände mig. Hon visste att jag inte var kapabel till något sådant och ...

– Till vadå exakt? avbröt Hamad.

Jenner var tillbaka, såg honom i ögonen när han svarade.

– Till något brottsligt.

Han lät sig inte bringas ur kontroll. Inte den här gången.

– Och det fanns andra som var lika övertygade om att jag var oskyldig. Alla som kände mig väl. Svempa till exempel. Han har funnits där för mig hela tiden. Så varför skulle jag önska livet ur honom?

– För att han kanske ändrade uppfattning, svarade Hamad.

Orden hängde kvar i luften. I rummet med alla fotografierna. Ingen sa något på en stund. Det var alldeles tyst, inga röster, inget brus. Så ensamt det måste vara att vara Staffan Jenner, tänkte Hamad. Änkling, barnen utflugna. Livet kantat av sorger och bedrövelser. Sist kvar i ett hus fullt av minnen. Vad var det som höll honom kvar här? Var det inte precis det Staffan Jenner hade frågat sig själv under sitt lilla sammanbrott förra gången de träffade honom? Slutligen bröt Westman tystnaden.

– Då får man förmoda att du ställer upp på samma sätt för Adrianti?

Det var bara en skiftning. Något osäkert som svepte förbi hans ögon, en lätt darrning på rösten när han svarade.

– Självklart. Självklart ska jag göra det.

Hamad drabbades av en plötslig impuls att ringa dit en hundförare. Tänk om Staffan Jenner inte *kunde* lämna huset? Om en försäljning av fastigheten var förenad med så stora risker att det var otänkbart?

Måndag eftermiddag

Återigen befann sig nu Sjöberg och Gerdin i familjen Erlandssons hemtrevliga kök. Denna gång satt förutom Adrianti och Ida också de utflugna barnen med runt det stora bordet. Rasmus var tjugofem år och studerade juridik vid Uppsala universitet. Anna var två år yngre och läste till läkare, även hon i Uppsala. De hade kommit under gårdagen och familjen hade haft tid för att tillsammans bearbeta det inträffade. Trots att de var så pass många i rummet vilade en stillhet som Sjöberg närmast förknippade med sin barndoms långfredagar över hela sällskapet.

– Jag fick ett sms igår när ni hade gått, sa Adrianti. Från Svempa. Han skickade det när klockan var fem i halv ett på natten.

– Fem i halv ett? upprepade Sjöberg. Vad ville han?

– Bara säga att han var på väg hem. Du kan titta själv.

Hon sköt över mobilen till honom med meddelandet framme. "Strax hemma. Puss S." Daterat söndag klockan 00.24. Han vinklade telefonen så att Gerdin som satt bredvid honom också kunde se.

– Men du hade inte mobilen påslagen? frågade Sjöberg.

– Jo, men den var urladdad när jag gick upp. Batteriet måste ha tagit slut medan jag sov. På morgonen när jag vaknade och Svempa inte var här satte jag mobilen på laddning. Det var strax innan ni kom. Jag upptäckte sms:et först när ni hade åkt.

Det hade vi gärna velat veta med en gång, tänkte Sjöberg, men avstod från att kritisera den nyblivna änkan. Erlandsson hade följaktligen varit i livet strax före halv ett i alla fall. Om det nu verkligen var han själv som skickat meddelandet. Just som han skulle fråga tog Gerdin över kommandot.

– Brukar du ha mobilen påslagen på natten? undrade hon med ett överraskande myndigt tonfall.

Vart ville hon komma? Adrianti såg osäkert från den ena till den andra.

– Eller var det något speciellt med just det här tillfället?

– Jag har den alltid på.

– Om det händer något?

– Ja.

– Fanns det något skäl att tro att det skulle hända något?

Skickligt.

– Nej, log Adrianti, lättad nu. Jag menade inte så. Jag brukade ha den på ifall Svempa ringde.

Men Gäddan gav sig inte. Högg som en barracuda.

– Måste du svara då? Även om du låg och sov?

Onödigt, det var nog nu. Adriantis leende försvann lika snabbt som det kommit. Anna såg spänd ut. Rasmus och Ida beklämda. De tyckte synd om sin styvmor. Det hade varit bättre att behandla dem varsamt.

– Nej, naturligtvis inte. Men jag kanske ville svara.

– Är du säker på att det var din man som skrev det där meddelandet? frågade Sjöberg vänligt. Jag frågar, som du förstår, med anledning av att vi inte har hittat hans mobil.

– Jag är säker, svarade Adrianti. Han skrev alltid på det sättet.

Några sekunders tystnad, tid för eftertanke. Och så Gäddan igen, nu i ett oförutsägbart försök att muntra upp stämningen.

– Ni har det väldigt fint här hemma. Vilken fingertoppskänsla du har, Adrianti. Jag älskar den här kombinationen av klassiskt lantligt och modernt. Och allting på sin plats, det är svårt.

Sjöberg såg sig omkring. Med nya ögon. Gerdin var inte fel ute; det var, när man såg närmare efter, verkligen mycket genomtänkt alltihop. Gamla skåpluckor med charmiga knoppar och en gammal vedspis. Detta i kombination med en keramikhäll från Gaggenau och en infälld kaffemaskin. Sparsmakat med lösa föremål, till synes slumpartat utslängda på hyllorna. Välputsad koppar och Rörstrands gamla mjöl- och saltskäppor. Modernt porslin och designerglas i rustika vitbetsade vitrinskåp. Allting pedantiskt ordnat, vilket tilltalade Sjöberg på alla vis.

– Men det kräver sin man, fortsatte Gerdin. Det är svårt att få till det där helgjutna. Jag är imponerad.

Adrianti sprack upp i ett leende och barnen kunde andas ut.

– Tack, sa hon. Roligt att du lägger märke till det. Det ligger ju en del jobb bakom.

Fascinerande att höra Gerdin prata heminredning. Pricksäkert dessutom. Med den klädstilen kunde man tro att hon fullständigt saknade näsa för sådant.

– Jobbar du hemma? frågade hon.

Snygg omskrivning. Men Sjöberg hade ingen aning om vartåt hon ämnade sig. Gerdin var en gåta.

– Jag är hemmafru, svarade Adrianti rakt på sak. Det finns inga jobb för sådana som mig i Sverige. Och med alla barnen och så ... Ja, du vet. Det blev bäst för oss.

– Skönt att ha någon att komma hem till efter skolan? inföll Sjöberg, som dels ville ha med barnen i samtalet, dels ansåg sig ha tappat kontrollen över det och ville ha med sig själv.

– Ja, det stod alltid mjölk och mackor på bordet, log Rasmus och lade armen om sin styvmors skuldror.

Hon lutade sitt huvud mot hans, och det verkade onekligen som om den här familjen var väl sammansvetsad.

– Berätta hur det gick till när ni träffades, bad Sjöberg. Du bodde i Indonesien då, eller hur?

– Ja. På en ö som heter Batam. Den ligger ganska nära Singapore, där Svempa och barnen bodde. Singaporianerna brukar komma till Batam för att spela golf och jag jobbade på klubben. En gång gick jag caddie åt Svempa och helgen därpå kom han tillbaka

Adrianti Erlandsson log med hela ansiktet. Även barnen smittades av det rörande i berättelsen som förändrat också deras liv.

– Caddie, sa Gerdin, även hon med ett leende. Då är du grym på banan då?

– Grym? Nej, det tror jag inte, svarade Adrianti blygsamt.

– Vad har du för handicap?

– Jag har inte spelat golf sedan dess. Det är tretton år sedan. Då hade jag två tre någonting.

Sjöberg hade ingen aning om huruvida det var bra eller dåligt, men det irriterade honom att Gerdin fört in samtalet på ett sidospår.

– Varför har du inte spelat någonting sedan du kom till Sverige? fortsatte hon. Det finns gott om fina golfbanor här i krokarna.

Nu hade hon fått tillbaka den där bestämda rynkan mellan ögonen. Hon var uppriktigt intresserad, frågan var bara varför. Sjöberg drog slutsatsen att det var för att hon var en golfnörd. I likhet med alla andra golfare.

– Äsch, det hade man ju inte tid med, svarade Adrianti. Med familjen och allting. Ingen av de andra spelade. Det var fotboll som gällde här, eller hur ungar?

De nickade instämmande.

– Ja, det var fotboll för hela slanten, sa Ida. Vi spelade allihop. Och Adri hejade på och tvättade lagtröjor.

Adrianti skrattade.

– Okej, sa Sjöberg som började bli rejält uttråkad. Du bar … Svempas klubbor, och sedan?

– Sedan kom han tillbaka och tillbaka och ville alltid ha mig som caddie. Annars spelade han inte. Han blev kär i mig. Och jag blev kär i honom. Så vi gifte oss och flyttade hem hit.

– Och du är svensk medborgare sedan …?

– Sedan 2000.

– Har du kvar ditt indonesiska medborgarskap också?

– Ja, man får ha två.

– Det stämmer säkert ..., hann Sjöberg säga innan han på nytt blev avbruten av Gerdin.

– Och barnen. Hur gick det med dem? Trivdes de bra ihop?

Sjöberg såg det. Det varade bara i en bråkdels sekund, och han förstod inte vad det var han såg, men han såg det. En skugga drog förbi Adrianti Erlandssons ansikte och hon dröjde ett ögonblick för länge med svaret. Han kastade en blick på Gerdin och hon var beredd på detta, det förstod han, för hon hade en enorm skärpa i blicken och hela hennes väsen var inriktat på att avkoda just denna reaktion. Sjöberg älskade de här ögonblicken, han levde för dem. Men just nu kände han sig fullständigt avhängd.

– De tyckte det var toppen, svarade Adrianti, nu utan ett spår av ... vad det nu var. De älskade varandra från första stund. Eller hur, gumman?

Hon strök den äldsta flickan över kinden, frågan var uppenbarligen riktad speciellt till henne. Anna nickade med ett sorgset uttryck i ögonen, en sorg som på något vis tycktes skilja sig från den uppenbara. Men Ida opponerade sig.

– Säg inte på det viset, Adri. Dewi är min syster lika mycket. Och Rasmus.

Hon sa det milt och vänligt. Kärleksfullt. På något sätt stod det klart för Sjöberg att detta inte var en anklagelse, bara en vädjan. Stämningen i rummet var plötsligt en helt annan. Saknaden hade funnits där hela tiden, men nu var den ... smärtsammare? Och på samma gång skyggare? En sorg som inte hade något namn. Till skillnad från döden.

– Dewi Kusamasari, sa Gerdin. Finns det något särskilt skäl till att du inte har nämnt din dotter förut?

– Hon är inte i Sverige, svarade Adrianti. Hon är ute och reser. Förresten pratar jag om barnen hela tiden och hon tillhör dem.

– Berätta om Dewi, befallde Gerdin.

Adrianti tänkte efter, visste kanske inte var hon skulle börja. Men när Ida öppnade munnen var det ingen hejd.

– Dewi är fantastisk. När vi först träffade henne tyckte vi att hon var den sötaste unge vi hade sett. Jag också, fast jag är tre år yngre. Hon var glad och positiv, sprallig, äventyrlig och duktig på precis allting. Dewi var bara tio år då och kunde inte ett ord svenska, men redan efter någon månad hängde hon med när vi pratade. Hon kunde inte så mycket när hon kom hit, för de har inte så bra skolor i Indonesien, så de satte henne i en klass med ett år yngre barn. Redan året därpå var hon så duktig att hon fick hoppa över en klass och gå i Annas årskurs. När hon gick ut gymnasiet hade hon 320 poäng. Högsta betyg i alla ämnen. Dewi hade aldrig spelat fotboll, men hon lärde sig direkt. Och blev givetvis lagets bästa spelare med en helt egen spelstil. Hon var en riktig artist med bollen. Och så var hon den bästa kompis man kan tänka sig. Var man ledsen kunde man alltid gå till henne. Hon bråkade aldrig med någon. Medlade om vi andra bråkade med varandra. Jag längtar efter Dewi, jag vill att hon ska komma hem.

Nu vällde tårarna upp i Idas ögon och även Adrianti såg ut att kunna brista ut i gråt vilket ögonblick som helst. Rasmus och Anna satt orörliga och såg ner i bordet.

– Så varför är hon inte här? undrade Sjöberg, som hade hunnit samla ihop sig efter denna kalldusch och ville tillbaka in i matchen.

– Hon är på långresa, svarade Adrianti lågmält, med blicken riktad mot sina händer som nästan ilsket masserade varandra på bordet framför henne. Jorden runt-resa. Och Svempa vaknar i alla fall inte, lade hon till med gråten i halsen.

– Var är hon? När reste hon?

– Jag vet inte var hon är just nu. Hon har varit överallt. I fyra år har hon varit borta.

– I fyra år! utbrast Sjöberg. Har ni inte träffat henne på fyra år? Anna?

Anna skakade på huvudet utan att se upp.

– Varför så länge?

– Hon är äventyrlig, svarade Anna. Som Ida sa. Hon hade inga problem med att flytta hit. Det var väl inte svårare att flytta härifrån.

– Menar du att hon är rotlös?

– Tvärtom. Dewi kan slå rot var som helst.

Sjöberg fick inte det här att gå ihop. En stark familj där det fanns så mycket kärlek och omtanke – hade det hänt något?

– Men ni håller kontakten? undrade Gerdin.

– Vi skickar mejl, svarade Adrianti.

– Inte så ofta tydligen, eftersom du inte vet var hon befinner sig just nu?

– Tillräckligt ofta för att jag ska veta att hon har det bra.

– Hur var Svempas och Dewis relation? frågade Sjöberg och lät blicken vandra över dem allihop.

Det blev Rasmus som svarade.

– Den var bra. Mycket bra. Som Ida sa så älskade vi henne allihop från första stund. Pappa betraktade henne som sin egen.

Det fanns ingen anledning att betvivla det. Övriga familjemedlemmar såg ut att vara av samma mening.

– Men han adopterade henne aldrig?

Frågan var ställd till Adrianti, men Anna hann före.

– Hon ville inte ge upp hoppet om att hon skulle träffa sin riktiga pappa en dag.

– Och vem är det? Hennes riktiga pappa?

Allas blickar riktades nu mot Adrianti, som skruvade på sig.

– En Singaporekines.

– En Singaporekines? ekade Sjöberg oförstående.

– En kines från Singapore, svarade Rasmus i sin mors ställe. Det vill säga en singaporian som varken är indier, malaj eller något annat, utan kines. Det ligger ingen värdering i det, det är bara ett förtydligande.

– Okej. Men han är alltså fortfarande i livet?

– Det vet jag inte, svarade Adrianti. Vi levde ihop i åtta år. På helgerna. Han bodde i Singapore under veckorna. Men sedan tröttnade han och vi såg honom aldrig igen.

– Ni var alltså inte gifta?

– Nej.

– Men han har erkänt faderskapet? undrade Sjöberg, i ett tafatt försök att få pusselbitarna på plats.

– Ja, det så klart. För mig och Dewi och alla i byn. Vi bodde ju tillsammans i ett hus som han köpte. Men inte officiellt. Det finns inga papper skrivna.

– Varför då?

Adrianti svarade med en axelryckning. Sjöberg var förmodligen en idiot. Indonesien och Sverige var två olika saker, så mycket begrep han i alla fall. Han gav upp.

– Vi pratade om motiv sist vi var här. Har ni kommit på någon som skulle kunna tänkas ha en orsak att önska livet ur Sven-Gunnar Erlandsson?

Idel huvudskakningar.

– Pappa var väldigt populär, svarade Rasmus. Och inte särskilt kontroversiell. Han var en ledargestalt, men inte på bekostnad av andra. Han hade folk med sig.

– Då skulle jag vilja höra era synpunkter angående dem han var ute med i lördags kväll, sa Sjöberg. Vi börjar med Siem. Vad finns det att berätta om honom?

De tillfrågade såg tveksamt på varandra. Ryckte på axlarna.

– Barnen känner inte Janne Siem särskilt väl, svarade Adrianti. Inte jag heller. Svempa tyckte att han var en bra karl. Men lite ... om sig och kring sig? Kan man säga så?

Sjöberg log och även Gerdin drog lite på munnen.

– Jodå, svarade Sjöberg. Närig. Lite överdrivet ekonomisk. En som lägger ner mycket möda på att tillgodose sina egna intressen. Vet du hur han menade när han sa så om Siem?

– När de spelade poker var det fel på reglerna om Janne förlorade. När han vann så var det inga problem. Var det inte något med fotbollen också, Ida?

– Jo, bekräftade flickan. Jag spelade i samma lag som hans äldsta dotter. Hon var inte ordinarie i laget och pappa var vår tränare. Tydligen antydde Janne att jag borde vara den som satt på bänken, att pappa favoriserade mig för att jag var hans dotter.

– Och så var det alltså inte?

– Så var det definitivt inte, kom Rasmus till sin systers försvar.

Lojalitet? Eller ett objektivt underbyggt uttalande?

– Och trettonåringen? bröt Gerdin in. Josefin Siem?

Ida såg osäker ut, sökte bekräftelse i sin brors ögon. Rasmus nickade.

– Av det lilla jag har sett så ger hon inte något vidare trevligt intryck. Bitchig. Bjäbbig. Som sina båda systrar. Jag gillar inte någon i den där familjen. Men pappa tog dem i försvar. Pappa tyckte om alla människor. Sa att vi alla har våra små fel och brister.

– Lennart Wiklund då? frågade Sjöberg vidare. Hur är han?

Det började kännas som om det var rent skvaller de ägnade sig åt. Men de var tvungna att ställa de här frågorna. Hur skulle de annars kunna förstå samspelet mellan Sven-Gunnar Erlandsson och de människor som sist såg honom i livet? De måste ju börja någonstans. För någonstans hade det legat något och pyrt. Tillräckligt för att orsaka en rejäl eldsvåda.

– Han är trevlig, svarade Adrianti. Rolig. Snackar en massa.

– Skit? föreslog Gerdin.

Adrianti skrattade till. En test av det svarta, glänsande håret föll fram i ansiktet på henne och hon förde tillbaka den bakom örat.

– Ja, han är duktig på att snacka skit. Eller menar du om han snackar skit om andra? Det gör han inte. Det är inte hans stil.

– Det var precis vad *han* sa om Svempa också, påminde sig Gerdin från morgonens möte på polisstationen. Att han inte spred en massa skit om folk.

Adrianti nickade.

– Det stämmer. Svempa avskydde sådant. Sa att det fanns något gott i alla.

– Men att de hade haft sina duster, fortsatte Gerdin. Vad tror du Wiklund menade med det?

– Ingen aning. Jag har inte hört talas om något tjafs mellan dem. Svempa tyckte att Lennart var en kul typ. Bra att ha att göra med.

Gerdin gav sig inte.

– Men något måste han ju ha menat. Kan det ha haft med poker att göra? Eller fotboll?

Barnen visste ingenting. Såg uppmärksamt på sin styvmor medan hon letade i minnet.

– Det enda jag kan komma på var när Svempa omplacerade Lennart från att träna dottern Alexandras lag till att träna sonens. Williams. Det var ingen stor grej.

– Sa Svempa det?

Adrianti nickade. Något tändes i Gerdins ögon.

– Det kanske det var för Lennart Wiklund. Varför blev han omplacerad?

– För att några av flickorna hade sagt att han tittade på dem. Eller raggade, kanske man ska säga.

– Men Svempa avfärdade det?

– Nej, han åtgärdade det. Så att alla blev nöjda.

– Utom Wiklund tydligen.

Sjöberg studerade Gerdin med viss fascination. Han föreställde sig stackars Adrianti Erlandsson som en citron i hennes händer. Som skulle pressas tills varenda droppe var ute.

– Han fick ju en bra deal. Flickorna och deras föräldrar var nöjda och Lennart fick träna ett annat lag i stället. Svempa var diplomatisk.

– Man skulle kunna säga att saken tystades ner?

– Det fanns inget att tysta ner. Svempa sa att tjejerna bara jävlades lite med Lennart. Att det inte låg något bakom. Han tog över laget själv och såg till att det inte blev något skitsnack.

– Åhå, det är det laget alltså. Det lag där Josefin Siem spelar. Var hon möjligen en av anmälarna?

Adrianti såg skamset ner på sina händer, och tryckte hårt med ena tummen i den andra handens handflata.

– Ja, det var hon, svarade hon tyst. Men Svempa ville inte att det skulle komma fram. För Lennarts skull. Och Alexandras.

– Vilken soppa, konstaterade Gerdin med ett leende som tycktes vara både triumferande och bittert på samma gång.

– Får jag säga en sak? frågade Ida. Jag har inte hört talas om det här förut, men på ren instinkt skulle jag säga att pappa hade rätt. Att Lennart var oskyldig. Nu känner jag inte just Josefin Siem, men många tjejer tycker att Lennart är väldigt snygg. Till exempel hennes storasystrar som dräglade efter honom och höll på och fjanta sig för honom hela tiden. Han hade förmodligen *inte* visat de här tjejerna det intresse de ville ha och så ljög de ihop den här historien bara. Det är vad jag tror.

Sjöberg tyckte det var dags att byta spår.

– Och så var det Staffan Jenner. Jag har förstått att ni känner honom väl allihop.

Barnen verkade nollställda. Adrianti drog ett djupt andetag. Kanske hade hon på känn vad som var på väg.

– En nära vän till familjen, eller hur?

Barnen nickade. Adrianti svalde.

– Några spontana kommentarer?

– Jag tror … började Adrianti.

Hon såg blek och hålögd ut, kanske var det magstarkt att ta upp det här eländet ovanpå allt annat. Men ämnet måste föras på tal och det var ingen mening med att skjuta upp det.

– Jag tror inte jag orkar bli förhörd mer nu. Kan vi ta det senare?

Rasmus och Anna utbytte blickar. Ida såg sammanbiten ut.

– Jag är ledsen, sa Sjöberg mjukt, men vi måste ställa de här frågorna för att komma vidare. Ju förr desto bättre.

Ida var än en gång den som orkade prata om det som övriga familjen skyggade för.

– Jag vet vart du vill komma, sa hon beskt. Lara – eller hur? Hon var ett år yngre än jag. Vi lekte nästan hela tiden. Jag kände henne bättre än någon annan. På barns vis. Hon älskade familjen Jenner. Hon älskade Staffan. Och de älskade henne. Staffan är en genomgod människa. Snäll, mjuk, förstående, kärleksfull, pedagogisk. Det finns inte på kartan att Staffan skulle ha gjort henne något ont. Fattar ni det? Det finns inte.

– Så vad tror du, Ida? frågade Sjöberg. Vad var det som hände?

– Jag tror att hon rymde för att hon inte ville åka hem. Och råkade ut för en olycka. Eller en galning.

– Instämmer helt och hållet, sa Rasmus. Staffan hade ingenting med saken att göra. Kan vi lämna det där nu?

Sjöberg gav efter. Omständigheterna omkring det ryska sommarbarnets försvinnande kunde de själva gräva i. Nu visste de i alla fall var familjen Erlandsson stod.

– Okej, suckade Sjöberg. Men alldeles oavsett det vill vi veta hur relationen mellan era familjer var och är. Efter vad jag har förstått har ni stått varandra ganska nära. Adrianti?

Adrianti såg fortfarande närmast skräckslagen ut. Rasmus svarade i hennes ställe.

– Vi var goda vänner allihop. Anna, Dewi och jag lekte mycket med deras barn. Ida var lite för liten, därför var det extra kul för henne med Lara. Staffans fru och Adri kom väldigt bra överens. Marie var ovärderlig när Adri var ny i landet, hjälpte henne på plats, kan man säga. Var det inte så?

Adrianti nickade, men blicken avslöjade att hon var någon annanstans i tankarna. Tårar vällde upp i hennes ögon. De var farligt nära gränsen för vad hon klarade av nu. Det började bli dags att lämna familjen Erlandsson ifred.

– Och pappa var urstark när ... det där hände, fortsatte Rasmus. Stod upp för Staffan i vått och torrt. De litade obetingat på varandra och var väldigt lika i sitt sätt att se på saker och ting, även om de utåt sett var rätt olika. Letar ni efter en spricka mellan dem letar ni förgäves. Staffan Jenner har inte mördat pappa.

Det sista sa han med eftertryck. Adrianti Erlandsson drog i lillfingret så att det knakade. Tårarna svämmade över. Gränsen var passerad.

Möjligen kunde det förstås också vara så att hon inte var lika övertygad.

♣

Sven-Gunnar Erlandssons liv var en mosaik av händelser och människor. De var för närvarande inne och rotade i de centrala delarna av hans vardag med utgångspunkt i nutid. Men han var femtiotvå år gammal när han dog och hade rört sig i vida kretsar på stora ytor under lång tid. Trots att en hel del intressant information hade kommit fram fanns det egentligen ingenting som sa att mördaren fanns bland dem de hört eller ens hört talas om. Även om Hamad själv ansåg att en försvunnen rysk flicka och ett självmord var tillräckligt för att man skulle gräva lite extra just på familjen Jenners bakgård. I dubbel bemärkelse. Å andra sidan var han ännu inte beredd att ge upp pokerspåret. Korten i fickan, det faktum att det i någon mening var en pokerkväll samt det dödande skottet i huvudet talade sitt tydliga språk. Det var oseriöst att bortse från de här indikationerna, även om det mycket väl också kunde vara en dimridå. Men i så fall hade någon ansträngt sig för att få mordet att se ut som om det hade med poker att göra, och även det indikerade ju faktiskt något.

Att Lennart Wiklund skulle ha skjutit Erlandsson trodde han inte ett ögonblick på. Karin var en festprisse och uppenbarligen också en gubbsjuk sådan, men någon mördare trodde Hamad inte att han var. Gerdins idé om Josefin Siems inblandning i mordet gav han heller inte mycket för. Jan Siem kunde för all del ha någonting med det hela att göra, men att han då skulle utsätta sin trettonåriga dotter för något så otäckt som att hitta liket verkade osannolikt. Det kunde i och för sig vara ett olycksfall i arbetet, men det var i så fall också ett sammanträffande av stora mått och sammanträffanden trodde han inte mycket på.

Familjen? Visst. Det var statistiskt sett det troligaste. Själv hade han inte träffat dem, men efter vad han hört hade ingenting framkommit än så länge som pekade åt det hållet. Och Sjöbergs intresse för den där uteliggargrejen skulle snart självdö. De hemlösas bidrag till karaktärsteckningen av Erlandsson var dem inte likgiltigt, men hans mördare skulle de inte hitta på husvagnscampingen.

Hur som helst var telefonsamtalet till Malmberg under söndagsmorgonen det mest konkreta de hade att gå på. För all del, någon av de många gamar som frekvent satt och lyssnade på vad som avhandlades över polisradion kunde ha drabbats av ett plötsligt behov av att göra sig märkvärdig. Även någon som av andra orsaker tidigt hade hört talas om det inträffade kunde ha busat till det lite. Men det kunde också vara mördaren själv som hört av sig. Eller någon som hade anledning att rikta misstankarna åt fel håll. Det var under alla omständigheter av största intresse att så snart som möjligt få reda på hur det förhöll sig med den saken.

Hamad hade under eftermiddagen gått igenom loggutskrifterna från Hammarbypolisens växel för den tid då Malmberg skulle ha tagit emot samtalet, plus minus femton minuter. Växeln höll koll även på de samtal som gått direkt – alltså inte via telefonist – till de fasta telefoner som fanns på varje skrivbord i polishuset. De inkomna samtal som inte ringts från hemligt nummer hade han spårat och därefter kopplat ihop med respektive mottagare som han sedan kontaktat.

Inget av dessa samtal var adresserat till Malmberg, och de hade dessutom handlat om helt andra saker än om mordet på Sven-Gunnar Erlandsson. Märkligt nog hade inte heller något av de samtal som ringts från hemligt nummer inkommit på Malmbergs fasta telefon. Vare sig direkt eller via manuell samtalskoppling.

När klockan närmade sig sex och han inte blivit klokare än så gjorde han sig redo att gå hem. Då dök listorna från Telia upp i inkorgen.

Ett fåtal samtal hade under perioden inkommit via växeln från hemligt nummer. Abonnenterna bakom dessa nummer var nu namngivna och även deras adresser hade listats. Hamad kontaktade omgående de poliser som tagit emot samtalen och ingen av dem hade några problem att härleda dem. De var uteslutande av privat karaktär.

Två samtal hade under det aktuella tidsspannet tagits emot av Gunnar Malmbergs mobiltelefon. Det ena av dessa låg tretton minuter fel i tiden och kom dessutom från Malmbergs egen hemtelefon. Det andra hade inkommit klockan 09.36. Från ett kontantkort.

Tisdag förmiddag

På tisdagsförmiddagen tittade Bella Hansson förbi polisstationen och Sjöberg kallade till ett informellt möte inne på sitt rum. Det var i trängsta laget, men han räknade med att det Hansson hade att berätta var av intresse för alla.

– Det vapen vi letar efter är en Glock 38, började hon. Tyvärr, får jag säga, för de är inte jättesvåra att få tag på. De är ganska vanligt förekommande i kriminella kretsar och har man bara de rätta kontakterna är det ingen match.

– Och om man inte har det? frågade Andersson som stod och lutade sig mot en bokhylla. Hur gör man då? Vi har än så länge inte stött på några värdetransportrånare i den här utredningen.

– Det finns en hel del obskyra sajter på Internet, svarade Hansson från sin plats i en av besöksstolarna vid skrivbordet. Och vi har inte lyckats koppla det här vapnet till något annat brott.

– Så du menar att vi inte kommer att hitta mördaren via vapnet?

– Det tror jag kan vara svårt. För att inte säga hopplöst, lade hon till och bytte sedan spår. Enligt Kaj så stämde teorierna om att offret först sköts i ryggen på cirka fem meters håll och sedan på nära avstånd i nacken då han låg ner. Det skottet var omedelbart dödande.

– Vi pratar alltså avrättning, konstaterade Sandén. Erlandsson skulle dö. Att han sedan blev bestulen på mobilen gör det inte till ett rån. Det är i första hand ett mord.

– Klockan 00.24 drog han iväg ett sms till sin fru, sa Sjöberg.

Det skulle kunna vara så att han hade mobilen framme när han blev skjuten, och att mördaren lade beslag på den i stundens ingivelse. Det är trots allt en iPhone. Dyr och attraktiv.

– Det skulle också kunna vara så att han blev mördad för att någon ville åt den där mobilen, sa Andersson på nytt. Av något annat skäl än att den kostar femtusen. Långsökt kanske, men ändå en möjlighet att ta i beaktande.

Sjöberg nickade tankfullt.

– Apropå telefoner, Jamal – hur går det med Telia? Har du sett några samtalslistor?

– Jag har inte fått Erlandssons ännu. Men det samtal som Malmberg tog emot klockan 09.36 i söndags morse har jag fått bekräftat kom från ett kontantkortsabonnemang.

– Så det är återvändsgränd även där alltså?

– I princip.

– Mast?

– Jag återkommer om det.

Gerdin bytte ämne.

– De där spelkorten, Bella, var det verkligen bara fyra? undrade hon. Så det var inte fem?

– Nej, fyra var det, intygade Hansson.

– Vad fick du det där med poker ifrån då? Du pratade om en pokerspelare redan på golfbanan, när du fick samtalet.

Hansson tänkte efter i några sekunder innan hon svarade.

– Det var väl Lundin som hade vakten, har jag för mig. Det måste ha varit han som pratade om poker.

– Men det kan han ju rimligen inte ha haft en aning om, fortsatte Gerdin envetet. Att Erlandsson var pokerspelare. De hade ju lika gärna kunnat spela bridge. Eller skitgubbe. Vad var det för kort förresten?

Hansson öppnade den plastmapp hon hade framför sig på bordet, och drog fram en bunt med fotografier. Bland dem hittade hon ett som föreställde de fyra korten.

– Det var spader åtta, klöver ess, spader ess och klöver åtta, svarade hon.

– Två par alltså, kungjorde Hamad. Det förklarar saken.

Gerdin såg inte alltför övertygad ut.

– Fanns det några fingeravtryck på korten? frågade hon.

– Nej, det gjorde det inte.

– Borde det ha gjort det? Jag menar med tanke på regnet.

– Absolut, svarade Hansson. Om någon hade tagit i dem med bara fingrar hade det funnits avtryck. Vilket utesluter att Erlandsson hade lagt dit dem själv. Om jag nu får leka polis. För några handskar lär han ju knappast ha haft på sig.

– Ett meddelande från mördaren då kanske, tänkte Gerdin högt. Men vad är det där för kladd? frågade hon med hänvisning till några blåaktiga fläckar på ett av essen.

– Jag skulle just komma till det, svarade Hansson. Minns ni att jag nämnde att vi förutom de här spelkorten också hittade en papperslapp i Erlandssons ficka? Med handskriven text som flutit ut till följd av regnet? Den visade sig vara skriven med en vanlig kulspetspenna, och sådant bläck tål inte fukt något vidare. Fläckarna på esset härrör alltså från den där lappen. Men spelkorten har glatta ytskikt och har inte sugit i sig något av bläcket, utan det är verkligen bara kladd, precis som du sa, Gäddan. Däremot upptäckte jag att fodret i kavajens bröstficka, där vi hittade de här sakerna, hade sugit upp lite av färgen. Jag har nu med hjälp av bläcket på fodret, bläcket på lappen och vissa avtryck i pappret från själva kulspetsen lyckats extrahera någon form av meddelande ur det här gegget. Det är en blandning av bokstäver och siffror, kanske en kod av något slag. Så här ser det ut.

Mitt på Sjöbergs skrivbord lade hon ett A4-papper med en uppsättning slarviga krumelurer i stark förstoring. Sandén och Sjöberg som redan satt vid bordet lutade sig fram för att studera den obegripliga texten. De övriga poliserna trängde ihop sig runt bordet för att också de försöka bilda sig en uppfattning om den mystiska papperslappens innehåll.

– Jag tar det där! ropade Gerdin, innan någon egentligen hunnit se vad som stod på lappen. Jag älskar chiffer, jag tar ansvar för att det blir löst. Om det går för sig, lade hon till med något vädjande i blicken.

– Jag är på, sa Sandén utan att ta sig tid att tänka efter. Klart som fan att vi fixar det där, Gäddan!

Alla de övriga såg med förvåning från den ena till den andra innan de började skratta allihop. Ingen visade den allra minsta besvikelse över att bli snuvade på en uppgift som inte kunde betraktas som något annat än hopplös.

♣

Odd Andersson befann sig i halvliggande ställning i stolen framför datorn. För varje fruktlöst telefonsamtal och varje misslyckad sökning sjönk han ner en bit till. Uppgiften att spåra en Glock 38 visade sig, som Hansson också mycket riktigt hade påtalat, vara fullständigt tröstlös. Emellanåt kom han på sig själv med att vara totalt okoncentrerad och tänka på helt andra saker.

Besöket hos husvagnsfolket i Huddingeskogarna hade gjort djupt intryck på honom. Det var inga problem att begripa hur Sven-Gunnar Erlandssons tankar hade gått när han bestämt sig för att det var till just dessa människor hjälpen skulle gå. Både kvinnan och mannen gav intryck av att vara hyfsat intelligenta, insiktsfulla människor. Trots allt. Trots att de var straffade båda två för mindre allvarliga brott, trots att de drogat sönder sina liv och att kvinnan en gång i tiden förlorat vårdnaden om sina bägge barn. Olyckliga omständigheter hade fått dem att ge upp alla drömmar om ära och redlighet, men de var tänkande individer och tämligen harmlösa för sin omgivning. Vad han kände till åtminstone.

Och så kunde han inte riktigt släppa tanken på den unga flickan som under en period delat livet i husvagnen med dem. Vad kunde det finnas för orsaker för ett barn att lämna sitt vanliga liv med skola och familj för att bo tillsammans med några människospillror på samhällets botten?

Många, fick han tyvärr lov att konstatera. Hans egen uppväxt hade inte varit den roligaste, kantad av psykisk sjukdom och missbruk bakom en tjusig fasad av Volvo-, hund- och villalycka. Dock hade han aldrig övervägt att fly det sjunkande skeppet, utan han hade härdat ut, räknat år och månader till den dag han kunde flytta hemifrån. Men han hade revolterat. Han hade vägrat inrätta sig i ledet och leva det där förljugna pseudolivet. Och i musiken hade han funnit friheten. I rockens underbara värld fick man vara vild och galen, och han hade köpt hela konceptet, vilket retade gallfeber på föräldrarna. Han lät håret växa, tatuerade sig samma dag han blev myndig. Men framför allt spelade han musik. Under tonåren var han medlem i mängder av band, skrev egna låtar och både sjöng och spelade gitarr. Några större framgångar nådde de aldrig och på Ackis kom han inte in. När han då tvingades välja en alternativ bana fick det bli polishögskolan i stället. Pappa byggmästaren avskydde skattmasen och bylingen i lika hög grad, men polisyrket verkade betydligt roligare.

Visst kunde det finnas många anledningar för en ung flicka att längta bort. Men så mycket att hon hamnade hos patrasket i husvagnsparken? Och mitt i vintern dessutom? Då måste det vara illa. Riktigt illa. Frågan var bara om någonting kunde vara värre än att släpa sig runt som hemlös. Som femtonåring. Flicka. Outbildad. Obetydlig.

Han bestämde sig för att söka upp henne. Rebecka. Hoppades att Erlandsson verkligen hade lyckats övertala henne att återvända hem. Och att hon inte hade det alltför jävligt.

♣

Petra Westman bestämde sig för att gå till botten med det försvunna ryska sommarbarnet. Hon hade samlat ihop det mesta av det material som fanns, och ägnade sig nu åt att plöja akter och lusläsa vittnesförhör. Samt att i ett inofficiellt dokument för eget bruk sammanfatta det hon betraktade som viktigt.

Sista gången flickan möjligen synts till var strax före klockan elva på förmiddagen en augustidag för åtta år sedan. Hon hade enligt både Marie och Staffan Jenner varit ur gängorna de sista dagarna eftersom bara någon vecka återstod av hennes vistelse i Sverige. Men kvällen före försvinnandet hade Staffan Jenner kommit hem med en cykel åt henne. Som en försäkran om att hon snart skulle få komma tillbaka och då förhoppningsvis för att stanna. Nästa morgon ösregnade det. Staffan Jenner var frilansjournalist och jobbade den här dagen. Detta arbete ska delvis ha bestått i att flänga runt mellan olika uppdrag, och det fanns tillräckligt med uppgifter som styrkte att han gjort det han skulle, men inga som gav honom ett fullgott alibi för hela tidsspannet det kunde ha rört sig om. Larissa Sotnikova gav sig nämligen trots det dåliga vädret iväg på cykeln vid kvart över tio. De andra barnen stannade kvar inomhus tillsammans med sin mamma.

Det var Marie Jenner som först började oroa sig. När klockan närmade sig ett och hon fortfarande inte hade hört något från Lara ringde hon Ida Erlandsson, som var ensam hemma. Hon hade drabbats av en infektion som satt sig i hals och öron, och orkade denna dag inte vara med på det fotbollsläger som engagerade resten av familjen. Men Ida var helt bestämd på att hon inte fått något besök av Lara den här dagen. Hon hade å andra sidan sovit i flera timmar, så det var tänkbart att Lara trots allt varit där och ringt på, men att Ida inte hade vaknat.

På seneftermiddagen drog cirkusen igång. Man gick man ur huse i villaområdet och letade med ljus och lykta efter flickan – så småningom även bokstavligen. Utan framgång. Cykeln hittades heller aldrig. Man visste att Lara hade besökt fotbollslägret på

Mälarhöjdens idrottsplats runt tjugo i elva. Då hade regnet upphört, men hon hade trots det en uppseendeväckande orange regncape på sig och var därför lätt att identifiera även för dem som inte kände henne. Där hade hon pratat med flera av ungdomarna och ledarna på lägret. Till dem hörde Anna, Rasmus, Adrianti och Sven-Gunnar Erlandsson. Dock inte samtidigt eftersom de höll till på olika delar av idrottsanläggningen och ägnade sig åt olika saker.

Men det fanns fler vittnesmål. Ett fåtal personer hade verkligen sett barnet i den orange regncapen cykla omkring på förmiddagen. Huruvida dessa källor var trovärdiga eller inte var svårt att veta, men hon tycktes i så fall ha rört sig i vida banor runt hemmet i Herrängen och synts till så långt borta som i Älvsjöskogen. Den sista iakttagelsen av Larissa Sotnikova gjordes vid elvatiden på Murgrönsvägen i riktning mot Konvaljestigen. Tillförlitligheten hos den uppgiften ifrågasattes dock av polisen eftersom hon då skulle ha setts i sällskap av en mindre flicka utan regnkläder. Och någon sådan hade inte dykt upp i utredningen.

Till Staffan Jenners fördel kunde sägas att adoptionsplanerna var långt framskridna. Betydligt längre än det hade behövt gå om han var emot det hela. Vilket han enligt både sig själv och resten av familjen inte alls var. Han hade dessutom köpt flickan en cykel dagen före katastrofen. Men å andra sidan – det kunde lika gärna vara en väl uttänkt skenmanöver. Man hade också finkammat hans bil efter ledtrådar. Och visst fanns det spår efter flickan där, men inga tecken på att strid eller något annat otillbörligt skulle ha ägt rum under dagen för försvinnandet. Det fanns heller inga lämningar efter en lerig cykel i bagageutrymmet. Men så hade det ju mycket väl kunnat ligga plast eller tidningar på botten.

Det som främst talade emot Jenner var naturligtvis det faktum att hans alibi inte höll. Att hans hustru begått självmord något år senare gjorde inte saken bättre. Inte heller att hon gjort det med hjälp av sömntabletter. Det fanns liksom ingenting som bevisade att hon hade svalt dem av fri vilja. Och om hon nu ändå gjort det så hade hon troligtvis ganska starka skäl. Kanske vetskapen om vad som försiggått i hennes eget hem? Jenner gav dessutom ett skört och bräckligt intryck, både fysiskt och psykiskt. Hans sjukjournaler kunde kanske innehålla ett och annat av intresse, men det fanns inga möjligheter att få tillgång till dem när det helt saknades bevis för hans inblandning i de här fallen.

Men om man nu arbetade efter hypotesen att Larissa Sotnikovas försvinnande hade någonting med mordet på Sven-Gunnar Erlandsson att göra så var det kanske läge att vidga vyerna lite. Eller krympa dem, beroende på hur man såg på det. Westman bestämde sig för att söka efter gemensamma nämnare, och Staffan Jenner var kanske inte den enda. Hur låg det till med familjerna Wiklund och Siem? Även de var fotbollsfamiljer och kunde ha varit bland dem som befann sig på Mälarhöjdens idrottsplats den där förmiddagen för åtta år sedan. I en av kartongerna på golvet letade hon fram en bunt med deltagarlistor från fotbollslägret och ögnade igenom dem i förhoppning om att stöta på något välbekant namn. Och mycket riktigt, en Carolina Siem, född -89, en Lovisa Siem, född -92, samt en William Wiklund, född -93, fanns bland namnen på listorna. Dessutom återfanns både Jan Siem, Katarina Siem, Ingela Wiklund och Lennart Wiklund bland funktionärerna. Den sistnämnde som tränare. Dock var hans namn struket med blyertspenna och ersatt med ett annat, nämligen Rasmus Erlandsson.

Det var intressant. Varför hade Lennart Wiklund bytts ut som tränare under lägret? Och mot sonen Erlandsson dessutom? Sjöberg hade berättat att Sven-Gunnar Erlandsson omplacerat Lennart Wiklund, från ett flicklag till ett pojklag. Det var visserligen bara något år sedan, men problemet kunde ha dykt upp tidigare. Hans överdrivna intresse för unga tjejer. På vilket sätt det nu var överdrivet. Om det var Wiklund som var överdrivet intresserad eller flickorna som överdrev hans intresse i rent önsketänkande.

Westman bestämde sig för att kontakta honom för att omedelbart få svar på frågan. Någonstans bland alla papper på skrivbordet visste hon att hon hade hans uppgifter, men det verkade enklare att slå på datorn än att städa upp bland Larissa Sotnikovas gamla akter. På hitta.se upptogs en sida av nitton Wiklund hemmahörande i Älvsjö, en av dem var Lennart. Hon tog det säkra för det osäkra och slog hans mobilnummer. Efter två signaler hade hon honom i örat och förklarade vem hon var.

– Jag har egentligen bara en fråga. Du var tänkt som tränare under det fotbollsläger som pågick på Mälarhöjdens IP under den vecka som en rysk flicka försvann. Larissa Sotnikova. Men jag ser här att du var struken från listan och ersatt av Rasmus Erlandsson. Hur kom det sig?

– Jenners sommarbarn? Men det måste ju ha varit en tio år sedan?

Han lät förvånad.

– Det var åtta år sedan, svarade Westman. 2001.

– Vad har det med saken ...? började Wiklund, men avbröt sig och svarade i stället på frågan. Jag var sjuk. Jävligt sjuk faktiskt. Låg i fyrtio graders feber i över en vecka.

– Oj då, sa Westman. Var du ensam hemma under den här dagen?

– Ja, resten av familjen var på Mälarhöjdens IP.

– Även lilla Alexandra?

– Hon var med Ingela. Roddade käk.

– Okej, sa Westman och tänkte tacka för sig, men Lennart Wiklund hade inte pratat färdigt.

– Det var troligtvis körtelfeber, fortsatte han. Vilket inte hindrade mig från att vara med och leta efter flickan. På eftermiddagen när jag fick höra vad som hade hänt proppade jag i mig både Alvedon och något annat som jag inte kommer ihåg vad det heter och sökte efter henne till midnatt.

– Tack, det var allt, sa Westman och avslutade samtalet.

Ibland är det bättre att knipa igen, tänkte hon. Kunde du vara ute och springa i många timmar så klarade du antagligen av en hel del annat också. Teoretiskt sett.

Av dem i utredningen som vid tillfället varit någorlunda vuxna nog att föra bort en elvaåring hade Rasmus, Anna, Adrianti och Sven-Gunnar Erlandsson, Dewi Kusamasari, Jan och Katarina Siem samt Ingela Wiklund alltså befunnit sig på idrottsplatsen den förmiddag då Lara försvann. Lennart Wiklund, Marie och de tre barnen Jenner befann sig i sina hem. Staffan Jenner var ute och for med bilen. Lennart Wiklund och Staffan Jenner saknade uppenbarligen alibi. Resten av familjen Jenner styrkte varandras. Hur det såg ut för fotbollsfolket framgick inte, men deras alibin hade förmodligen inte blivit särskilt hårt granskade under utredningen. Varför skulle de ha blivit det? Inga misstankar hade riktats mot dem och polisen såg helt säkert ingen anledning att kräva var och en av de mer än hundra personer som befann sig på fotbollslägret på ett vattentätt alibi. Att de hade varit där allihop under förmiddagen verkade klart. Men hade samtliga varit där under *hela* förmiddagen? Det var det antagligen helt omöjligt att bringa klarhet i så här långt efteråt.

Låt säga, funderade Westman vidare, att de allra sista uppgifterna om Larissa Sotnikova var tillförlitliga. Att vittnet som sett flickan från köksfönstret på Murgrönsvägen inte var ute och cyklade. So to speak. Lara skulle i så fall ha gått förbi tillsammans med en mindre flicka utan regnkläder på cykel. En flicka med en blond hästsvans som hängde ner under cykelhjälmen. Vad fanns det för småflickor som Lara kunde tänkas ha lånat ut cykeln till? Och hjälmen? Josefin Siem var fem år vid den här tiden. Alexandra Wiklund likaså. Vad de hade för hårfärg hade hon ingen aning om. Det kunde ju naturligtvis trots allt ha varit Ida Erlandsson, förvisso blond men ett år äldre än Lara. Som i så fall skulle ha ljugit för polisen. Några andra småflickor i snittet mellan Laras och Erlandssons utredningar kände Westman inte till.

Vart var de båda flickorna på väg? Hon grep tag i skrivbordsskivan och drog sig på stolen fram till datorn. På skärmen var hitta.se redan uppe, så hon raderade namnet Wiklund ur fältet ”Vad söker du?”, skrev in Murgrönsvägen före Älvsjö i ”Var?”-fältet och klickade på ”hitta!”. En bråkdels sekund tog det för kartbilden att komma upp. Men under det ögonblicket tyckte hon sig skymta något på skärmen som fick henne att klicka sig tillbaka till föregående sida. Och mycket riktigt – sju platser ovanför Lennart Wiklund i skilsmässodiket stod ytterligare ett bekant namn. Ingela Wiklund. Med adressen Konvaljestigen 1.

Vad i helv... Hade inte vittnet på Murgrönsvägen sagt att flickorna var på väg i riktning mot Konvaljestigen? Hon hoppade tillbaka till kartsidan och fick en överblick över området. Följde de eventuella flickornas möjliga väg med blicken: Murgrönsvägen söderut, sedan vänster in på Konvaljestigen, bort till 1:an. Och vad hittar vi där? En cykelväg som leder in bland träden. Samt ett fristående hus gränsande till en sommarlovsövergiven skola och ett lummigt grönområde.

Om Långbrokungens Väg där Lennart Wiklund numera bodde var en avstjälpningsplats för nyskilda var det ju mer än troligt att han vid tiden för försvinnandet bott på denna adress i Herrängens villakvarter. Tillsammans med sin fru och sina två barn.

Men just den här förmiddagen var han ensam hemma.

♣

Sandén och Gerdin grep sig an uppgiften med det utflutna bläcket med stor entusiasm. Sandén visste egentligen inte varför han hade gett sig in på det – den typen av problemlösning hade aldrig hört till hans favoritsysselsättningar. Men det han i alla fall visste var att det var ett sant nöje att jobba ihop med Gäddan. Medan resten av gänget verkade betrakta henne som tvivelaktig på något sätt, för att hon inte var renodlad i något hänseende, tyckte Sandén att hon var en ganska fantastisk kompott av olika oväntade preferenser och egenskaper. Förbannat duktig var hon också. På nästan allt hon företog sig. Hon hade ett helt eget sätt att angripa de problem de ställdes inför, men det var ingen som lyssnade på henne, de andra tyckte bara hon var konstig. Även Sjöberg, vilket faktiskt störde Sandén. Hur Sjöberg som var den varmaste och kärleksfullaste av människor kunde tycka illa om en människa som Gäddan var en gåta. Men det roade Sandén en smula att Sjöberg svårligen kunde dölja sin skepsis inför hans och Gäddans goda förhållande. Ja, det var inte utan att han verkade smått svartsjuk faktiskt.

Nu satt de bredvid varandra bakom Sandéns skrivbord med förstoringen framför sig, skala 1:5.

– Nietzsche, sa Gerdin. Filosofen.

Sandén såg frågande ut.

– Äh, jag bara slängde ur mig det första jag kom att tänka på. Det är ju alldeles för många tecken. Men det första skulle kunna var ett N, och så har vi I, E, T Z lite längre fram.

– Heinz, sa Sandén. Ketchupen.

– Ja, det med, skrattade Gerdin. Fast jag undrar om det inte är fler siffror än bokstäver. Ska vi gå igenom dem en i taget och anteckna alla möjligheter?

– Det låter klokt, sa Sandén och sträckte sig efter block och penna. Det första måste vara ett N.

– Håller med. Vi kör på det tills vidare. Sedan har vi ett S eller en femma.

Sandén antecknade.

– Nia eller sjua kanske? fortsatte Gerdin.

– Och en boll?

– Precis, skriv ”boll”. Eller O slash nolla. Sedan har vi ett I eller en etta.

– Och en nia eller en fyra. Eller vad tror du, Gäddan, finns det någon bokstav som ser ut så där?

– Tveksamt. Så ett I eller en etta igen. S eller femma. Och så ett päron.

– En sexa kanske? föreslog Sandén. Eller ett riktigt smetigt A.

– Och så en flygande låda.

– Man får tänka på att det är handskrivet, påpekade Sandén. Ett slarvigt D kanske, som hamnade ovanför raden?

– Eller ett O.

– Verkar lite väl fyrkantigt för det, håller du inte med?

– Jo, svarade Gerdin. Ett H då? Där benen har flutit ihop?

– Sedan har vi ett C, G eller E skulle jag tro.

– I eller etta.

– Och en sjua. Eller ett T?

– Och så bollen igen, log Gerdin. Skriv O eller nolla. Fast det kanske kan vara ett plustecken?

Sandén skrev ner samtliga alternativ.

– Femma eller S, nia eller fyra, sa han.

– Och så en liten dutt, sa Gerdin. Vad är det för något?

– Det kanske inte hör dit, spekulerade Sandén. Det kanske bara är något kladd som råkat hamna där.

– Det skulle i så fall vara tomt där och det tror jag inte på. En apostrof kanske?

– Bra idé, jag antecknar.

– Ett Z eller en tvåa.

– En sexa eller ett G?

– Och så ytterligare en dutt som inte bottnar. Fast tjockare.

– Ett U kanske? gissade Sandén. Eller ett H. Eller en kladdigare apostrof.

– Ett citationstecken möjligtvis.

– Hur går vi vidare?

Gerdin tänkte efter i några sekunder innan hon svarade.

– Jag tror jag slänger ihop ett Perl script som genererar alla kombinationer av de tecken som vi har kommit fram till att det kan vara.

Sandén begrep inte ett ord av vad hon sa.

– Du talar i tungor min kära Gädda. Spola tillbaka och börja om.

– Jag skriver ett dataprogram som provar alla siffror och bokstäver som vi har gissat på. Då får vi en lista med alla upptänkliga kombinationer av dessa tecken. Om man stirrar lite på den listan så kanske det blir lättare att se ett mönster, att komma på vad det ska föreställa. Är du med?

– Jag tror det. Men ... kan du bara ”slänga ihop” ett sådant där dataprogram?

– Det är inga problem, sa Gerdin lättsinnigt. Jag har suttit och fnulat en del med sådana grejer. I ett tidigare liv. När jag inte hade något vettigare för mig.

Sandén skakade på huvudet med ett resignerat leende.

– Du är en överraskningarnas kvinna, du Gäddan. Vad ska jag göra under tiden?

– Du kan väl forska på din kant. Googla lite på det vi har. Vem vet – det kanske dyker upp något inspirerande.

Så lämnade hon rummet med målmedvetna steg. Med det kaftanliknande plagget hon var klädd i fladdrande i vinddraget bakom henne. Sandén kände sig inte hundraprocentigt övertygad om att han hade förstått vad han förväntades göra, men han slog på datorn i alla fall, som han var tillsagd. Och fan vet om han inte kände sig lite inspirerad allaredan.

Tisdag eftermiddag

Hamad hade ägnat förmiddagen åt att gå igenom Sven-Gunnar Erlandssons dator, vilket var ett synnerligen ointressant jobb. Hans e-postkommunikation var högst ordinär och handlade mest om arbete och fotboll. Tonen var oftast varm och vänlig men i övrigt neutral. Hamad hade också gått igenom hans almanacka och i många fall kunnat härleda planerade aktiviteter till överenskommelser som gjorts via e-post. Men inget hemlighetsmakeri, inget utöver det normala. Inte heller något förvånande bland kontakterna.

Fotografering verkade inte vara något stort intresse, på datorn fanns det under alla omständigheter inga bilder. Bland dokumenten var det mest upphetsande en hemligstämplad affärsplan från SEB. Att döma av den ganska omfattande Google- och internethistoriken varken porrsurfade Erlandsson eller hängav sig åt något annat uppseendeväckande. En bortkastad förmiddag med andra ord.

Efter lunch dök den efterfrågade informationen från Telia upp. Han ögnade igenom Erlandssons telefonlistor och konstaterade att det skulle bli en hel del arbete med kartläggning av familjens telefonvanor. Detta i avsikt att ta reda på om något av alla dessa samtal som ringts eller inkommit på minsta sätt avvek från det normala mönstret. Mobillistorna intresserade honom dock mer än familjens fasta abonnemang, och först och främst ville han verifiera att det sms som mottagits av Adrianti verkligen skickats från det här abonnemanget strax före halv ett på söndagsmorgonen. Det hade det.

Men när han upptäckte att det mot alla odds fanns ytterligare en post på listan slog hans hjärta ett extra slag. Det sist registrerade utgående samtalet från Erlandssons mobil hade ringts flera timmar efter att han dödats. Till ett kontantkortsnummer. Det var häpnadsväckande information. Och vad mera var: samtalet hade sitt ursprung i Södertälje.

Med fumliga fingrar navigerade han sig in på Eniros kartbild över området där masten stod. Vilket var ett stenkast från den fotbollsplan där Jan och Josefin Siem befunnit sig vid exakt samma tid.

Kanske var hon inte så dum ändå, Gerdin. Kunde det vara så att någon av dem, eller båda två, var inblandad i mordet på Sven-Gunnar Erlandsson? Ett annat alternativ var naturligtvis att flickan, när hon fått syn på den eftertraktade mobilen vid sidan av sin tränares livlösa kropp, lagt vantarna på den. På impuls eller av helt andra skäl. Oavsett vem och av vilken anledning – varför hade personen ifråga i så fall använt den, utan att först plocka ur Erlandssons sim-kort?

Hamad behövde den där mobilen. En plan höll så sakteliga på att ta form i hans medvetande. En plan som han hoppades skulle ställa allt på ända.

♣

Sjöberg hade gått och ältat gårdagens sammankomst hemma hos familjen Erlandsson hela dagen. Mer eller mindre. Nu satt han med penna och papper framför sig och försökte bena upp samtalet, som han mindes det, i sina olika beståndsdelar. Han önskade att han hade haft den där mp3-spelaren Åsa gett honom och som han använt så flitigt under den första tiden. Men den hade börjat krångla redan efter något halvår och han hade aldrig tagit sig tid att göra någonting åt det. Delvis beroende på att han fått för sig att han kanske tappade fokus, att han inte var på tå under ett samtal när han kunde lyssna på det efteråt. Så nu fick han gå den långa vägen. Visst hade han sina anteckningar att falla tillbaka på, men det var inte fakta han ville åt, utan någonting annat. Den underliggande stämningen. Känsloläget där i köket på Vaktelstigen i Herrängen. Pudelns kärna.

Gerdin hade utmärkt sig redan från början med sitt sätt att pendla mellan inställsamhet och obeveklighet. Hon hade chocköppnat genom att ställa Adrianti Erlandsson till svars för att hon brukade svara på mobilen mitt i natten. Vilket hon visserligen inte hade gjort just den här gången, men ändå – det var inställningen som ifrågasattes. För att strax därpå berömma henne för stilsäker heminredning. Och börja prata golf. Vilket verkligen var off topic. ”Varför spelar du inte längre?”, ”det finns massor av fina banor här” och så vidare. Just som Sjöberg var i färd med att dra ur Adrianti hur det gått till när hon träffat Erlandsson. Jävligt irriterande. Om det inte var så att Gerdin hade något särskilt i kikaren. Vilket han var rätt säker på att hon hade. Varför kunde hon inte ha informerat honom om det i så fall? Men för all del, han bjöd kanske inte in till det.

Å andra sidan hade Gerdin på ett föredömligt sätt pressat fram en hel del intressant information om de båda familjerna Siem och Wiklund. Så fullständigt ogenomtänkt var hon ju bevisligen inte. Även om det kändes som om de var två singelspelare på samma sida om nätet snarare än ett dubbelpar.

Så till det mest uppseendeväckande. När Gerdin släppte bomben om Adriantis dotter, Dewi Kusamasari. Det var tveklöst det mest revolutionerande som hänt under förhöret, det var han den förste att skriva under på. Eftersom även han hade en känsla av att Adrianti försökt undanhålla dem det faktum att hon hade en dotter. Men det fanns ingen som helst anledning för Gerdin att låta den bomben brisera utan hans kännedom. Hon fick honom att framstå som en idiot. Nu var det kanske inte så att det var något som uppmärksammades av familjen Erlandsson, men hon gjorde det i triumf och det kändes som allt annat än prestigelöst från Gerdins sida. Visserligen var det hon som upptäckt flickans existens, men så var det också henne han satt på folkbokföringsjobbet, så hur mycket av en bedrift var det egentligen? Till Gerdins försvar kunde dock nämnas att de kom till familjen Erlandssons villa från olika platser och i varsin bil, och därför inte hade hunnit dra upp riktlinjerna tillsammans. Men det fanns något som hette mobiltelefon, och hon hade kunnat briefa honom om hon så hade önskat.

Sammanfattningsvis hade han två frågor som han tänkte ställa till Gerdin. Om han fann det mödan värt. Varför hade hon mörklagt sina planer angående avslöjandet av Dewi Kusamasaris existens? Och varför allt det där tugget om golf och heminredning?

Men nu till väsentligheterna. Nog var det väl så att Adrianti vid deras första möte hade undvikit att tala om sin dotter? Jo, Sjöberg var mer eller mindre övertygad om den saken. Men varför? Fanns det någon särskild anledning att hålla henne utanför den här utredningen? Eller orkade Adrianti bara inte tala om dottern? Det var tunga känslor som lagt sig över rummet efter att Gerdin fört henne på tal. En enorm saknad verkade prägla alla inblandade. Inte så konstigt kanske, med tanke på att flickan varit hemifrån i fyra år. Men var det så enkelt? Om alla älskade Dewi så högt som det antyddes, varför hade hon då lämnat dem allesammans? I sticket? Med en sorg så kompakt att man kunde ta på den? Det var något som inte stämde med det där. Något måste ha inträffat. Något som hela familjen kände till och som fått dem att inte göra sig några förhoppningar om att hon skulle komma tillbaka. Men vad? Och var höll hon hus? Stämde det att hon efter fyra år fortfarande var ute och reste, eller hade hon bosatt sig någonstans? Hade de någon kontakt med henne överhuvudtaget? Adrianti hade sagt att hon fick rapporter emellanåt, att flickan hade det bra. Men det kanske inte var sant? Och om så vore fallet – vilka bevekelsegrunder hade Adrianti att ljuga om det?

Sjöberg förbannade sig själv för att han inte hade ställt de här frågorna. Men så hade han ju inte heller fått någon tid på sig att tänka igenom saken på förhand.

Även Staffan Jenner hade väckt starka känslor hos familjen Erlandsson. Barnen var övertygade om att han inte hade någonting med deras pappas död att göra. Eller med det ryska sommarbarnets försvinnande. Adrianti hade varit nära sammanbrottet när Staffan Jenner fördes på tal, så var hon stod i frågan var svårt att uttala sig om. Om det inte var så att hennes ovilja att tala om saken var ett tecken på att hon inte var lika bergsäker.

Det fanns med andra ord all anledning att ta kontakt med Adrianti Erlandsson igen. Hon som hejade på och tvättade lagtröjor, som Ida Erlandsson hade uttryckt det. En riktig win-win-situation.

♣

Att det första tecknet på papperslappen i Erlandssons bröstficka var ett N var det enda Sandén kände sig någorlunda övertygad om. De därpå följande krumelurerna var betydligt mer svårtolkade. Men någonstans måste han ju börja, så han bestämde sig för att chansa på "59OI9". Och så googlade han. Som Gäddan hade beordrat honom att göra. Och en lista över semikonduktiva elektroniska komponenter dök upp på skärmen. Följt av ett utdrag ur en gammal bok av Carl Friedrich Gauss, som vid närmare granskning visade sig vara en tysk artonhundratalsmatematiker. Sedan ytterligare en inskannad tysk matematikbok från tidernas begynnelse med handskrivna uträkningar av tangensfunktioner. Och en hel massa annat som inte bringade någon klarhet i någonting. Men han följde varenda länk som kom upp på skärmen och antecknade noggrant det han lyckades begripa av texten. Så kom han på att han glömt det initiala N:et under sökningen och därför lagt ner lite onödig tid på det första försöket. Men ingen skada skedd, det ändrade ingenting och jobbet var redan gjort.

"NS9019" förde honom in på tåg, läromedel och balinesiska smycken. Medan söksträngen "N59019" å andra sidan ledde honom till en röd Chevrolet Impala i Endicott, New York. Följt av en gatuadress i Columbus, Montana, där en fadorestaurang var belägen. "218 E 1st Ave N, 59019" var den i Sandéns tycke överdrivet krångliga beskrivningen av restaurangens läge. Men det slog honom att N:et i det här fallet stod för "north", och det var ju inte helt otänkbart att det N han arbetade med också gjorde det. Det som därefter uppenbarade sig på skärmen var ett granskningsexemplar av en kartbild över Campbell County i Virginia för lantmäteriets räkning.

Just som han skulle ge sig på att detaljstudera den kom Gerdin in i rummet. Hon gick runt skrivbordet och lade upp en lista med tänkbara siffer- och bokstavskombinationer framför honom. Många kombinationer.

– Så du har programmerat klart nu? sa Sandén. Bra jobbat. Själv sitter jag och surfar. Nu kan jag tillräckligt mycket om tysk geometri för att jag ska kunna sätta Jessica på plats.

Han syftade på sin tjugotreåriga dotter som snart skulle vara färdig civilingenjör.

– Tysk geometri? skrattade Gerdin. Tror du att geometrin är annorlunda där än någon annanstans?

– Har du sett deras grammatik? kontrade Sandén. Den är jävligt mycket krångligare än överallt annars, jag lovar.

Gerdin slängde ett öga på skärmen och blev kvar där med blicken.

– Kommer du fram till något? frågade hon.

Av leendet fanns nu inte ett spår. Gerdin skiftade mellan ansiktsuttryck med blixtens hastighet.

– Nej, det vill jag inte påstå, svarade Sandén. Möjligen ett frö till en idé. Det där N:et i början av texten skulle kunna symbolisera ett väderstreck.

Han lade märke till hur hennes blick löpte över skärmbilden, hur ögonbrynen drogs ihop. Antagligen hörde hon honom inte.

– Eller något helt annat, lade han för säkerhets skull till.

Ingen reaktion. Vad var det hon såg? Det verkade inte vara själva bilden över Campbell County som intresserade henne, utan tabellen vid sidan av den. En tabell som tydliggjorde sambanden mellan olika linjer på kartan, deras längd och någonting som betecknades "bearing". Vad kunde det betyda – bäring? I kolumnens översta fält stod det "S71°04'25"E". I nästa "N48°01'13"W". Och så vidare.

– Jodå. Du anar inte hur rätt du har, sa Gerdin och ryckte åt sig pappret med den utflutna texten i förstoring från skrivbordet.

Jämförde formatet med det i tabellen på den amerikanska lantmäterikartan. Sandén tog penna och papper, reste sig ur stolen och ställde sig intill henne.

– N, sa Gerdin och Sandén skrev. Fem, nio. Eller möjligtvis sju.

Kunde nästa tecken på Erlandssons lapp vara ett gradtecken? Visst, bollen.

– Grader, fortsatte Gerdin. Ett. Nio eller fyra. Minuter.

– Heter det så? undrade Sandén.

– Det heter prim och uttrycker minuter. När det handlar om vinklar, navigering. Vi trodde det var ett I eller en etta, men det har flutit ut ordentligt, ska se ut som en apostrof ungefär.

– Jag är med. Sedan fem. Och en sexa kanske? En riktigt smetig sexa.

– Och sekunder, fastslog Gerdin. Dubbelprim.

– Inte undra på att vi inte tog den, sa Sandén. Ser ut som en fyrkant.

– Så förmodar jag att vi har ett E. Det kan inte gärna vara ett W, eller hur?

Sandén höll med.

– Ska jag googla fram en möjlig fortsättning på den där formeln? frågade han.

Och nu skrattade Gäddan igen.

– Det behöver du inte. Det är bara samma sak en gång till. Grader, minuter, sekunder. Fast andra siffror. Det är lägeskoordinater. Beskriver en exakt punkt på jorden. Fan, vad bra vi är!

Så satte hon upp handen och Sandén klappade reflexmässigt till den med sin egen. Precis som på tennisbanan. När man spelar dubbel. Han instämde till fullo.

– Vi är bäst, sa han. Helvete vad förvånade de ska bli, de andra. Att vi knäckte det!

– Nu återstår bara att hitta den där platsen. Ta reda på vad som finns där. Och vad Erlandsson hade för intresse av det.

– Om vi är rätt ute så har vi fortfarande tre osäkra siffror, påpekade Sandén. Hur många kombinationer blir det?

– Åtta. Två upphöjt till tre. Nämligen de här, sa hon, slet pennan ur handen på Sandén och började ringa in de aktuella alternativen på listan.

När hon var färdig hade de en ”short list”, som hon kallade det, innehållande följande:

N59°19’56”E17°59’26”
N59°19’56”E17°54’26”
N59°14’56”E17°59’26”
N59°14’56”E17°54’26”
N57°19’56”E17°59’26”
N57°19’56”E17°54’26”
N57°14’56”E17°59’26”
N57°14’56”E17°54’26”

– Nu ska vi ta reda på vart de här koordinaterna leder oss. Kan jag låna datorn? frågade hon, medan hon satte sig utan att invänta svar.

– Visst, sa Sandén och ställde sig bakom ryggen på Gerdin för att följa med i vad som hände på skärmen.

– Vi går in på hitta.se och utgår härifrån.

Gerdin knappade in ”Östgötagatan 100, Stockholm” i adressfältet och beordrade applikationen att ta henne dit. En kartbild centrerad kring polisstationen dök upp på skärmen, och uppe i hörnet visades till och med ett fotografi av husfasaden.

– Så ska vi se vad den här adressen har för koordinater.

En klickning på ”Visa koordinater” trollade fram informationen ”Lat N 59°18’ 16” Lon E 18° 4’ 49””.

– Vi befinner oss alltså på femtionionde breddgraden, konstaterade hon. Det verkar lovande. Jag zoomar ut.

Vilket hon gjorde, varpå en karta föreställande en större del av Sverige uppenbarade sig, med Ockelbo i norr och Västervik i söder.

– Hur långt behöver vi då ta oss för att hamna på femtiosjunde breddgraden?

Hon drog markören söderut på kartan, alltmedan räkneverkets siffror slog om i koordinatvisningsfönstret. Strax norr om Nynäshamn ändrades latitudkoordinaten till 58° och i havet innanför Gotland till 57. En obetydlig förflyttning västerut fick longitudkoordinaten att slå om till 17°, och sedan till 16 strax utanför Västervik.

– Jag vet inte vad som skulle intressera Erlandsson mitt ute i havet mellan Småland och Gotland. En skatt?

– Man skulle ha kunnat dumpa något där, föreslog Sandén. Knark. Vapen. Men den femtionionde breddgraden verkar intressantare. Till att börja med i alla fall.

Gerdin drog markören tillbaka norrut. Saktade ner vid 59°17’ och lyckades med små rörelser ta sig till 59°19’. Sedan förflyttade hon sig sakta österut tills hon slutligen befann sig på N59°19’ E17°54’. Zoomade in sig lite grand och letade reda på koordinatvisningsmarkören som försvunnit ur bild. Samma procedur en gång till och upplösningen var nu tillräckligt fin för att det skulle stå klart att de befann sig i Nockeby. Nu först gick det att förflytta markören så att bara sekundangivelserna ändrades. Strax därpå hade de hittat den första positionen. Ett flerbostadshus på Tyska Bottens Väg med positionen N59°19'56" E17°54'26". Därefter manövrerade hon sig österut, för att stanna på Tranebergs Strand, en gata vid vattnet alldeles intill Tranebergsbron med koordinaterna N59°19'56" E17°59'26". Sedan söderut igen, och till korsningen Gesällvägen–Norrängsvägen i Stuvsta med positionen N59°14'56" E17°59'26". Mindre än två kilometer från Sven-Gunnar Erlandssons bostad.

– Men varför skulle man använda sig av koordinater för att ange positionen för en gatukorsning? undrade Sandén. Eller ett hus? Jag tror mer på Östersjön i så fall, måste jag säga. Även om den där Gesällvägen verkar ligga ruggigt nära mordplatsen.

– Håller helt med, mumlade Gerdin, fullt koncentrerad på att med sin finaste motorik förflytta koordinatvisningsmarkören västerut, till den position som angavs med koordinaterna N59°14'56" E17°54'26".

Slutligen slog räkneverket om så att alla siffror stämde överens. De befann sig nu i Huddinge, någon kilometer längre ifrån familjens Erlandssons villa. Men mitt ute i skogen. Ett stenkast från de hemlösas husvagnsparkering.

Onsdag förmiddag

Nästan ett dygn efter att Odd Andersson lyckats hitta en socialsekreterare som kände till flickan från TV4-dokumentären ringde hon tillbaka. Av sekretesskäl hade hon inte velat lämna ut Rebeckas efternamn under deras tidigare samtal, vilket gjorde det svårt för honom att fortsätta med sina efterforskningar.

– Jag har fått kontakt med Rebeckas mamma, berättade hon nu i telefon. Och hon är villig att träffa dig. Men de är bortresta och kommer tillbaka ikväll. Så om du fortfarande är intresserad går det bra att ringa eller besöka henne imorgon.

– Jag är fortfarande intresserad, intygade Andersson. Av ett besök. Under förutsättning förstås att du kan tala om var de bor.

– Mamman gav mig tillåtelse att lämna ut adressen, sa socialsekreteraren. De bor på Bronsgjutarvägen 77 i Norsborg. Och det går bra efter klockan tio imorgon förmiddag. Hon heter Jeanette Magnusson.

– Betyder det att flickan heter Rebecka Magnusson? undrade Andersson.

– Det stämmer.

– Då ber jag att få tacka så mycket. Det var bussigt av dig att hjälpa mig med det här.

– Ingen orsak. Det gör jag för Rebeckas skull, svarade kvinnan från socialkontoret och samtalet var över.

Andersson funderade en stund över vad de avslutande orden kunde betyda. Dessvärre förmodligen att den femtonåriga flickan fortfarande inte hade kommit tillrätta. Eller att hon gjort det, men nu var på rymmen igen. Vilket naturligtvis var förklaringen till att både socialsekreteraren och mamman var beredda att släppa in polisen i ärendet.

Han slog in adressen på Eniros kartsökningssida, valde hybridvarianten som i själva verket var ett flygfoto, men med gatunamnen angivna som på en ordinär karta. Till sin förvåning upptäckte han att familjen Magnusson bodde i ett trevligt radhusområde alldeles intill skogen och helt nära Mälaren. Vad hade han väntat sig? Förmodligen något miljonprogramsaktigt, ett höghus i betongdjungeln. Eftersom flickan rimligen måste komma från en mindre väl fungerande familj. Eller?

Han blev avbruten i sina tankar av en lätt knackning på dörren. Det var far och dotter Siem som motvilligt tagit sig in till polishuset för att svara på några frågor. Sandén hade avböjt att medverka vid mötet; alltför upptagen som han var av dechiffreringsarbetet. Andersson rullade sin egen stol till andra sidan skrivbordet så att den stod intill besöksstolen. Därefter bjöd han dem att sitta ner, satte armarna i kors över bröstet och lutade sig mot skrivbordet. En besöksstol till hade inte skadat, men i just det här fallet var det inte fel med det lilla mentala överläge ett uppifrånperspektiv gav honom.

Flickan såg inte alltför bedrövad ut, snarare uppsluppen över att ytterligare en gång få träffa Idol-stjärnan. Att hennes far däremot hellre hade sluppit resan in till stan hade han redan i telefonen gjort klart för Andersson. Som öppnade med en fråga riktad till just honom.

– Har du någon gång följt med Sven-Gunnar Erlandsson till husvagnscampingen i Huddinge?

– Husvagnscamping? Varför skulle jag ha gjort det? svarade Siem med en förvåning som verkade äkta.

– Där de hemlösa håller till. Han brukade ju hjälpa dem.

– Du menar där det där tv-reportaget spelades in? Då är jag med. Nej, där har jag aldrig varit.

Josefin Siem satt och smålog. Lyckligt ovetande om vad som var i antågande. Hon var verkligen osedvanligt söt. Hon var klädd i en kort kjol och ett sportigt linne som avslöjade en vältränad kropp. Den här gången hade hon släppt ut sitt tjocka hår och det föll vackert över hennes bara axlar. Det var dock mörkt på ett sätt som gjorde att Andersson hade svårt att tro att det en gång varit ljust.

– Du var inte händelsevis blond som barn? frågade han i alla fall.

Både Josefin och hennes pappa intygade att så inte var fallet.

– Vi behöver nämligen upplysningar om en blond flicka som var mellan fem och tio år gammal 2001. Nämligen den flicka som ska ha setts tillsammans med Larissa Sotnikova strax innan hon försvann.

– Åh fan, sa Jan Siem. Är ni inne och rotar i det där igen? Skulle det ha något med Svempas död att göra?

– Ärligt talat vet vi faktiskt ingenting om det, svarade Andersson förbindligt. Men vi försöker se på saker och ting ur alla vinklar. Vad tror du själv?

Siem ryckte på axlarna.

– Ingen aning. Men det snackades om att flickan rymt för att hon inte ville åka hem. Vilket man ju kan förstå.

– Jo, visst. Så kan det mycket väl ha varit. Men vi skulle hur som helst vilja veta om ni kommer ihåg någon liten blond tjej i den åldern.

Josefin såg på sin far. Han ryckte på axlarna igen.

– Våra större tjejer var på fotbollsläger bägge två. Dessutom är de mörka.

– Alexandra? föreslog Josefin. Hon är blond.

– Syftar du på Alexandra Wiklund? undrade Andersson.

Josefin nickade. Hon såg barnsligt oskuldsfull ut.

– Vi ska höra oss för där också. Men efter vad som tidigare sagts var hon, precis som du, på Mälarhöjdens IP den där förmiddagen, trots att hon inte hade börjat spela fotboll än. Apropå Wiklund, Josefin; efter vad jag har förstått så ska du ha anmält Lennart Wiklund till klubbledningen för att han tittade på dig. Stämmer det? Eller tafsade? Hur var det med det där egentligen?

Nu ändrade Josefin Siem utseende. Ögonen spärrades upp en smula och en glimt av någonting som påminde väldigt mycket om sensationslystnad tändes i dem.

– Jag vet, sa hon verserat. Han var jätteäcklig. Han tittade på oss hela tiden med sådan där sjuk blick. Du vet, som att han ville ha oss, typ. Och så skulle han liksom kramas och hålla på. Det var jättejobbigt.

– Oss?

– Mig och min kompis. Det var jättejobbigt.

– Ja, du sa det. Är du alldeles säker på att det var på det sättet då? Så att ni inte missförstod någonting?

Hon nickade storögt flera gånger. Och med överdrivna rörelser. Som ett litet barn. Blottade ett mindre tilltalande drag runt munnen och såg plötsligt inte alls trevlig ut längre. Inte ens söt.

– Hundraprocentigt säker, sa hon beskäftigt.

Andersson lade märke till hur hennes far studerade henne medan hon lade ut texten. Möjligen med ett spår av tvivel i blicken.

– Men du tog tag i situationen? frågade Andersson och riktade sig nu till honom.

– Tog tag i ... Jag nämnde det för Svempa. Josefin och hennes kompis pratade också med honom.

– Men ni pratade alltså inte med Wiklund själv om saken?

– Nej, det gjorde vi faktiskt inte, svarade Siem med en suck. Jag ville inte skada vår relation. Som du kanske kan förstå.

Det gjorde Andersson inte alls. Var det så att karln raggade på tolvåringarna var det väl läge att ställa honom till svars? Nu hade de lyckats knuffa honom ett steg åt sidan, säkerligen stukat hans självförtroende, utan att han ens informerats om varifrån ryktena kom. Än mindre hade han haft möjlighet att försvara sig. Jo, för

Erlandsson förstås. Men trovärdigheten minskar ju väsentligt när man inte har någon möjlighet att se den som anklagar i ögonen.

– Men du sväljer den här historien med hull och hår? ville Andersson veta. Utan minsta misstanke om att tjejerna kanske har överdrivit en aning? Eller rent av hittat på alltihop?

Josefin såg generad ut nu. Flackade med blicken.

– Varför skulle de ha gjort det? undrade Siem ilsket. Det är klart jag skyddar min dotter när det händer något sådant här. Talar i hennes sak. Och Svempa löste det på bästa sätt. Utan att någon fick lida. Vad fan har förresten det här med någonting att göra?

– Här är det jag som ställer frågorna, meddelade Andersson. Om det här inte är sant kan det ju finnas skäl att misstänka att annat ni berättar inte heller är med sanningen överensstämmande. Jag har nämligen från annan källa att det här bara är nonsens. Att Wiklund inte alls intresserar sig för tolvåriga småtjejer, utan att det kanske var lilla Josefin Siem som var putt för att Lennart Wiklund *inte* gav henne tillräckligt med uppmärksamhet.

Nu rodnade Josefin. Trots solbrännan såg han att hon rodnade där hon satt. Jan Siem såg ut som om han ville sjunka genom jorden. Det var dags att byta samtalsämne.

– Jag skulle vilja att ni skickar varsitt sms till mig, så att jag har era mobilnummer i telefonen om jag skulle behöva nå er.

Siem sträckte ut högerbenet och drog fram mobilen ur jeansfickan. Josefin såg frågande ut, men även hon gjorde som hon blev tillsagd. Ingen av mobilerna var en iPhone. Andersson gav dem sitt nummer och medan de ägnade sig åt sina telefoner passade han på att förhöra sig om det han egentligen var intresserad av.

– Har du flera mobiler, Josefin?

– Nej, bara den här, svarade hon och tryckte iväg meddelandet.

– Och du? frågade han Siem, som svarade med en huvudskakning.

– Så ingen av er har en iPhone?

– Nej, tydligen inte, svarade Siem trotsigt.

Det pep till två gånger i Anderssons mobil och han konstaterade att inget av meddelandena hade skickats från Erlandssons nummer. Vilket han heller aldrig hade trott, men som han måste få bekräftat. Inte ens en trettonåring skulle väl gå omkring och ringa från en mördad mans telefonabonnemang. Mer än möjligtvis en gång.

– Det är nämligen på det viset, sa Andersson, att Sven-Gunnar Erlandssons mobil försvann under natten då han miste livet.

– Och nu tror du att Josefin eller jag skulle ha stulit den, sa Siem med ett hånleende. Nu har det ta mig fan …

– Har du det, Josefin? avbröt Andersson.

Om något så såg hon förvånad ut.

– Jag förstår att en sådan där fin iPhone säkert står högt på önskelistan. Och är man tretton år och inte har några pengar så … Vem som helst kunde ha gjort samma sak i din situation.

– Men jag har inte tagit den, sa hon uppbragt.

Men att flickan var duktig på att ljuga trodde han sig redan veta.

– Huvudsaken är att jag får mobilen, sa han lugnt. Jag lovar att se mellan fingrarna med det där lilla tillgreppet, om du bara ger mig telefonen. Den är mycket viktig för mordutredningen. Ge mig den bara, så glömmer vi alltihop.

– Men hon säger ju att hon inte har den, fräste Siem. Lämna henne ifred nu för helvete.

– Är det så att du råkar ha den då? fortsatte Andersson envetet.

Siem skakade på huvudet med ett föraktfullt uttryck i ansiktet.

– Nej, har jag sagt. Vem fan som helst kan väl ha gått förbi liket och plockat på sig den där telefonen. Mördaren själv måste ju ligga ganska pyrt till.

– Jo, det var just det. För nu råkar det ligga till så att någon ringde från Erlandssons mobil i söndags morse. När han redan var död.

– Jaha du. Men det var inte någon av oss.

– Och samtalet ringdes vid halvtiotiden via en mast i Södertälje. En mast som i princip står på fotbollsanläggningen där vi träffade er. Märkligt, eller hur?

All färg försvann från Siems ansikte. Nu först tycktes situationens allvar gå upp för honom. Josefin stirrade på sin far med munnen halvöppen. Hon såg ynklig ut där hon satt.

♣

I strålande sol under en näst intill molnfri himmel lämnade Gerdin och Sandén stigen för att fortsätta rakt in i skogen. Bilen hade de parkerat vid slutet av en liten väg i det glesbebyggda Glömsta, och därefter navigerat sig in i skogen med hjälp av en utskrift från hitta.se och Gerdins framlidne mans hand-GPS. Det var vått på sina ställen, men de hade varit beredda på det värsta och tagit storstövlarna på sig. Vilket såg lite lustigt ut på Gerdin, som för dagen klätt sig i en vit knälång volangklänning och en liten svart skinnjacka med nitar på. Dessutom ett par solglasögon av pilottyp, som hon nu när de trätt in bland trädens skuggor hade skjutit upp i pannan. Bergigt var det också, terrängen var i högsta grad kuperad i den här delen av skogarna runt den lilla sjön Gömmaren. Men det var vackert. Välgörande tyst, mossbelupet och trolskt.

Sandén gick strax bakom Gerdin som ledde exkursionen. Att gå i bredd var det inte tal om, vegetationen tillät inte det där de nu befann sig. Själv slapp han de örfilar trädens grenar med jämna mellanrum delade ut, men efter vad han kunde se så fick sig Gerdin en och annan. Dock utan att ge så mycket som ett pip ifrån sig.

– Det är inte långt kvar nu, sa hon och klev över en nedfallen gren med händerna framför ansiktet för att skydda sig från ytterligare en smäll. Men jag tror att jag måste vila en stund. Vi går fram till gläntan där, så kan vi sitta i solen.

– Är du en sådan tunnis, Gäddan? retades Sandén, som inte kände sig det minsta trött. Jag trodde du var en sportig typ, är du inte det?

Hon gick de sista stegen fram till en berghäll, och slog sig ner i vitmossan på en fläck som solens strålar nådde genom trädkronorna. De räckte till Sandén också, som satte sig bredvid henne. Hon var uppenbart andfådd.

– Nej, inte direkt, svarade hon. Jo, lite kanske. Eller ... Äh, jag är för lat egentligen. Jag spelar ju en del golf. Men det räknas väl inte. Och så gillar jag att spela tennis och fotboll och innebandy och allt möjligt, men jag gör det aldrig. Så nej, jag är ingen sportig typ. Ett gym skulle jag aldrig sätta min fot på.

– Tennis? upprepade Sandén förvånat. Varför har du inte berättat det? Conny och jag spelar en timme varje fredag klockan sju. Kan du inte haka på någon gång?

– Jag tror att mitt intresse för tennis är måttligt vid den tiden, log Gerdin. Klockan sju sitter jag med fredagsgroggen.

– Ha, det gör jag också. Men jag pratar morgon här.

– Då är det ju en annan femma förstås. Men jag föreställer mig att Conny kanske inte skulle bli så förtjust över att behöva dras med mig då också.

Hon hade naturligtvis rätt. Sjöberg hade sina betänkligheter vad det gällde henne – Sandén visste det och uppenbarligen visste Gäddan det också.

– Vad är det där för skitsnack? började han, men så slog det honom att det bara var löjligt att sitta där och hyckla.

Det var inte hans stil och lika lite Gäddans. Det var bättre att gå rakt på sak.

– Äh, jag tar tillbaks, sa han i stället. Vad jag egentligen vill säga är väl att vi får se till att ändra på det då. Conny är en bra person. Du är en bra person. Jag gillar inte när bra människor inte kan se varandras storhet.

Ett stråk av äkta glädje for över Gerdins ansikte. Det värmde.

Hon var något alldeles extra och förtjänade att få reda på det också.

– Jag ser hans, sa hon och reste sig upp. Nu går vi.

Vacklade till, men återfann balansen och började gå.

De tog sig runt bergknallen och ytterligare ett femtiotal meter in i den svårgenomträngliga skogen. En hare dök upp från ingenstans och korsade med långa hopp deras väg bara några meter framför dem.

– Nu är vi riktigt nära, sa Gerdin. En sekund bara så är vi där. Håll ögonen öppna redan nu, för vi är inom felmarginalen.

– En sekund? Då är vi framme nu då?

– Tänk dubbelprim. Pucko.

Han såg sig omkring, småleende. Buskar. Mossa och svamp. Bergknallen på avstånd och några stora stenblock. Men framför allt träd. Och mer träd.

– Här, sa Gerdin och stannade upp. Nu är vi i zonen. Noggrannheten är femtio sextio meter, så vi får leta så pass långt i alla väderstreck.

– Hur är det? frågade Sandén. Du ser blek ut.

– Ingen fara, lite trött bara, svarade Gerdin. Tänk dig en cirkel runt den här punkten.

Med handen gjorde hon en svepande rörelse omkring sig för att visualisera cirkelns omkrets och sedan dess diameter.

– Du tar den halvan, jag den här, instruerade hon.

Sandén gick vad han uppskattade till sextio meter tillbaka i riktning mot berghällen där de vilat, förflyttade sig en femton tjugo grader och tog sig tillbaka in i mitten igen, utan att se något uppseendeväckande. Gerdins tillvägagångssätt var likartat. Sandén upprepade proceduren några gånger tills han hade sökt av ungefär tre fjärdedelar av området han tilldelats. Gerdin såg han inte till längre.

– Hur går det, Gäddan? ropade han.

– Ingenting än så länge, hörde han på avstånd. Men jag är inte klar än, har lite kvar att leta igenom.

Han drog sig utåt igen och sedan in till cirkelns mitt. Hela tiden lät han blicken löpa över marken och bland stammarna, till och med uppe bland trädkronorna letade han. Men ingenting av intresse kom i hans väg, inget annat än det man kunde förvänta sig i en skog som den här. Ett par vändor till utan några överraskningar och sedan var hela halvcirkeln avverkad.

– Jag är klar! ropade han. Jag har inte hittat så mycket som en glasspinne!

– Inte jag heller, svarade Gerdin från en punkt betydligt närmare än han hade trott. Vi är kanske på fel ställe trots allt.

Det rörde sig bland grenarna, hon var på väg emot honom, befann sig bara något tiotal meter bort. Hennes röst var spröd, klanglös, och hon var mycket blek nu. Någonting stod inte rätt till. Såg hon inte lite ostadig ut också? Han borde kanske göra något? Så vände hon och drog iväg bort ifrån honom igen. Nåja, hon visste väl bäst själv. Då ringde det plötsligt på telefonen. Trots att han hade känslan av att befinna sig mitt ute i vildmarken. Som ju när han tänkte närmare på det inte låg särskilt långt från civilisationen. En halv kilometer fågelvägen på sin höjd. Han drog upp mobilen ur fickan och konstaterade att det var hustrun som sökte honom. Vilket sällan – för att inte säga aldrig – hände under arbetstid. Det knöt sig i magen på honom.

– Sonja?

Till en början hörde han bara snyftningar i telefonen. Lugn och fin, tänkte han. Vad som än hände måste han behålla lugnet, inte hetsa upp sig så att han fick en ny stroke.

– Älskade Sonja, vad är det som har hänt?

Han drog ett djupt andetag, försökte stålsätta sig mot det som var på väg. Sökte efter Gerdin med blicken, men han såg henne inte längre.

– Det är Jenny. Hon … Förlåt att jag belastar dig med det här under arbetstid, men jag kunde inte …

Så tog gråten överhanden, hon fick inte fram det hon ville berätta. Sandén kände sig fullständigt maktlös. Långt från Sonja när hon behövde honom som mest, mitt ute i skogen med Gerdin som verkade vara nära bristningsgränsen och nu plötsligt inte syntes till längre. Var i helvete var hon någonstans? I väntan på att hustrun skulle återvinna kontrollen över sig själv höll han luren ifrån sig och försökte på nytt få kontakt med kollegan.

– Gerdin! skrek han för full hals, men fick inget svar tillbaka.

Hans rop ekade mellan trädstammar och bergknallar, men från Gerdin hördes inte ett ljud. Han satte mobilen vid örat igen och började gå åt det håll där hon borde befinna sig.

– Förlåt mig, älskling, återupptog han samtalet. Jag är mitt ute i skogen och Gerdin har försvunnit. Försök berätta nu.

Han såg till höger och vänster, men ingen Gerdin. Hon hade en vit klänning på sig för fan, borde inte vara så svår att hitta bland allt det gröna. Sandén kallsvettades. Sonja andades okontrollerat, gav ifrån sig ett utdraget kvidande innan hon började snyfta igen.

– Jens ... Jenny är med barn, fick hon till slut ur sig mellan snyftningarna. Jag orkar inte ... Vi kan inte ...

Så fick det inte vara. Jenny kunde inte bli med barn, Sonja hade hjälpt henne med preventivmedel. För att förebygga det som inte fick hända. I den riktning han sett Gerdin försvinna började han nu springa, så gott det gick i snårskogen. Plöjde sig fram mellan utstickande grenar, barriga, vassa. Jenny kunde inte ta hand om ett barn, de var inte beredda att bli föräldrar på nytt med allt vad det innebar av vaknätter och andra uppoffringar. Ekonomiska, tidsmässiga – de hade väl för i helvete samma rätt som alla andra att få lämna allt sådant där bakom sig, att få åldras i lugn och ro. En uppstickande rot gömd bland mossan gjorde att han snubblade till, höll på att förlora balansen. Pulsen ökade, han fick inte låta känslorna skena iväg.

– Det fixar vi, Sonja, sa han milt. Du och jag och Jenny tillsammans.

– Det är långt gånget. Alldeles för sent för abort.

Han började bli andfådd. En granruska gav honom ett rapp över kinden.

– Vi löser det här, sa han. Vi är starka, positiva människor …

Så fick han syn på något vitt en bit till höger om sig, ett stort bylte liggande på marken. Ett vitt blodigt bylte. Han tryckte på, sidledes pressade han sig in bland snåren, fullständigt obekymrad nu om de barriga grenarna som snärtade honom i ansiktet. Snubblande tog han sig fram de sista metrarna till kollegan som nu hade förlorat all färg i ansiktet.

– Jag måste sluta, Sonja. Måste ringa ambulans. Jag vet inte om hon lever.

Så tryckte han av samtalet, slog numret till SOS och sjönk ner på knä med mobilen mellan kind och axel. Letade efter puls utan att omedelbart hitta någon. Gav upp och lade i stället handen på Gerdins panna. Till hans förvåning kändes ansiktet alldeles kallt. Den fina sommarklänningen var alldeles blodig nertill. Han lyfte upp en flik av den och konstaterade att även trosorna var indränkta i blod och att det runnit en hel del längs benen. Nu var det bråttom, varje sekund kunde göra skillnad. När han hörde rösten i andra änden framförde han det han ville ha sagt, sakligt och välartikulerat, men utan att lämna utrymme för några frågor.

– Jag heter Jens Sandén, är kriminalinspektör vid Hammarbypolisen och befinner mig i Huddinge, i skogen kring sjön Gömmaren. Jag har en femtiofemårig kvinnlig kollega med mig, Hedvig Gerdin, och hon är medvetslös, blöder ymnigt ur underlivet och har förlorat en hel del blod. Hennes kroppstemperatur är låg och hon har ingen färg i ansiktet. Jag kommer nu att försöka ta henne till Barrskogsstigen i Glömsta. Min position är – lyssna noga nu – femtionio grader, fjorton minuter och femtiosex sekunder nordlig, sjutton grader, femtiofyra minuter och tjugosex sekunder östlig. Möt mig på vägen. Nu måste jag lägga på.

Så lyfte han upp Gerdin i famnen och påbörjade det utan jämförelse mest krävande företag han någonsin gett sig in på. Varifrån han hämtade krafterna skulle han aldrig bli klar över. Utan att överhuvudtaget tillåta sig att känna efter banade han sig med den över sextio kilo tunga kvinnokroppen i armarna väg genom den täta snårskogen nästan hela vägen fram till bebyggelsen. Inte för ett ögonblick stannade han upp för att hämta andan eller skaka mjölksyran ur armarna. När endast en liten bit av den svårforcerade sträckan återstod möttes han av ambulanspersonal som till slut befriade honom från bördan. Inte ens då slängde han sig på marken för att pusta ut, utan han följde de instruktioner han fick och gjorde sitt bästa för att vara behjälplig.

Först i ambulansen fick han vila en stund medan han plåstrades om i ansiktet och på armarna. De tre därpå följande timmarna tillbringade han i en sjukhuskorridor utanför en operationssal. Svävande i ovisshet om huruvida Gerdins liv skulle gå att rädda. Svävande i ovisshet om hur hans eget och familjens liv skulle komma att gestalta sig. Snart sagt hade han en hel del att fundera över.

♣

– Alexandra Wiklund har inga minnen alls från dagen då Larissa Sotnikova försvann, sa Westman. Påstår hon. Hon minns inte ens fotbollslägret på Mälarhöjdens IP.

– Hon var fem år, påpekade Hamad. Det kan mycket väl stämma.

De båda kriminalassistenterna satt på varsin sida om Hamads skrivbord i väntan på att Staffan Jenner skulle in på ytterligare ett förhör. En tredje stol var inlånad från Westmans rum så att de alla tre skulle få möjlighet att sitta, och den hade Hamad nu lagt upp fötterna på. Han såg inte ut att besväras det minsta av värmen, trots att han hade både långbyxor och långärmad skjorta. Visserligen en tunn utanpåskjorta – rutig och med uppkavlade ärmar enligt sommarens trend – men Westman själv svettades som i en bastu, fast hon bara hade en ärmlös blus och en kort kjol på sig.

– Visst, svarade hon medan hon fläktade sig med något hon hittat på bordet, vilket råkade vara Hamads almanacka. Enligt mamman finns det inga som helst möjligheter att hon skulle ha lämnat idrottsanläggningen ens för en kort stund. De var tillsammans hela tiden. Hon var – och är fortfarande – visserligen blond, men hon verkar inte ha varit den flicka som sågs tillsammans med Lara på Murgrönsvägen strax före elva. Hon lär inte ens ha känt Lara.

– Var hon inte med på skallgången heller? undrade Hamad.

– Nej, de lämnade henne hos några goda vänner och höll henne utanför alltihop. Tyckte inte att något så otäckt lämpade sig för ett så litet barn. Enligt Ingela Wiklund.

Hamad nickade eftertänksamt.

– Så vi har fortfarande inte minsta hum om vem den lilla blonda flickan kan ha varit, fortsatte Westman. Om vi nu väljer att tro på det där sista vittnesmålet. Men jag vill gärna göra det. Jag tycker att platsen hon sågs på är alldeles för intressant för att bara avfärda. Ett stenkast från Wiklunds villa, där flicktjusaren Lennart var ensam hemma.

– Jag är benägen att hålla med, sa Hamad. Framför allt för att Lara hade en så pass uppseendeväckande regnrock på sig. Säger tanten på Murgrönsvägen att hon har sett en sådan på gatan utanför, och dessutom en cykel, så är det givetvis värt att tas på allvar. Bra research, Petra.

Westman sög i sig av berömmet. Alldeles särskilt eftersom det kom från Hamad. Inte för att han var snålare med sådant än någon annan, men hans bländvita leende var något alldeles extra. Tillät hon sig att tycka igen. Dock tillät hon sig inte att njuta alltför länge, då de ju trots allt befann sig i något som liknade en återvändsgränd.

– Men Lennart Wiklund nekar så klart till att ens ha lagt märke till några småflickor, sa hon med en uppgiven gest. Han låg däckad i körtelfeber och gick knappt ur sängen. Förrän det var dags för skallgång då han blev Döbeln vid Jutas. Även före detta frun skriver under på det, och de är inte ens kontanta. Och någon liten blond tjej som kände Lara har inte dykt upp på åtta år, så varför skulle vi lyckas lokalisera henne nu?

– Så förbannat liten borde hon inte ha varit, anmärkte Hamad. Hon klarade av att framföra en elvaårings cykel, och det är väl knappt att en femåring kan cykla överhuvudtaget. Så Alexandra Wiklund och Josefin Siem går helt bort. Men som du säger så är det som att leta efter en nål i en höstack. Dock kan det ju trots allt ha varit Ida Erlandsson. Blond och jämnårig.

– Ett år äldre.

– Hon kan ha sett yngre ut än Lara i alla fall.

– Med svenska mått mätt var Lara inte särskilt lång för sin ålder, meddelade Westman. Ganska späd dessutom. Hon lär ju inte ha haft det för fett hemma i Ryssland.

– Och Ida var också sjuk och låg i sängen den här dagen, sa Hamad resignerat. Varför skulle hon ljuga om det? Nej, vi får attackera problemet från andra håll. Tills vi kommer på något. Wiklund-spåret är bra, men vi vet ju inte ens om Lara passerade hans hus.

– Ta fram kartan över området på hitta.se, beordrade Westman.

Hamad gjorde som han blev tillsagd. Westman gick runt skrivbordet och ställde sig bakom honom.

– Här på Murgrönsvägen sågs Lara sista gången, fortsatte Westman. Hon kommer direkt från fotbollslägret där hon har pratat med flera medlemmar i familjen Erlandsson. Av dem har hon fått reda på att Ida är sjuk och ligger hemma i sängen. Jag utgår ifrån att det är dit hon är på väg. Vilket tror du är troligast; att hon svänger höger på Konvaljestigen och sedan tar den här långa omvägen bort till Vaktelstigen, eller att hon tar den här smidiga vägen via skogen och förbi skolan?

Westman följde de alternativa vägarna med pekfingret längs skärmen.

– Precis, sa Westman innan Hamad hunnit svara. Lara tog vägen förbi Wiklunds villa. Som dessutom ligger ypperligt för en kidnappning. Och Ida säger att hon inte har fått någon påringning under dagen. Vilket är sant. Eftersom Lara aldrig nådde fram.

Hamad nickade. Westman gick tillbaka till sin stol och satte sig.

– Resonemanget är lysande, sa Hamad. Jag har inga invändningar alls egentligen.

– Egentligen?

– Mer än att jag tycker att Wiklund verkar vara en ganska oförarglig prick.

– Som raggar på småbrudar? for Westman ut. Full som en jävla spruta under mordnatten, med minnesluckor och allt.

– Det har vi prövat på både du och jag, Petra. Så det tycker jag var ett dåligt argument.

Westman kände hur hon rodnade. Vilket förhoppningsvis inte syntes under semesterbrännan. Men han hade ju rätt. Vem var hon att moralisera över andras alkoholvanor?

– Dessutom talar väl en del för att han faktiskt inte tittar på småbrudar, fortsatte Hamad. Utan att det möjligen är de som tittar på honom. Och om du tänker på den där bimbon han hade släpat hem ...

– Hans "kvinnliga bekant", fnyste Westman. Hon var inte hälften så gammal som han.

– ... så är det väl rätt stor skillnad på en tjugoåring och en elvaåring, eller hur?

Westman fick motvilligt se sig besegrad i just det meningsutbytet, men kände att hon hade rätt i sak. Oavsett om karln raggade på *för* små brudar eller inte så hade han en kvinnosyn som hon inte uppskattade. Killar som plockade hem platinablondiner stod inte högt i kurs hos henne, så var det bara.

– Jodå, visst, höll hon med, utan att känna sig helt övertygad.

Något var det med den där typen av män och deras könsdrift. Man visste inte hur stor makt den hade över dem, hur långt de var beredda att gå. Om omständigheterna var de rätta.

– Det är frågan om inte Wiklund är den minst suspekta i det där pokergänget, sa Hamad.

Som om han läste hennes tankar. Fast tänkte tvärtom.

– Om det inte vore för att omständigheterna i det här fallet var de rätta. För att Lennart Wiklund obemärkt skulle kunna röva bort en elvaåring.

Westman kom alldeles av sig. Telefonen på skrivbordet ringde.

– Den mest suspekta är i antågande, avrundade Hamad samtalet och lyfte på luren. Westman reste sig för att öppna dörren ut till korridoren.

Staffan Jenner såg spänd ut i besöksstolen framför Hamads skrivbord. Westman lade märke till att han hade klätt upp sig lite, i jämförelse med hur han sett ut när de träffats i hans hem i Herrängen. Men det var möjligt att det var en vanlig arbetsdag för honom, att det var därför han hade på sig en ganska snygg manchesterkavaj och en välstruken vit skjorta med ett diskret blått rutmönster.

– Följde du händelsevis med Sven-Gunnar Erlandsson ut till den där husvagnscampingen någon gång? började Westman.

Jenner såg frågande ut, men svarade utan omsvep.

– Jag var med vid ett tillfälle, det stämmer.

– Varför då?

– Han ville visa mig vad det var han gjorde där ute. Vilka han hjälpte.

– Varför då? frågade Westman igen.

– För att vi var vänner. Jag var nyfiken, han var stolt. Med rätta.

– Men du åkte aldrig tillbaka dit?

Jenner skakade på huvudet. Han var så mager och insjunken att han faktiskt var intill förväxling lik en hemlös själv.

– Det var inte min grej.

– Inte?

– Svempa lyssnade ju på dem, pratade med dem. Lyssna har jag inga problem med, men att prata är jag inget vidare på. Som ni nog har märkt.

– Men du kanske ändå har uppehållit dig i markerna där omkring? lirkade Westman, med en långsökt förhoppning om att han skulle nämna den plats som definierades av Gerdins och Sandéns koordinater.

– På Gömmarbadet har man ju varit med ungarna en del. Det är väldigt vackert där. Både sandstrand och klippor. Och gräs.

– Ingen annanstans? Nyligen?

Jenner skakade på huvudet.

– Jag tror inte jag har varit i skogen där på tio år. Bortsett från den gången med Svempa.

– Och Erlandsson – hade han några ärenden dit? Några andra än att besöka de hemlösa, menar jag?

– Inte vad jag känner till, svarade Jenner.

Så var det ämnet uttömt.

– Är det något du har kommit att tänka på angående mordet? försökte Westman. Något nytt som vi borde känna till?

Man kunde tydligt se hur Jenners käkar spändes. Han var på sin vakt nu, beredd på det värsta. Vad nu det kunde tänkas vara.

– Nej, jag kan verkligen inte se något motiv för en enda människa att önska livet ur Svempa. Som jag sa så var han älskad av alla.

– Vi är inte så säkra på det, sa Westman. Efter vad vi har förstått så var Jan Siem inte hundraprocentigt nöjd med utgången i den där pokern ni ägnade er åt. Vi har en känsla av att han känner sig lurad på pengar. Och vissa fynd på brottsplatsen tyder mycket riktigt också på att mordet på Erlandsson var pokerrelaterat. Att han kanske rent av fuskade.

– Erlandssons mobiltelefon var försvunnen när polisen kom till brottsplatsen, tog Hamad vid. Vi har vissa indikationer på att Jan eller Josefin Siem har lagt beslag på den. Det ringdes nämligen ett samtal från den under förmiddagen efter mordet. Från en mast i Södertälje som står väldigt nära den plats där de båda befann sig vid exakt den tiden.

Jenner slappnade av i stolen. Hoppades kanske att faran blåst över för hans del. Han var i varje fall inte ensam misstänkt längre.

– Hur ställer du dig till det? frågade Hamad.

Jenner tänkte efter i några sekunder innan han svarade.

– Siem är kanske lite om sig och kring sig. Det kan jag hålla med om. Och han var inte riktigt nöjd med att han fick betala i princip allt den här gången, det märktes. Men därifrån till att med berått mod skjuta en människa ...? Och det där mobilsamtalet kan jag inte förklara. Men det verkar ju nästintill obegåvat. Kan det inte ha varit dottern som ... inte kunde hålla fingrarna i styr när hon ...?

Han ryckte på axlarna, såg oförstående ut.

– Det har också kommit till vår kännedom, sa Westman, att Lennart Wiklund tidigare anklagats för att ha ett osunt intresse för unga tjejer. Erlandsson lär då ha avsatt honom som tränare för ett av flicklagen. Detta tystades ner, så Erlandsson var en av mycket få som kände till omständigheterna kring det där. Men det kan ju hur som helst ha väckt en del känslor hos Wiklund. Vad mera är; vi har gått igenom Larissa Sotnikovas akter.

Det hade bara varit en kort andningspaus för Jenner. Han blinkade nervöst och drog upp axlarna, duckade för nya slag på känsliga ställen.

– Om vittnesmålet från kvinnan i fönstret på Murgrönsvägen stämmer, fortsatte Westman, så borde Lara ha passerat Wiklunds hus bara någon minut efter att hon sist sågs. Och Lennart Wiklund var ensam hemma.

Westman gjorde en konstpaus, lät informationen sjunka in. Jenners intensivt blå ögon såg uppmärksamt in i hennes. Men han sa ingenting. Vad skulle han säga? Någon koppling mellan Wiklund och det försvunna sommarbarnet hade aldrig förekommit. Staffan Jenner var tagen på sängen. Och lättad? Helt säkert om han var skyldig och misstankarna för första gången riktades åt annat håll. Men då gällde det också att han spelade sina kort väl.

– Det skulle kunna vara på det viset, sa Westman, att Erlandsson – med sin specifika kännedom om Wiklunds intresse för småflickor – kom på det här. Och kanske ställde Wiklund till svars. Det skulle ju i så fall vara ett mordmotiv så gott som något. Eller vad säger du, Staffan?

Jenner stirrade på henne med uppspärrade ögon. Han såg förvirrad ut. Närmast gråtfärdig.

– Jag ... Jag ..., stammade han. Jag vet inte vad jag ska säga. Jag har umgåtts med den där mannen i flera år efter det att Lara försvann. Det kan inte vara så att ... Det verkar alltför kallsinnigt. Lennart ... Jag tycker om Lennart. Han är glad. Livar upp. Skulle han ...? Jag har väldigt svårt att tro det, måste jag säga. Vi kände inte varandra på den tiden. Han och Lara hade aldrig träffats.

– Kanske just därför? föreslog Westman. Hon var bara en flicka, vilken som helst.

– Men ... Nej, jag vägrar tro det. Inte Lennart.

Jenner var bestämdare nu, började vänja sig vid tanken. Men accepterade den inte. Eller låtsades att han inte gjorde det.

– Har ni konfronterat honom med det här? ville han veta.

– Det har vi gjort, svarade Westman. Han nekade naturligtvis.

Jenner fick syn på vattenglaset de ställt framför honom på bordet och tömde det. Han såg tankfull ut, skakade ideligen på huvudet. Ställde tillbaka glaset med en nästan överdrivet långsam rörelse.

– Adrianti, sa Hamad.

Jenner verkade först inte höra, men såg sedan plötsligt upp på honom med en blick som var nästan vädjande.

– Har du pratat med henne efter mordet?

Westman log inombords. Jenner pendlade mellan hopp och förtvivlan, men nu var det dags att dra åt tumskruvarna på allvar. Hamad hade legat och lurat på sitt byte, men nu var tiden mogen för en attack.

– Jag menar bara att eftersom Erlandsson var ett så stort stöd för er efter Laras försvinnande så återgäldar du väl det i en situation som den här?

Jenner tycktes kippa efter andan.

– Nej, erkände han, jag har inte haft någon kontakt med Adrianti.

Hamad studerade honom en stund, med en antydan till ett leende på läpparna. Jenner höll nu så hårt i armstöden så att knogarna vitnade.

– Vet du vad jag tänker? fortsatte Hamad. Vet du vad jag tänkte sist vi talades vid, hemma i huset på Blåklintsvägen? Jo, att en man som har förlorat ett barn – för det kan man väl säga att du har gjort, Staffan? Ni skulle ju adoptera flickan? En man som har förlorat ett barn och en hustru och sitt goda rykte i det där huset, och med utflugna ungar dessutom, borde för länge sedan ha sålt villan och flyttat därifrån.

Jenner andades häftigt nu, såg på Hamad med skräck i blicken. Westman befarade att han när som helst skulle falla död ner.

– Jag tror att du inte *kan* sälja huset. För att de nya ägarna skulle hitta något mycket besvärande där om de började gräva. Nämligen liket efter en elvaårig flicka. Sven-Gunnar Erlandsson, navet i det sociala maskineriet, visste allt om alla. Och när det gick upp för honom vad som hade hänt med Lara och han ansatte dig – då var du tvungen att göra någonting åt det. Därför är det lite svårt för dig att träffa Adrianti. För du är inte så duktig på att prata, som du sa. Inte så duktig på att spela teater. Och kanske är det rent av så att du faktiskt inte har mage att stå och ljuga den sörjande änkan rakt i ansiktet.

Men Staffan Jenner tog sig samman. Westman såg hur han lyckades samla ihop resterna av sig själv under Hamads monolog.

Hur han tog sig i kragen, rätade på sig i stolen och kom till beslut. Kamikaze, tänkte hon. Han tänker erkänna.

– Jag har inte pratat med Adrianti, det är riktigt, sa han med en djup suck.

Av ångesten som plågat honom syntes nu inte ett spår. Han såg snarare bedrövad ut.

– Och du har alldeles rätt, jag har inte mage att göra det. Men det är inte för att jag har mördat hennes man. Det är av respekt för Svempa.

Hamad höjde på ögonbrynet. Westman visste inte vad hon skulle tro. Luften stod stilla i rummet.

– Jag är kär i Adrianti, sa Jenner. Vi har haft en affär. Eller vad man ska kalla det. Vi har ... legat med varandra vid ett par tillfällen och jag kände djup ånger bägge gångerna. På grund av sveket mot Svempa.

Hamad rynkade pannan, Westman satt mållös och väntade på fortsättningen. Jenner slog ut med armarna och suckade igen.

– Svempa var min bäste vän. Det jag gjorde var oförlåtligt. Det var Adrianti som tog initiativet bägge gångerna och jag kunde inte hejda mig. Jag har älskat den människan sedan jag först såg henne. Utan att göra någonting åt det. Av hänsyn till människorna omkring oss. Dessutom hade jag inte en tanke på att hon skulle känna något liknande för mig.

– När ägde den här så kallade affären rum? frågade Westman torrt, i ett försök att dölja hur snopen hon var.

– För fyra år sedan ungefär. I en månad. Sedan kom vi överens om att bryta. Det var bäst så. Och skulle jag nu komma springande så fort det här med Svempa hade hänt ... Det skulle inte se bra ut. Även om avsikten bara var att trösta och stötta. Jag kan helt enkelt inte förmå mig till det. Och Adri förstår. Det vet jag. Men med tiden kanske ... Därför tror jag att jag stannar kvar i villan ett tag till.

♣

Sjöberg grubblade. Han satt lutad över skrivbordet med slutna ögon och ansiktet i händerna och grubblade. Plötsligt började snaran dras åt. Men inte runt en, utan inte mindre än tre potentiella mördare.

Siem, en snål och ogin typ som befunnit sig på exakt den plats varifrån det mystiska samtalet till ställföreträdande polismästaren hade ringts, och vid rätt tid dessutom. Detta var mycket graverande. Ganska osympatisk, enligt Andersson och Sandén som träffat honom. Men med svag motivbild. Pengar i all ära, men några tusenlappar? Knappast troligt. Motivet måste i så fall vara något annat.

Jenner? Absolut. Han hade stått i skottlinjen under utredningen av Larissa Sotnikovas försvinnande. Något år senare hade hustrun tagit livet av sig. På ett sätt som ledde tankarna till ett kamouflerat mord. Han var skygg, med få vänner och nerverna utanpå. En gärningsmannaprofilerares dröm. Motiv? Med ett och kanske två våldsbrott bakom sig var det långt ifrån otänkbart att han begått ett tredje. För att dölja de tidigare. Dessutom hade nu plötsligt ytterligare ett motiv kommit i dagern. En affär med offrets hustru.

Sammantaget var detta klockrent. Om det inte vore för att jokern Wiklund plötsligt hade dykt upp. Som utgjorde ett tidigare helt okänt samband mellan Larissa Sotnikovas försvinnande och mordet på Erlandsson. I det att han bodde en minut från den plats där flickan iakttagits för allra sista gången, befann sig ensam i ett hus utan insyn och dessutom hade otillbörliga böjelser. Förvisso enligt tvivelaktiga källor, men Sven-Gunnar Erlandsson hade i alla fall tagit ryktena på allvar. Motivet skulle även här vara att dölja ett tidigare begånget brott, och det var ett starkt motiv.

Men ponera, tänkte Sjöberg, att vi tänker bort den försvunna ryska flickan för ett ögonblick. Vad hade de då att arbeta med? Jo, spelkorten i offrets ficka. Ju mer Sjöberg funderade över dem, desto mer övertygad blev han om att de hade betydelse i fallet. De fyra männen ingick i ett pokersällskap. Korten saknade fingeravtryck och var därför med stor sannolikhet ditlagda av mördaren. Vem annars hade brytt sig om fingeravtryck? Definitivt inte Erlandsson själv, som saknade handskar denna ljumma augustiafton. Ett budskap alltså, eller en hälsning. Som självklart hade med poker att göra, även om det nu tycktes saknas ett kort. Men vad de fyra korten betydde kunde han omöjligen begripa. Och poker som mordmotiv bland en samling hyfsat välbeställda Svenssongubbar var så löjligt att han knappt orkade ta det till sig.

Så var det den där lappen i samma ficka. Den uppblötta pappersbiten med de utflutna koordinaterna, som Gerdin och Sandén på ett föredömligt sätt lyckats tolka. Och självklart hade de rätt i sina gissningar att det måste röra sig om en plats i naturen snarare än en gatuadress. Att koordinaterna pekade ut en punkt i Huddingeskogarna, inte alltför långt ifrån de hemlösas husvagnspark, var en händelse som lät som en tanke. Möjligen kunde förstås en punkt mitt ute i Östersjön vara ett alternativ. Men var det Erlandssons lapp eller var den också ditlagd av mördaren? För om pappersbiten var Erlandssons egen hade den ju faktiskt inte nödvändigtvis med mordet att göra. Men vad kunde det handla om? Knark? Vapen? En tjuvgömma? I närheten av människospillrorna i husvagnsgettot verkade inget av alternativen alltför orimligt.

Odd Andersson engagerade sig väldigt i det där husvagnsfolket och det var bra. Pratade med dem allihop, alla som hade haft något med Erlandsson att göra. För närvarande var det den femtonåriga rymlingen som var på tapeten, och hon var tydligen inte den lättaste att komma i kontakt med. Det vore onekligen mycket intressant att höra om hon hade något nytt att komma med beträffande Sven-Gunnar Erlandsson. Något sett ur ett perspektiv som var annorlunda mot de övriga vännernas och familjens.

Familjen. En sörjande änka och tre vuxna barn. Eller fyra,

rättare sagt. Den fjärde hade inte vistats i landet på fyra år. Var kanske på rymmen hon också. Eller ...? Det slog honom som en påk i huvudet. Kunde det vara så att hon var försvunnen? Att Dewi Kusamasari *också* var försvunnen? Liksom det ryska sommarbarnet?

Som driven av en fjäder reste sig Sjöberg upp i stolen. Trummade med fingertopparna mot bordsskivan. Varför hade i så fall ingen sagt något? Alla älskade Dewi; styvsyskonen, modern, den framlidne styvfadern. Vad i all världen kunde det finnas för anledning för en hel familj att hålla tyst om något sådant? Modern hade sagt sig ha sporadisk kontakt med flickan. Hur ofta var det och när hände det senast? Två försvunna flickor i samma utredning var två för mycket. Han måste snarast komma i kontakt med Adrianti Erlandsson igen.

Så blev han avbruten i sina funderingar av att det ringde på mobilen. Det var Sandén.

– Conny. Det har hänt något.

Långsamt, ödesmättat. Det var något med tonfallet. Inte det sedvanligt glättiga. Sandén lät trött och ... nedstämd?

– Vadå? Var är du?

– På Huddinge. Sitter och väntar i en korridor.

– På vad? Hur mår du?

– Det är inte jag. Det är Gäddan. Hon föll ihop i skogen.

– Det var som fan. Vad är det för fel?

– Hon var alldeles kall när jag hittade henne. Hade förlorat väldigt mycket blod tydligen. För mycket.

– Hittade henne? Var ni inte tillsammans?

– Vi genomsökte ett ganska stort område. Tät snårskog. Vi kom ifrån varandra. Jag tyckte redan tidigare att hon var blek, men hon sa att hon mådde bra. Hon är en riktig kämpe, den där kvinnan. Hon fixar det.

– Fixar det? Menar du att hon kanske inte ...?

– De opererar henne nu. Flera liter blod hade runnit ut i magen på henne. Hon var kritvit i ansiktet. Och jag, min dumma jävel, reagerade inte.

– Hon kunde väl själv ..., försökte Sjöberg, men Sandén avbröt honom ilsket.

– Inget sådant där skit nu, Conny.

– Jag menade bara att du inte ...

– Gäddan är guld, fatta det någon gång. Hon viker inte ner sig mitt under ett uppdrag bara för att hon har lite ont i magen.

Sjöberg kände sig anklagad. Säkert med rätta. Men det han försökt säga var inte menat som kritik, han ville bara befria Sandén från något som verkade vara en självpåtagen skuldbörda.

– Återfick hon medvetandet? frågade han i stället.

– Nej. Och jag har ingen aning om ifall vi ska kontakta hennes anhöriga. Barnen. Vad tror du?

– Hon svävar mellan liv och död alltså?

– Ja. Operationen kan ta tre fyra timmar och utgången är oviss, svarade Sandén sammanbitet.

Sjöberg funderade i några sekunder.

– Vad tjänar det till om barnen sitter där utanför? Går allting bra så kan de väl besöka henne efteråt. Går det illa hinner de i alla fall inte träffa henne.

– Det har du rätt i. Förresten har jag för mig att de bor utomlands. Jag väntar här tills de är klara med operationen.

– Vill du ha sällskap? försökte Sjöberg.

– Nej, för fan. Jag har en del annat att tänka på också.

– Ja, hur gick det förresten? Hittade ni något?

– Inte ett skit. Men det var inte det jag menade. Jenny är med barn.

– Du skämtar, sa Sjöberg.

Inte för att han egentligen trodde det. Sandén var inte den som oroade sig i onödan, men var det något som bekymrade honom så var det just detta. Att hans lindrigt förståndshandikappade dotter skulle råka i så kallad olycka. Hon var inte kapabel att ta hand om ett barn själv. Vilket gjorde att Jens och Sonja skulle vara uppbokade för cirka tjugo år framåt. Vilket mörker. Sandén svarade inte.

– Vem är fadern? vågade sig Sjöberg på att fråga.

– Ingen aning. Jag har inte hunnit prata med henne. Inte med Sonja heller egentligen. Det kom annat emellan. Vilket i och för sig får en att värdera saker och ting lite annorlunda.

Katastroferna avlöste varandra. Sjöberg visste inte vad han skulle säga. Vilken klyscha han skulle välja.

– Jag är ledsen, Jens. Verkligen. Säg till om vi kan hjälpa till på något sätt.

– Du får väl hälsa Simon att det finns pengar att tjäna om ett par år när vi behöver barnvakt.

Sandén gav ifrån sig ett ljud som hade vissa likheter med ett skratt. Ett ihåligt sådant. Men han försökte.

Onsdag eftermiddag

Hamad, Westman, Andersson och Sjöberg tog en sen lunch på Lisas Café, Hammarbypolisernas stamlokus uppe på Skånegatan. Trots Lisas sedvanligt goda humör och de kärleksfullt tillredda smörgåsarna med falukorv och vändstekt ägg var stämningen allt annat än god. Sjöberg tittade ideligen på klockan. Sandén hade fortfarande inte hört av sig, operationen måste ha pågått i nästan tre timmar nu. Det fanns alltså inget nytt att rapportera, vilket ju trots allt i någon mån var bra.

– Inga nyheter är goda nyheter, försökte Sjöberg intala sig själv och kollegerna.

– Hälsan tiger still, sa Andersson, vilket föreföll vara något av en överdrift.

– Och ingenting hittade de där ute i skogen, suckade Hamad.

– Någonting måste det finnas där ute, ansåg Andersson. Jag tror inte att koordinaterna var nedtecknade på den där lappen utan anledning.

– Så vad gissar du att det rör sig om? undrade Sjöberg.

– Vapen kanske.

– Mordvapnet då? flinade Westman. Menar du allvarligt att mördaren skulle ha lämnat uppgifter på kroppen om var han tänkte gräva ner vapnet?

Andersson fingrade förstrött på silverringen han hade i örat.

– Nej, det menar jag naturligtvis inte. Men det skulle kunna finnas en vapengömma där. Vapnet skulle kunna komma därifrån.

– Skulle de vara så förslagna, de där uteliggarna? undrade Sjöberg. Är det inte troligare att det handlar om knark eller stöldgods?

– Så nära är det inte, svarade Andersson. Husvagnsfolket behöver inte nödvändigtvis ha någonting med saken att göra.

– Look who's talking, sa Westman retsamt. Det är ju du som jagar hemlösa med ljus och lykta.

Andersson såg besvärad ut. Allas blickar var nu riktade mot honom, och det roade honom inte det minsta. Vilket var lite lustigt, eftersom han närmast bad om det med sitt axellånga hår, sitt örhänge och sina skrymmande tatueringar på armarna. Dessutom var han ju känd från tv, och det var ju knappast någon som hade tvingat honom till det, tänkte Sjöberg.

– Jag tycker hur som helst att vi borde gräva där, svarade han.

– Det är ett stort område, sa Sjöberg. Ett stort projekt. Dyrt också.

– Dessutom är det nationalpark, påpekade Westman. Vilket innebär att vi aldrig skulle få tillstånd för ett sådant ingrepp i naturen.

– Det finns andra ställen där vi borde gräva i första hand, sa Hamad. Staffan Jenners trädgård för att nämna ett exempel.

– Ingela Wiklunds för att nämna ett annat, sa Westman.

– Eller Siems, sa Hamad. Om man följer mobilspåret.

– Vi skulle aldrig få tillstånd att gräva i deras trädgårdar heller, konstaterade Westman. Vi behöver mer kött på benen. Men det handlar om det ryska sommarbarnet.

– Det handlar om våldtäkt, sa Hamad.

– Ni låter väldigt övertygade, sa Sjöberg.

– Det måste handla om den försvunna flickan, sa Westman.

– Jag vet att det handlar om våldtäkt, sa Hamad.

Det fanns ingen anledning att ifrågasätta det. Flickmord brukade föregås av våldtäkt. Och Sjöbergs egna funderingar angående Dewi Kusamasari låg och skavde i bakhuvudet. Det blev tyst runt bordet. Var och en försjönk i sina tankar. Sjöberg sopade ner några smulor i handen och placerade dem på tallriken. Kastade en blick på klockan och försäkrade sig om att mobilen inte var avstängd. Ett par äldre herrar som satt en halvtrappa upp vid bordet närmast köket skrattade ljudligt. Lisa tittade fram i dörröppningen och blandade sig i deras samtal. Men vid de fyra polisernas bord var det ingen som kände någon större glädje. Då ringde det på Sjöbergs mobil. Andersson, Hamad och Westman betraktade honom med andlös förväntan och bevittnade skräckslaget hur tårarna vällde upp i ögonen på honom vid de ord som yttrades i hans öra.

– Gäddan undrar om någon av er kan pipa förbi med hennes bärbara dator, skrockade Sandén. Hon är rädd att vi tappar tempo i utredningen annars.

Sjöberg kände hur en jublande glädje tog över hela hans väsen. Han grät och skrattade på samma gång och fick inte ur sig ett vettigt ord. Då släppte förlamningen också hos de andra tre, och till de övriga gästernas förvåning blev det plötsligt ett sådant tumult vid polisbordet att det rent av överröstade de båda herrarna uppe i hörnet.

♣

Fem timmar efter det att den ansvariga läkaren levererat det glädjande beskedet att Gerdin klarat operationen bra var hon redo att ta emot besök.

– Helvete, Gäddan, vad du skrämde mig, sa Sandén när han drog fram stolen till sjukhussängen.

– Förlåt, svarade hon med ett trött leende. Så du ser ut.

Hon tog emot honom halvliggande i sängen med ett par kuddar bakom huvudet. Ansiktet var fullt av rivmärken och plåster, men hon hade tack och lov återfått färgen. Sitt eget utseende hade Sandén inte funderat över under timmarna i korridoren, men han förmodade att det fanns vissa likheter mellan dem.

– Tack detsamma, sa han och lade handen över hennes kind.

Den var varm nu. Normaltempererad.

– Du var alldeles kall där ute i skogen. Det var chockartat.

Hon lade sin hand över hans. Kramade om den.

– Tack, sa hon. De säger att det handlade om minuter. Bar du mig?

– Nej, jag lät dig ligga där på marken och gick till närmsta stad och letade efter en telefonkiosk.

– Kom igen nu, sa hon allvarligt. Jag vill veta hur det gick till. Så ska jag inte genera dig mer genom att tacka för att jag lever.

– Tacka läkarna. Och ambulanspersonalen. Jag vet inget om hur man återupplivar gamla kärringar.

– Jens, jag är sydd i buken, jag kan inte skratta. Bar du mig?

Sandén suckade besvärat.

– Det är klart jag bar dig. Jag sprang som ett skållat troll med dig i famnen. Strax före parkeringen dök ambulanspersonalen upp och tog över. Jag ber så hemskt mycket om ursäkt för att jag inte tog någon speciell hänsyn till granruskorna som piskade dig i ansiktet.

– Kom så får jag ge dig en kram.

Han reste sig upp och lade försiktigt kinden mot hennes. Hon lade armarna om honom, gav honom en puss på kinden.

– Tack, sa hon igen. Du är bäst.

– Utan konkurrens. Men du får vara lite försiktig med mig, det svider i ansiktet.

– Jag vet.

Sandén satte sig.

– Vad var det som hände egentligen? frågade han. Varför sa du ingenting?

Gerdin ryckte på axlarna.

– Jag kände mig trött och lite darrig. Hade ont i magen. Men jag tyckte inte det var något att fästa uppmärksamhet vid, trodde det skulle gå över. De säger att jag förlorade nästan två liter blod, det mesta på insidan.

– Det var en hel del på utsidan också, ska du veta. Var det en underlivsblödning eller var det magen?

– Fram tills för ett par veckor sedan trodde jag faktiskt att jag var med barn.

– Det var som tusan. Vid din ålder?

Gerdin nickade.

– Det var inte riktigt enligt planerna, men jag tänkte att det ju brukar kunna bli rätt kul när det händer oväntade saker.

En typisk gerdinsk analys, som i högsta grad förtjänade att läggas på minnet.

– Jag visste inte att du hade någon karl, sa Sandén.

– Det har jag inte heller, svarade hon med en blinkning. Jag kanske hade varit ute och slarvat lite. Men det visade sig att det var en tumör i livmodern. Stor som en tennisboll. Så de tog bort den.

– Det var som fan. Godartad, hoppas jag?

Gerdin nickade.

– Ett myom.

– Men vad gjorde du på jobbet?

– De skickade hem mig efter tre dagar, och sjukskrev mig i två veckor. Jag kände mig stark och utråkad, hade ingen lust att försöka utverka en längre sjukskrivning. Men de hade väl gjort ett dåligt jobb, uppenbarligen var det något som brast.

Det knackade på dörren och Hamad uppenbarade sig i öppningen.

– Har ni fest eller …? sa han med ett osäkert leende.

Gerdin såg på samma gång överraskad, glad och lite besvärad ut.

– Kom in, sa hon med en rörelse med ena handens fingrar som hade vissa likheter med en vinkning. Vad har du där? Är det min laptop?

Hamad gick fram till sängen och lade datorn i hennes knä.

– Enligt överenskommelse. Skönt att allt gick bra. Vi var lite oroliga där ett tag.

– Tack, vad snällt. Vadå för överenskommelse?

– Det var Jens som ...

– Äh, avbröt Sandén, jag tänkte att du behövde lite stimulans. Jag tror jag lämnar dig nu, Gäddan, när du har fått sällskap. Jag har lite att ta itu med på hemmafronten. Är det okej?

– Absolut. Och du – tack för allt.

– Ingen orsak. Krya på dig nu. Du behövs.

Hamad lyssnade engagerat när Gerdin redogjorde för dagens händelser. Hon utelämnade den exakta orsaken till blödningen – inte för att hon var orolig för konsekvenserna, utan för att hon inte ville genera honom. Det var högst personligt det som hade hänt och Hamad var en snorvalp – en mycket trevlig och begåvad sådan, men alldeles för omogen och med alldeles för många förutfattade meningar om henne för att hon skulle vilja dela det med honom. Med Sandén var det annorlunda. Han var en vuxen karl som trots sin bufflighet och sitt inte alltför slipade intellekt hade hjärtat på rätta stället. Och framför allt var han tvärtemot vad alla trodde fullständigt fördomsfri. För vad var fördomar egentligen? Handlade det inte om att döma? Sandén generaliserade sina intryck, snabbare och mer öppet än det politiskt korrekta etablissemanget, men han var inte snar att döma. Och generalisering var själva stommen till all sorts filosofi, enda möjligheten att strukturera upp tillvaron i teser. Sandéns teser var oftast enkla, men välgrundade. Och han lät sig mer än gärna överbevisas.

Han skyggade heller inte, på det där viset som var så vanligt bland män, för de mindre angenäma aspekterna av kvinnokroppen. Han äcklades inte, höll inte för ögon och öron. Och det var någonting väldigt vackert med män som respekterade kvinnor. På riktigt. Hamad hade å andra sidan en bit kvar att gå. Kände hon sig ganska övertygad om. Därför talade hon i svepande ordalag om en blödning i bukhålan, en allom bekant och inte alltför skräckinjagande kroppsdel.

När ämnet var uttömt slog det Gerdin att läget var optimalt

för att känna Hamad lite på pulsen angående Sven-Gunnar Erlandsson. Under måndagens möte i polishuset hade han gett vissa signaler om att han kanske delade en av hennes ståndpunkter i alla fall. Det handlade då visserligen om kortspel, men han hade gett uttryck för visst tvivel vad det gällde Erlandssons karaktär. Som inte hade ifrågasatts av någon enda människa under den här utredningen, förutom av henne själv. Och här låg nu Gerdin, nyopererad och eländig, och det fanns ingen annan i rummet som Hamad kunde ta intryck av eller ställa sig in hos. Det gällde att ta vara på de tillfällen som gavs.

– Du sa häromdagen att Erlandsson ville vara herre på täppan, försökte hon trevande. Vad menade du med det?

– Inte ska vi väl prata jobb? svarade Hamad. Glöm det för ett tag nu och vila upp dig i stället.

– Jag vill prata jobb, svarade hon. Hellre än att bara ligga här och tänka på det.

Hamad dröjde i några sekunder. Drog antagligen slutsatsen att hon inte hade något annat än arbete i skallen. Det bjöd hon på.

– Jag sa väl bara att fusk inte nödvändigtvis behöver ha med girighet att göra, svarade han. Att det snarare handlar om ... en känsla av makt. Men jag tror inte att det här fallet har med poker att göra. Trots korten vi hittade i fickan.

– Vad tror du det handlar om då?

– Jag tror att det handlar om våldtäkt.

Ett underligt sätt att säga det, tänkte Gerdin. Underligt ordval. Visst förstod hon vad han menade; det var uppenbart att Hamad och Westman var helt övertygade om att den ryska flickan hade blivit bortförd och mördad. Och att en elvaårig flicka mer eller mindre per automatik våldtas innan hon mördas. Men ändå – varför kallade han brottet våldtäkt och inte mord?

– Och våldtäkt handlar tydligen mest om makt och inget annat, sa hon. Vem tänker du dig har våldtagit och mördat Larissa Sotnikova?

Hamad suckade.

– Det finns flera olika alternativ, svarade han. Alla lika troliga, fast av olika anledningar.

Så redogjorde han för sina och Westmans efterforskningar angående Siem till att börja med.

– Varifrån ringdes det där samtalet till Malmberg? undrade Gerdin. Har du lyckats komma underfund med det?

– Från Södertälje, svarade Hamad efter en bråkdels sekunds tvekan, vilket inte undgick henne.

– Jaså, minsann. Samma mast som det samtal som ringdes från Erlandssons mobil?

Hamad nickade.

– Och hur dags ringdes samtalet från Erlandssons mobil?

– Bägge samtalen ägde rum vid ungefär samma tid. Vid fem över halv tio.

– Där ser man, sa Gerdin eftertänksamt. Men förlåt att jag avbröt. Hur resonerar ni kring Jenner och Wiklund?

Hamad fortsatte sin redogörelse och Gerdin lyssnade uppmärksamt, vägde de olika möjligheterna mot varandra. Konstaterade att det fanns goda skäl för vem som helst av dem att hamna under luppen i det här fallet.

– Men Erlandsson själv går fri från misstankar? lirkade hon. Trots det där du sa om makt?

– Det var rent hypotetiskt. Jag tror som sagt inte att mordet på Erlandsson har någonting med kortspel att göra.

– Eller att han var en maktfullkomlig typ?

– Nej. Enligt min bedömning – och alla andras också, verkar det som – var han en uppskattad och beundrad samhällsmedborgare.

– Enligt min bedömning var han en posör, inflikade Gerdin.

Med fullständig visshet om att det knappast skulle falla i god jord. För man bollade inte teorier med henne, man avfärdade henne. Utan att reflektera.

– Erlandsson engagerade sig dessutom för de svaga i samhället, fortsatte Hamad. Jag tror att han hade kommit på vem som låg bakom Laras försvinnande. Och att han bestämde sig för att gå till botten med det. Det ser jag som det mest uppenbara motivet för det här mordet.

Som väntat.

– Men du kan ha rätt, sa han sedan. Det kan också vara så att någon kom på att han kanske inte hade rent mjöl i påsen. Det ser jag som det enda alternativa mordmotivet.

Kors i taket. Ett närmande.

♣

Adrianti Erlandsson gick över huset med dammsugaren. Onsdag redan, Svempa hade varit död i fyra dagar. Det var overkligt. Att jorden fortfarande snurrade runt sin axel, att hon fortfarande gick omkring i sitt fina hus, i sitt nya land. Rasmus och Anna hade åkt tillbaka till Uppsala på tisdagen, vad annat fanns att göra? Livet måste gå vidare, också hennes eget tycktes göra det även om det gick på tomgång. För om bara några veckor, alldeles efter begravningen, skulle också Ida försvinna. Lilla Ida som hon fortfarande kallade henne, fast hon inte var så liten längre, student sedan mer än ett år. Hon skulle ut och resa. Som så många andra ungdomar nu för tiden. Jobba i Australien, vila och roa sig på sydostasiatiska sandstränder.

Hon tog av munstycket och drog med bara slangen under köksbänkarna för att suga upp smulor som inte fanns. Stannade upp emellanåt för att rätta till något föremål som kanske hamnat lite snett på kökshyllan. För att det skulle vara som det skulle vara. För att försöka intala sig att hon fyllde någon funktion. För att fylla livet med något. Det som fanns kvar av det. För vad var det egentligen för mening med att gå här och hålla snyggt när ingen brydde sig längre? Själv hade hon aldrig brytt sig, och Svempa som tyckte att det var viktigt med ordning och reda hade inga åsikter längre. Ändå gjorde hon det, på ren rutin. Hon, som varken hade jobb eller utbildning, skulle i ju alla fall knappast ha råd att bo kvar i villan.

Hon släppte slangen på golvet och stängde av dammsugaren. Sedan gick hon bort till Svempas arbetsrum och slog på datorn. Gick in på MSN och kollade om hon hade fått några mejl. Det hade hon inte. Redan i söndags hade hon skickat ett meddelande om vad som hänt till den adress Dewi sist hade skickat något ifrån. Av någon anledning verkade hon byta mejladress från gång till annan, och hon hade faktiskt aldrig kommenterat någonting som Adrianti hade skrivit. Vilket fick henne att tro att det hon skickade inte kom fram. Under de fyra år Dewi hade varit borta hade Adrianti mottagit åtta mejl. Två om året. Kortfattade meddelanden om var i världen hon befann sig, att allt var bra och att hon hoppades att de också hade det bra. Inget mer. Inga starka känslor, ingen önskan om att komma hem igen, att träffa dem. Nu var det tre månader sedan sist. ”Grattis på födelsedagen, jag är i Bolivia.”

Hennes ögon fylldes av tårar. Nu först gick det upp för Adrianti att hennes enda fasta punkt i tillvaron, hennes enda band till sin egen historia, till sitt blod, faktiskt var Dewi. Älskade lilla unge. Hur hade hon kunnat låta henne bara försvinna på det där viset? Hur hade hon kunnat låta sig övertygas om att det var normalt för ungdomar att vilja ge sig av, att ge sig ut på äventyr? Det var det kanske i och för sig till en början, men fyra år? Och utan ett ord till avsked?

Det var då hon hade sökt tröst hos Staffan. När Dewi hade försvunnit och det hade gått upp för henne att hon inte tänkte komma tillbaka på länge. Svempa hade inte lyssnat på det örat, han var inte den som grävde ner sig i onödan. Den som oroar sig i förväg får ofta sörja två gånger, brukade han säga, och oroade sig inte alls i stället. Men Staffan var en god lyssnare. Han hade tagit henne på allvar, sett henne med helt andra ögon än Svempa. Och det ena hade gett det andra. Hon hade varit svag. Riskerat allt det hon byggt upp i Sverige för några få ögonblick av njutning. För att få känna sig älskad i några timmar.

Hon drog med fingret under näsan. Det hjälpte inte. Det kom mer tårar, mer snor. Världen rasade omkring henne. Alla som betydde något för henne försvann. Plötsligt kände hon sig som den ensammaste människan på jorden. Dewi, tänkte hon. Jag vill att du kommer hem. Underbara, älskade lilla människa. Jag saknar ditt skratt. Din värme. Dina blixtrande intelligenta ögon. Jag vill ha dig tillbaka. Som du var. Vi ska hålla ihop. Som vi alltid gjorde. Jag orkar inte leva utan dig längre. Var är du någonstans?

Var var hon någonstans egentligen? Adrianti försökte ta sig samman. Reste sig och gick ut i köket för att snyta sig. Blev stående vid diskbänken med det fuktiga pappret i handen. Var det verkligen hennes omtänksamma, kärleksfulla lilla Dewi som bara lämnat henne på det där viset? Som upprätthöll endast en sporadisk kontakt utan ett vettigt ord om vad hon ägnade sig åt, vad som rörde sig i hennes huvud? Nej, det var knappt man kunde tro att det ens var hon själv som skrivit de där innehållslösa, egentligen ganska meningslösa meddelandena. Dewi var poetiskt lagd, hon tyckte om ord, älskade att berätta. Och varför bytte hon e-postadress hela tiden, så att de inte kunde ha en dialog? Tänk om ...

Tänk om det faktiskt inte var Dewi som skickade de där meddelandena? Tänk om hon inte alls var ute och reste? Tänk om Adrianti var förd bakom ljuset?

Tänk om det hade hänt någonting alldeles förfärligt?

Hon måste prata med någon. Någon som lyssnade, som tog henne på allvar. Trots överenskommelsen hon hade med sig själv, trots att det inte var passande, trots att han säkert tänkte likadant. Hon måste få prata med Staffan.

♣

Sandén väntade sig en familj i upplösning när han kom hem. Riktigt så illa var det nu inte, men stämningen var minst sagt dämpad. Jenny var den som verkade minst påverkad av den uppkomna situationen. Hon förstod inte allvaret, såg fram emot förändringen i livet men var för ögonblicket en smula nedstämd därför att hennes mamma var det. Sonja lade band på sig och ägnade sig åt middagsförberedelser, men såväl hennes hållning som röstläge avslöjade hur hon egentligen mådde. Tack och lov var Jessica där, stor och stark som vanligt. Hon hjälpte sin mor med vad hon kunde komma på, alltmedan hon småpratade om både oväsentliga och mer väsentliga saker. Huvudsakligen för döva öron. Hon såg dock aningen lättad ut när avlastningen dök upp i köksdörren. Även om han kanske inte var till sin fördel rent utseendemässigt.

– Men pappa, du ser ju helt förskräcklig ut! utbrast hon. Får man ta i dig?

– Försiktigt, svarade han och pussade henne på kinden.

Jenny rusade fram och slängde sig om halsen på honom.

– Är det sant att du har räddat livet på en annan polis? frågade hon medan han försökte värja sig.

– Nej, riktigt så var det inte, svarade han och sköt henne milt ifrån sig. Men jag kan berätta vad som hände. Om ni är intresserade? lade han till och kysste sin hustru på munnen.

Hon såg trött och ledsen ut, och skakade på huvudet när hon såg hans sargade yttre. Han smekte henne över kinden och gick sedan bort till köksbordet och satte sig.

– Jag vill höra, sa Jenny.

– Mamma kanske inte orkar prata om det just nu? svarade han med en blick bort mot Sonja.

Hon stod med ryggen till nu och verkade måttligt intresserad.

– Berätta nu, pappa, sa Jessica och spände ögonen i honom.

Han förmodade att hon hade sina skäl. Jessica hade nog inte haft det för muntert här hemma under de senaste timmarna, och så bråttom var det ju trots allt inte att dra upp riktlinjer för en framtid som inte skulle infinna sig än på några månader. Allt det jobbiga kunde nog vänta en stund. De båda döttrarna var så ivriga att han, Sonjas hotfulla rygg till trots, fann det bäst att göra som han blev tillsagd.

Så han drog hela historien där i köket. Flickorna lyssnade andäktigt, och till och med Sonja hade släppt potatisskalaren efter en liten stund och kommit och satt sig vid köksbordet.

– Och vet ni vad hon sa, Gäddan, när jag pratade med henne efteråt? avslutade Sandén berättelsen. "Det brukar ju kunna bli rätt kul när det händer oväntade saker." Jag tyckte det var en minnesvärd kommentar. Något vi alla borde ha i bakhuvudet när det sker saker i livet som vi kanske inte har räknat med. Att det kan bli riktigt kul i slutändan.

Jessica såg nyfiket från sin far till sin mor, for sedan upp och gav – på ett lite väl omilt sätt – Sandén en stor puss på kinden.

– Aj fan! ropade han och handen flög upp i ansiktet.

Jenny började skratta och Sonja log för första gången sedan han kom hem.

– Du har helt rätt, älskling, sa hon och drog med handen genom hans hår.

– *Gäddan* har helt rätt, sa Sandén. Gäddan har alltid rätt. Så när kommer vår lilla gullunge?

– I november, svarade Sonja.

– I november? Men det syns ju ingenting?

– Det är för att jag är så tjock från början! skrattade Jenny.

– Nehej du, du är precis lagom, log Sandén. Men det som oroar mig är att med en sådan mamma kommer ungen att bli odrägligt söt. Usch, vad vi kommer att skämma bort henne. Eller honom.

– Jenny säger att hon inte vet vem som är far till barnet, sa Jessica, med ett stråk av allvar nu.

Det smittade av sig på Sonja som gav Jenny en bekymrad blick. Sandén var tvungen att fundera i några sekunder innan han bestämde sig för vad han ansåg i frågan. När han sedan öppnade munnen var han dock fullständigt på det klara med det.

– Toppen. Då undersöker vi inte saken närmare. Så får vi ha vår lilla älskling alldeles för oss själva.

Det var det ingen som opponerade sig emot.

Så flyttade de ut i trädgården och tillbringade resten av eftermiddagen och kvällen med sina bara fötter i det frodiga gräset som fått växa ett par dagar för länge. Jessica grillade T-benstek och lät sig besegras av Jenny i krocket. Allt var nästan som vanligt.

♣

När Sjöberg dök upp var Adrianti på väg ut, men hon vände i dörren och släppte in honom i alla fall. Hon verkade orolig, stressad. Den utländska brytningen var tydligare nu, hon snubblade på orden och slarvade med grammatiken. De satte sig vid köksbordet, av gammal vana kanske eller för att det var där Adrianti Erlandsson trivdes bäst. Sorgen hade inte lämnat några synbara spår i huset, det var lika snyggt och välvårdat som tidigare och luktade dessutom nystädat.

– Jo, det var en sak som dök upp vid vårt förra samtal som jag har lite svårt att släppa, började Sjöberg.

Adrianti såg räddhågset på honom och drog nervöst i fingrarna så att det knakade. Något måste ha hänt som hade skrämt upp henne.

– Din dotter. Dewi. Jag hängde inte med riktigt där. Nog måste du väl veta var hon håller hus?

Adrianti skakade på huvudet.

– Hur kommer det sig? Jag menar, ni verkar ju hålla av henne väldigt mycket allihop. Tycker hon inte om er?

– Jo. Dewi älskade människor. Hon älskade oss. Allihop.

– Du säger ”älskade”. Det låter lite olycksbådande, måste jag säga.

– Älskar. Förlåt min dåliga svenska.

Sjöberg sög en stund på det, men beslutade sig för att gå vidare.

– Jag vill att du berättar för mig hur det gick till när Dewi reste. De exakta omständigheterna.

Hon såg på honom med en outgrundlig blick, men drog ett djupt andetag och började berätta.

– Det var mitt i sommaren. Hon hade tagit studenten några veckor tidigare. Med fantastiska betyg. Så packade hon sin ryggsäck och åkte till Roskildefestivalen. Tillsammans med Lina Jenner. Lina är ett par år äldre, men de har alltid kommit väldigt bra överens.

– Roskildefestivalen? sa Sjöberg. Gillade ni det?

– Nej. Men de var ju myndiga båda två och Lina är en bra tjej. Vad kunde vi göra?

– Och sedan?

– Efter två dagar kom Lina hem. Utan Dewi.

– Utan Dewi? Hörde hon av sig?

– Två gånger. Först ringde hon och berättade att hon skulle stanna kvar tills festivalen var över. Då reste Svempa och Staffan ner till Danmark för att tala förstånd med henne. De delade på sig och letade på olika ställen, pratade med en massa människor, men kom tillbaka tomhänta.

– Och andra gången du hörde ifrån henne?

– Hon ringde och sa att hon tänkte dra vidare på en jorden runt-resa. Att hon inte sagt något tidigare för att hon inte ville göra mig ledsen.

– Hur lät hon?

– Nedstämd. Jag blev ledsen, hon visste ju det.

– Och sedan?

Sjöberg såg hur tårarna steg i Adriantis ögon.

– Det var sista gången jag pratade med henne.

– När var detta?

– Det var samma dag som Svempa och Staffan kom ner. Det är ett stort område. Det var som att leta efter en nål i en höstack.

– Du måste ha blivit väldigt orolig?

– Jag blev mest ledsen. Lite orolig också. Med foten och allt. Men Dewi brukar veta vad hon gör.

– Foten? sa Sjöberg. Vad menar du med det?

Adrianti såg på honom med något vädjande i blicken. Pressade han henne för hårt? Kanske, men han måste få svar på de här frågorna. Nu lyckades hon inte hålla tårarna tillbaka längre. Han lade handen på hennes arm och väntade tills gråten lugnade ner sig. Hade hon varit så här förtvivlad i fyra år? Men hållit det tillbaka för familjens skull? Hade kanske mordet på hennes man bidragit till att fördämningarna släppte? Eller hade hon plötsligt drabbats av samma misstanke som Sjöberg själv?

– Adrianti, hade Dewi gjort illa sig? frågade han mjukt när hon kommit någorlunda till sans igen.

– Hon var handikappad, svarade Adrianti sorgset. Dewi var rörelsehindrad.

Sjöberg blev helt tagen på sängen, fick inte alls pusselbitarna att falla på plats.

– Rörelsehindrad? Men som jag förstod det var hon ... en enorm fotbollstalang?

– Det var hon, bekräftade Adrianti. Tills hon råkade ut för den där olyckan.

– Hur gammal var hon då?

– Femton. Hade nyligen fått moped. Hon älskade den där moppen. Men hon kunde aldrig köra den igen.

– Jag är hemskt ledsen. Vad var det för en olycka? Orkar du berätta?

– Nej, det gör jag egentligen inte, sa Adrianti och lyckades pressa fram ett betryckt leende mitt i eländet. Men jag ska göra det ändå.

– Tack, sa Sjöberg uppriktigt. Förlåt att jag pressar dig på det här sättet.

Hon skakade avvärjande på huvudet och tog ny sats.

– Dewi var ensam hemma en eftermiddag under sommarlovet. Hon letade efter något och var ute i garaget och rotade. Vi hade en gammal tvättmaskin som stod där, uppallad på en trave med trätrall. Hon var lite oförsiktig och fick tvättmaskinen över sig. Hon hade tur, hur konstigt det än låter. Bara foten kom i kläm, men det var allvarligt nog. Hon fick svåra krosskador.

– Så förfärligt, sa Sjöberg. Det måste ha tagit henne hårt. Er alla. Hela familjen måste ha påverkats.

Adrianti nickade.

– Hon blev sig aldrig riktigt lik efter det. Slutade med fotbollen, slutade skratta. Hon drog sig undan och höll sig mest för sig själv på rummet. Ägnade sig åt skolarbete, lyssnade på musik, skrev poesi och annat som jag aldrig fick läsa.

Plötsligt gick det upp för Sjöberg att det var det här alla de märkliga verbformerna handlade om. Inte att man trodde att Dewi inte fanns längre, utan det faktum att Dewi hade blivit en annan. När man talade i imperfektum talade man om Dewi så som hon en gång var, så som hon egentligen var. Det förklarade också den tryckande sorgen som tycktes genomsyra allting när hon fördes på tal. Deras älskade Dewi hade lämnat dem, gått in i sig själv, och det var jobbigt för dem allihop. Att hon sedan lämnat dem rent fysiskt lade sten på börda.

– Det var delvis därför vi lät henne åka till Roskilde, fortsatte Adrianti. Att Dewi ville göra något sådant, tillsammans med andra människor, var ovanligt. Jag blev glad och orolig på samma gång.

– Du verkar orolig nu också, sa Sjöberg. Vad är det som bekymrar dig?

– Att hon ... Att hon kanske är borta på riktigt.

– Det är en ny tanke? Du har aldrig funderat i de banorna förut under de här fyra åren?

Adrianti skakade på huvudet.

– Varför nu plötsligt?

– Svempa är borta. Barnen är utflugna allihop. Jag har inte haft så mycket tid över förut. För att fundera på Dewi. Och Svempa brukade alltid lugna mig och säga att Dewi säkert hade det bra. Att hon hade valt själv. Så började jag tänka på de där korta meddelandena hon skickar. Det är liksom inte ... hon.

Sjöberg befarade det värsta. Om Adrianti Erlandsson hade börjat misstänka att Dewi var försvunnen fanns det nog skäl att oroa sig. Han bad henne redovisa den kommunikation som förekommit sedan hon försvann, och inget av det han nu fick se ändrade på det. Åtta intetsägande rapporter, skickade från lika många e-postadresser. Dewi kunde vara var som helst. Eller inte alls.

– Sitter hon i rullstol? frågade Sjöberg.

– Nej, inte längre. Hon gjorde det under en kort period i början, men sedan gick hon över till kryckor. Ibland gick hon utan kryckor också, försökte låtsas att allt var som vanligt igen. Men det kunde det ju aldrig bli. Jag tror att smärtan var förfärlig i det som var kvar av foten, men Dewi bet ihop. Klagade aldrig.

– Jag ska undersöka det här med Dewi, sa Sjöberg. Jag lovar. Men det var en annan sak också. Affären med Staffan Jenner.

Adrianti såg skrämt på honom. Visste väl inte vad hon skulle tro. Funderade kanske över om hon bara skulle blåneka. Men kom på bättre tankar. Släppte ut all luft hon hade i lungorna och sjönk ihop på stolen. Hon såg generad ut.

– Jag vet, sa hon. Jag är en idiot, borde ha berättat självmant. Men inte inför barnen och ... Jag tyckte det var pinsamt. Det *är* pinsamt. Är det Staffan som har talat om det?

Sjöberg nickade.

– Det var inte särskilt snyggt, fortsatte hon. Barnen som var så goda vänner. Och Svempa och Staffan som ... Ja, de var ju bästa vänner. Det var ett svek.

– Tror du Svempa visste om det? undrade Sjöberg.

– Han borde inte ha känt till något. Jag menar *ingen* kände ju till något. Men i alla fall ... Jag tror ändå att han visste. Han hade ett sjätte sinne. En speciell förmåga att veta allt om alla. Men han sa aldrig något. Och det varade bara i en månad. Två gånger träffades vi innan vi tog vårt förnuft till fånga. Svempa har aldrig nämnt det med ett ord.

– Varför gjorde du det? Varför inledde du förhållandet?

– Det var när Dewi hade åkt. Jag saknade henne så otroligt. Behövde värme. Omtanke.

– Fick du inte det hemma?

Adrianti fick något osäkert i blicken.

– Jo, det är klart, men ... Jag kan inte förklara. Jag var svag. Det var dumt gjort. Jag ångrade mig lika snabbt igen. Och Staffan också. Så vi bröt.

Tja. Inte mycket att säga om det. Köttet är svagt. Bevekelsegrunderna många och komplicerade. Adrianti Erlandsson och Staffan Jenner hade inte gjort några dumheter på fyra år. Efter ett förhållande som varat i en månad. Conny Sjöberg hade inte gjort några dumheter på ett och ett halvt år. Efter ett förhållande som varat i ett halvår. Vem som gjort det allvarligaste övertrampet rådde det ingen tvekan om. Ingen av dem hade gått hem och bett om ursäkt, pratat ut, gett sin livspartner en chans att ha en åsikt. Vem var han att döma? Ett fegt kräk var han. En manipulatör med självbevarelsedrift. Eller – om man såg det på ett annat sätt – en man som noggrant vägt för- och nackdelar mot varandra och kommit till ett beslut som förhoppningsvis gynnade alla parter. Något gott var det kanske med det.

– Vi kommer att vara diskreta med den här informationen, sa Sjöberg. Jag ska se till att det inte kommer fram om det inte är nödvändigt.

Adrianti såg tacksam ut och det värmde. Han var i varje fall inte den som sprang med skvaller.

Onsdag kväll

Gerdin kände sig mörbultad. Hon kände inte igen sin kropp, svullen var hon och det gjorde ont över allt. Fast de pumpade henne full med smärtstillande mediciner så värkte det i operationsärret, i ansiktet, i armvecken. Dessutom var hon trött. Hon sov av och till, utmattad naturligtvis av allt det hennes sargade kropp gått igenom under dagen. Givetvis borde hon ringa. Barnen, vännerna, släkten. Men just nu orkade hon inte prata med någon, än mindre ta emot fler besök. Det fick vänta tills imorgon. Under vaken tid försökte hon läsa, men trots att boken var bra orkade hon inte koncentrera sig på innehållet. Sinnena, tankarna letade sig iväg åt andra håll och hon hade inget att sätta emot, fick tillåta sig att sväva ut.

Trollskog. Ljus och mörker. Skuggornas lek bland träden. Svett, köld, fågelkvitter. Vindens spel i lövverket.

Dofter. Barr och löv, svamp och mossa. Blod. Död.

Erlandsson.

Poker. Pokerspåret hade kommit på skam. Med rätta kanske, men hon hade nu en gång bestämt sig för att gå till botten med det där pratet om poker. Annat hade kommit emellan, men nu fanns all tid i världen. Varför hade det pratats om poker långt innan någon visste att Sven-Gunnar Erlandsson och hans vänner hade festat upp pokerkassan kvällen före mordet? Redan där ute i ösregnet på golfbanan hade det pratats om poker. Kollegerna avfärdade hennes funderingar kring detta, och det var mycket möjligt att de gjorde rätt i det, men tills det var bevisat var frågan fortfarande relevant. Fyra kort var ingen pokerhand, så var det bara. Och det där med att de skulle vara smygvänliga misstänkte hon bara var något som Hamad slängt ur sig för att få tyst på henne.

Hon sträckte sig mot handtaget som hängde ovanför hennes huvud och drog sig varsamt upp i sängen till sittande läge. Vred sig försiktigt mot nattduksbordet och plockade fram mobilen. Därefter slog hon numret till Lundin, den unge polismannen som varit vakthavande befäl den morgon då Gerdin och Hansson ringts in från Nacka Golfklubb på Värmdö. Och trots den ganska sena timmen och det faktum att hon hade dolt nummer svarade han faktiskt.

– Förlåt att jag stör, sa Gerdin, som med en vag förhoppning om att hennes hälsotillstånd inte var allmängods försökte låta som om hon inte nyligen väckts från de döda. Du hade vakten i söndags morse och ringde och kallade in Bella Hansson och mig till en brottsplats i Älvsjö. Minns du det?

Jodå, det mindes Lundin mycket väl.

– Stämmer det att du då pratade om poker? Att poker på något sätt skulle ha med mordet att göra?

– Det kom från länskommunikationscentralen, svarade Lundin. Jag hittade inte på det själv.

– Kan du ta reda på vem ordningspolisen som rapporterade till dem var?

Det lovade Lundin att göra och ringde sedan tillbaka efter mindre än tio minuter.

– Det var Camilla Eriksson från utryckningen i Farsta. Jag har ordnat fram ett telefonnummer om du är intresserad.

Det var Gerdin, varpå hon avslutade samtalet och påbörjade ytterligare ett.

– Hedvig Gerdin, Hammarbypolisen. Ursäkta att jag stör så sent, du kanske inte jobbar?

– Dig minns jag, sa Eriksson. Vi träffades på brottsplatsen i Herrängen i söndags.

– Det stämmer bra det, sa Gerdin och undrade i sitt stilla sinne hur det kom sig att Eriksson mindes just henne.

– Minnet är det inget fel på, fortsatte hon, vilket var en förklaring som Gerdin nöjde sig med.

– Är det från dig det där pokerryktet kommer? frågade hon.

– Vilket pokerrykte?

– Redan när jag ringdes in av vakthavande talades det om poker i samband med det här mordet. Saken är den att det först flera timmar senare visade sig att offret tillhörde något slags pokergäng som hade varit ute och ätit tillsammans. Så jag undrar bara: var fick du det ifrån?

Eriksson skrattade i luren, lät som en trevlig tjej.

– Har du inte hört talas om Wild Bill Hickok? frågade hon.

Ett par sekunder tog det, sedan trillade polletten ner.

– Naturligtvis. Vilken nolla jag är. Tack så jättemycket för hjälpen. Och ursäkta att jag störde.

– Ingen orsak, skrockade Camilla Eriksson. Lycka till.

Nu fick Gerdin energi, plockade fram datorn och slog upp den i knäet. Verifierade att hon hade kontakt med cyberrymden, gick in på Google och slog in ”Wild Bill Hickok” i sökfältet. Den första träffen ledde henne in på Wikipedia, som hade en hel del text om den gamle vilda västern-hjälten. Wild Bill blev skjuten bakifrån, i huvudet, av Jack ”Crooked Nose” McCall, den andra augusti 1876 på en saloon i Deadwood. På handen hade han i dödsögonblicket fem kort, men bara fyra av dem blev kända för eftervärlden. Nämligen de svarta åttorna och de svarta essen.

Död mans hand.

Hur hade hon kunnat missa det? Hur hade alla utom Camilla Eriksson på ordningen kunnat missa det? Det var slarvigt, men nu var det som det var. Nu gällde det att förvalta denna nyvunna kunskap på bästa sätt. Erlandsson blev, liksom Wild Bill Hickok, skjuten bakifrån. En tillfällighet? Kanske ändå, eftersom Erlandsson blev skjuten i nacken och Wild Bill i huvudet. Men vad mera var, bägge blev skjutna den andra augusti. Visserligen med etthundratrettiotre års mellanrum, men datumet var antagligen inte slumpartat valt i fallet Erlandsson. Och de fyra korten i bröstfickan hade säkerligen sin betydelse. Sannolikt hade det med poker att göra på något sätt.

Men ingen av de inblandade pokerspelarna ville kännas vid någon eventuell osämja vid spelbordet. Siem var möjligen bitter, kanske var han en gniden jävel som klagade på regler och annat, och till och med ansåg att Erlandsson inte körde med rent spel. Men därifrån till att förstöra livet för både sig själv och en hel rad andra personer ...? Gerdin ville tro att välsituerade medelålders män hade intressantare skäl att mörda varandra. Poker som mordmotiv kändes både förlegat och barnsligt. Förlegat därför att det hörde hemma på artonhundratalet, barnsligt för att ... Ja, för att det var barnsligt att vara en dålig förlorare.

Men Josefin Siem var ett barn. Kanske rent av ett manipulativt barn, ett barn som styrde och ställde, och som dessutom hade fri lejd hemifrån. Pappas lilla flicka. Och det sista samtalet från Erlandssons mobil hade de facto ringts från någonstans i närheten av den idrottsplats i Södertälje där de befann sig båda två. Nej, familjen Siem var i högsta grad aktuell i den här utredningen, inget snack om saken.

Så kunde ju naturligtvis hela den här pokergrejen bara vara ett villospår. Död mans hand kunde betyda något annat, det kunde syfta på den döde mannen snarare än en pokerhand. Det skulle också kunna vara en hälsning från mördaren, en signatur som kanske hade mer med mördaren själv att göra än med offret.

Men en sak var hon helt säker på; Erlandsson hade varit en skitstövel, de andra fick säga vad de ville. Att han sedan blev mördad av just den orsaken, det var Gerdin inte lika säker på. *Mais il avait une bite dans la tête*, tänkte hon. Hittade inget adekvat sätt att uttrycka det på svenska. Han höll uppe en perfekt fasad av minutiöst städad villaidyll med det senaste inom heminredning. Och vem gjorde jobbet? Inte var det han själv. Fina välartade barn, väl inlemmade i en föreningsverksamhet som gav honom den pondus och det inflytande han så hett eftertraktade. Hade de valt det livet själva? Knappast. Även om de kanske inte ens tänkt tanken. Och så lite välgörenhet ovanpå alltihop. För att sätta glorian på plats.

Och för att lyckas med allt detta hade han importerat en lojal och tacksam slav från en plats där man inte ens vågade drömma om ett sådant liv. Där man arbetade så hårt och så länge som själva överlevnaden krävde. En tjänare som handlade, städade, diskade, lagade mat och tvättade lagtröjor utan att knysta. Som gav upp allt det som var hon; ägnade sig åt fotboll i stället för golf, för att det passade familjen bättre. Som dessutom var snygg att titta på och kärleksfull mot både barnen och herren i huset. Så väldresserad att hon hade mobiltelefonen påslagen medan hon sov. Ifall han skickade ett sms mitt i natten som berättade att han var på väg hem.

Så att hon kunde förbereda sig.

Torsdag förmiddag

Som Andersson redan konstaterat låg Bronsgjutarvägen i ett trevligt radhusområde, både sjö- och skogsnära. Området var idealiskt för barnfamiljer, med fotbollsplan, nära till bad och stora arealer för äventyrliga småknoddar att klättra i träd och leka kurragömma på. Gott om andra barn att leka med, små lugna gator att cykla på och uppvuxna trädgårdar idealiska för grillaftnar med grannarna.

Familjen Magnussons hem var ett i mängden av ungefär likadana enplanshus, och på garageuppfarten stod en skinande ren Audi av nyare årsmodell och med takräcke. Andersson blev insläppt i huset av en pojke i tioårsåldern, iklädd badbyxor, som smet förbi honom ut så fort hans mamma dök upp i hallen. Hon föreslog att de skulle sätta sig i trädgården, där hon bjöd på sockerkaka och hemlagad fläderblomssaft.

– Är Rebecka inte hemma? frågade Andersson när de slagit sig ner i varsin plaststol med gul- och vitrandig dyna.

– Nej, det är hon inte, svarade kvinnan. Det var länge sedan hon hälsade på oss nu.

Det var ett konstaterande, inget annat. Jeanette Magnusson var i fyrtioårsåldern, såg alldaglig ut med några kilos övervikt och mellanblont hår som hon samlat i en slarvigt hopslängd knut i nacken.

– Ni ser det som att hon kommer på besök? frågade Andersson. Inte som att hon bor här?

– Hon har kvar sitt rum. Och hon vet att hon alltid är välkommen. Men hon vill inte bo här. Det är hon alldeles bestämd på.

– Hon är femton år. Är det inte ni som bestämmer?

– Jo, det kunde man ju tro, svarade kvinnan och sträckte sig efter sitt glas. Men det är inte så enkelt. Det har aldrig varit enkelt med Rebecka.

Hon gjorde en paus medan hon drack. Andersson passade på att smaka på sockerkakan. Den var smulig, men god.

– Rebecka har ADHD. Hon har väldigt bestämda åsikter om saker och ting och är ganska aggressiv till sin läggning. När hon var liten hamnade hon ofta i slagsmål. Hon gör sig lätt till ovän med folk.

– Hon är väldigt söt, sa Andersson.

Ett uttalande som var tänkt att vara avväpnande och som grundade sig enbart på det några sekunder långa klippet från tv-dokumentären.

– Hon är söt, det är riktigt. Och det har hon säkert haft en viss glädje av. Folk tenderar att ha lite större tålamod med en söt unge. Sorgligt nog, får jag ändå säga. Men trots alla som har ställt upp och försökt hjälpa henne så har hon bara sparkat bakut. Hon är revolutionär ut i fingerspetsarna.

Det sista sa hon med ett uppgivet leende.

– Du tror kanske att hon inte känner sig älskad här hemma, och det stämmer nog. Men tro mig, vi älskar henne allihop och vi har gjort allt vi har kunnat för att hon ska känna det, för att få det att fungera. Men det går inte. Hon vill inte.

Nehej, tänkte Andersson. Så då sticker hon bara då? Och resten av familjen sitter hemma och rullar tummarna och hoppas att hon ska komma tillbaka? Är det så det fungerar i Välfärdssverige? Jeanette Magnusson verkade läsa hans tankar.

– Vi har haft barnpsykologer och familjeterapeuter inkopplade i åratal. Socialtjänsten är också involverad, som du känner till. Rebecka vill inte bo här hemma. Hon vill ha en egen lägenhet, men det får hon inte. Hon är femton år och har ett väl fungerande hem. Det sociala vill inte betala. Vilket jag har stor förståelse för. Vi kan inte betala. Så då rymmer hon i stället. Vad ska vi göra? Kedja fast henne?

Andersson var mållös. Det här var inte vad han hade tänkt sig, och han hade inga svar. Han tuggade i sig den sista biten sockerkaka han hade i handen och torkade av fingrarna på byxorna.

– Och de andra barnen? frågade han dumt, mest för att säga något alls.

Han hade egentligen ingen aning om vad det var han ville veta om dem.

– Det känns hemskt att säga det här, svarade kvinnan, men pojkarna har det faktiskt bättre när Rebecka är borta. Det blir alltid bråk omkring henne. Hon är destruktiv, får alla i sin omgivning att må dåligt. Dessvärre är hon självdestruktiv också.

– Hur yttrar det sig?

– Hon tar inte hand om sig. Rymmer mitt i vintern utan att ha ordentligt med kläder. Sover var som helst, enligt de få rapporter vi har fått. I en trappuppgång. På en offentlig toalett. Hon rör sig bland de hemskaste typer.

– Vet ni om hon missbrukar? frågade Andersson.

Jeanette Magnusson skakade på huvudet.

– Vi tror inte det. De har ju kommit hem med henne flera gånger, skitig och eländig. Hungrig. Men hon har inte verkat påverkad. Då stannar hon ett tag och sedan är det dags igen.

– Skönt i alla fall att det är sommar, sa Andersson i ett lamt försök att se lite ljust på saken. När var hon hemma senast?

– I mars.

– I mars? Det är ju nästan ett halvår sedan!

– Socialtjänsten håller ögonen öppna. Vi håller ögon och öron öppna. Men ingen har sett henne sedan dess. Hon har antagligen bytt kommun. Eller land. Det finns inget vi kan göra, mer än att hoppas.

Kunde det vara så jävligt? Hade flickan begått brott hade hon kunnat dömas till ungdomsvård, men som läget nu var fanns det uppenbarligen inget man kunde göra för att hålla kvar henne.

– Ni känner till att hon bodde borta i Huddinge ett tag? frågade Andersson. I skogen där? Med ett gäng bostadslösa i en husvagn?

– Jag fick reda på det igår, ja. Av socialassistenten. Men det är fem månader sedan. Och det är den sista rapporten vi har fått om Rebecka.

– Har hon varit borta så länge tidigare?

– Nej. Men det har trappats upp hela tiden. Första gången hon rymde var hon elva år. Då var hon borta i fyra dagar.

– Jag tror att det kan vara läge att gå ut med en efterlysning, sa Andersson.

– Tack. Vi har föreslagit det tidigare, men med hennes record, du vet ... Polisen har inte tagit det på allvar. Vilket ju är ganska begripligt. Men hur kommer det sig att du började intressera dig för det här?

Andersson var inte säker på hur det han hade att säga skulle tas emot. Att en av de sista personer den femtonåriga dottern träffat innan spåren efter henne kallnat hade blivit mördad. Jeanette Magnusson verkade visserligen ganska luttrad vid det här laget, men ändå. Han svävade på målet.

– Rebecka figurerar i utkanten av en annan utredning. Jag blev nyfiken på att höra vad hon hade att säga, så det är därför jag försöker komma i kontakt med henne. Inget allvarligt för Rebeckas del, så det finns ingen anledning till oro.

Det sista lade han till för att Jeanette Magnussons intresse för saken skulle svalna, men det tycktes snarare få motsatt effekt.

– Vad är det för utredning? ville hon veta.

– Det är en mordutredning, men ...

– Vilken mordutredning? avbröt hon.

Andersson fick lov att ge upp. Jeanette Magnusson hade uppenbarligen huvudet på skaft och var inte mottaglig för avledande manövrar.

– Det rör sig om ett mord på en femtiotvåårig bankman från Älvsjö, Sven-Gunnar Erlandsson. Han brukade besöka de hemlösa i husvagnsparken och dela ut mat. Men som jag sa är Rebecka perifer i sammanhanget.

– Hon är inte perifer för oss. Hon har varit borta i fem månader nu, utan att polisen har intresserat sig.

– Jag beklagar, sa Andersson uppriktigt. Därför ser jag till att ändra på det nu.

Först tänkte han understryka en gång till att det knappast var troligt att flickans försvinnande på något sätt hade med mordet att göra. Men vid närmare eftertanke var det kanske bäst att inte göra några utfästelser.

♣

Gerdin låg på rygg i sjukhussängen och stirrade upp i taket. Hos tandläkaren hon hade gått till sedan hon flyttat hem hade man satt upp en affisch i taket att fästa blicken på. En riktigt tråkig affisch för all del, föreställande Sveriges landskapsvapen, men i alla fall något att titta på. Här fanns bara ett vitt tak. Hon kunde sitta upp, det var inga problem, men ville hon ligga var hon hänvisad till ryggläge. Magen var en färgpalett, hon såg ut som om hon bokstavligen blivit slagen gul och blå, och så kändes det också. Alldeles oavsett det hopsydda operationssnittet.

Nu låg hon och funderade över svensk grammatik. "Han som sköt han kommer ni aldrig att hitta." Det var vad telefonrösten sagt i Gunnar Malmbergs öra i söndags morse. Vem sa så? En man, enligt Malmberg. Men han lämnade öppet för att rösten kunde vara förvrängd. Vilket gjorde att det var omöjligt att härleda rösten med hjälp av hur den lät. Att samtalet kom från ett väl inringat område i Södertälje var fastslaget, och detta riktade misstankarna mot delar av familjen Siem. Malmberg tyckte sig ha hört trafikbuller i bakgrunden. Vad berättade det? Möjligen bara att en bil passerade i närheten. Inget att gå vidare med. Men grammatiken var intressant. ”Han som sköt han.” Det lät obildat. För att inte säga korkat. Eller kanske bara ungdomligt? ”Jävla losers”, hade avslutat samtalet, vilket fick henne att luta mer åt ungdomshållet. Intuitivt skulle hon säga ung outbildad man någonstans mellan femton och trettio.

Rasmus Erlandsson? Nej, han var av helt annat virke. Ingen medlem i familjen Erlandsson skulle uttrycka sig på det viset, det var hon säker på. Något av barnen Jenner? Dem hade hon aldrig träffat, men nej. Uttryckssättet osade förortsgetto, hillbilly, WT. Eller white trash som det egentligen hette, fast det sällan skrevs ut numera. Så varför inte roa sig med att försöka se på fallet ur det perspektivet?

♣

När han vaknade var han alldeles kallsvettig. Han sträckte sig efter cigarrettpaketet på nattduksbordet och tände en cigarrett med darriga händer. Hasade sig upp i sängen i sittande ställning och försökte skaka av sig det otäcka. Men drömmen var alldeles för verklig, den ville inte lämna honom. Något liknande hade han aldrig tidigare varit med om, nu lyfte han till och med på täcket för att försäkra sig om att tjejen från drömmen verkligen inte låg där. Barnsligt. Med handen mot halsen kände han pulsen bulta medan han drog i sig cigarretten för att sedan omedelbart tända en ny på fimpen. Han var fortfarande andfådd, flåsade som om han sprungit en hel mara. Jävlar, vad de skulle skratta åt honom nu, brorsorna, om de hade sett honom.

Fyra bröder var de, bröder och halvbröder för att vara exakt. De två äldsta var bröder, han själv och näst yngsta brorsan var halvbröder med dem, halvbröder med varandra. Själv var han yngst. Men han växte, hade vuxit mycket under det senaste året, både fysiskt och psykiskt. Han hade tränat hårt på gym och mognat mentalt, blivit slipad. Bröderna tog honom ändå inte på allvar, ville fortfarande inte ha honom med när de gjorde sina ”affärer”. Så det var inte till dem han vände sig när han behövde tips och råd, när han behövde någon att prata med. Vilket oftast inte handlade om drömtydning, utan om mer jordnära saker.

Simon klev ur sängen och tog sig bort till datorn. Ruckade på musen så att skärmen tändes och loggade sedan in på Flashback. Startade ett nytt ämne i forumet för ”Drömmar och sömnrelaterade fenomen”, ett forum han aldrig tidigare hade besökt. Där han brukade röra sig handlade det mestadels om lite hårdare prylar, som droger och brottslighet. Han ville lära sig, och han lärde sig snabbt. Mycket fortare än vad brorsorna kunde ana. Han var nämligen den smartaste av dem, något som de innerst inne säkert visste och som de snart skulle kunna dra nytta av. Men här befann han sig nu på ett fjollforum för psykologi, men det skulle ju å andra sidan ingen få reda på. IRL.

Jag drömde en överjävlig dröm i natt. I vanliga fall skulle jag inte bry mig, men jag är alldeles skakig och kan inte få den förbannade mardrömmen ur skallen.

Som jag minns det så ligger jag i sängen och har ohämmat sex med en välmatad blondin när jag hör arga röster utanför huset. Så bankar det hårt på ytterdörren. Jag blir inte så skraj för jag tror att det är hennes karl som kommer för att hämta hem henne, för det är en tjej jag känner och hennes kille är en idiot men också en fjant. Jag går i alla fall fram till fönstret och utanför står värsta mc-gänget. Jag blir helt paralyserad men sen kastar jag mig in i garderoben. Genom dörrspringan ser jag hur de slår in dörren och ger sig på min brorsa och två polare med järnrör, fast de inte gör minsta motstånd. Hela tiden vrålar de något om att jag skulle ha tjallat på någon som säljer knark, vilket jag aldrig skulle göra.

Då förstår jag att det är ute med mig också och efter en stunds letande hittar de mig där jag sitter och trycker bland vinterjackorna. De drar ut mig på golvet och en av dem skjuter mig tvärs igenom kroppen så att inälvorna hänger ut. Jag försöker stoppa tillbaka dem med händerna, men så blir allting svart och jag dör.

Sedan vaknar jag och nu mår jag riktigt pissigt. Det kanske låter larvigt, men det är fan det värsta jag har varit med om i hela mitt liv.

Det kändes redan bättre, bara efter att ha fått skriva av sig lite. Han reste sig upp och drog på sig en T-shirt innan han lämnade rummet. Öppnade försiktigt dörren in till morsans rum. Hon sov fortfarande. Låg som en stor blob i sängen, med bara hälften av sin nakna, oformliga kropp dold under täcket. Snarkande.

Skönt. Då slapp man kanske se henne på ett tag.

♣

Gerdin bestämde sig för att leta runt lite på fårskallarnas favoritforum, som hon brukade kalla det. Flashback. Detta internetforum med högt i tak i både positiv och negativ mening befolkades dock inte bara av fårskallar. Här rörde sig människor från alla yrkeskårer, alla samhällsklasser och alla åldrar. Och helt säkert var samtliga upptänkliga intelligenskvoter representerade också. Dock var vissa kategorier något överrepresenterade i hennes tycke. Inte minst den debila WT-kategorin. Och det var alltså av den anledningen som Gerdin på ren impuls gav sig in just här för att leta efter den man som ringt och hånat den ställföreträdande polismästaren och möjligen också lagt beslag på Erlandssons telefon.

”Död mans hand” bestämde sig Gerdin för att börja söka på. Men sånär som på ett inlägg angående en av försvarsmaktens klassiska konserver – innehållande korvbitar med vita bönor i tomatsås – som tydligen gick under det namnet, handlade det bara om poker i allmänhet och Wild Bill Hickok i synnerhet. Inget nytt alltså. När hon sedan fortsatte söka på ”Sven-Gunnar Erlandsson” visade det sig att mordet nu hade fått en alldeles egen rubrik på Flashback. Hon gick noggrant igenom hela tråden, utan att hitta något annat än nyfikna frågor och ofta ganska huvudlösa spekulationer. Något intressant skvaller om Erlandsson eller några för polisen hittills okända iakttagelser behandlades inte. Inte heller verkade de som engagerade sig i ämnet göra det av något annat skäl än att de var just nyfikna.

Därefter ägnade hon sig åt att söka på de uttryck som gett henne idén att leta just här, nämligen ”jävla losers” och ”han som sköt han”. Dock utan minsta tillstymmelse till intressant träff.

Odd Anderssons fruktlösa försök att lokalisera mordvapnet kände hon till. Trots det ville hon ge det en chans till. Han hade ju sökt på hela nätet, hon tänkte begränsa sitt sökande till Flashback. För om man ponerade att Gunnar Malmberg hade gjort en riktig analys, att telefonrösten tillhörde en ung man, och att inte heller hennes egna lingvistiska teorier var helt åt pepparn, det vill säga att pojkvaskern kanske inte var den vassaste kniven i lådan. Och att han inte bara hade ringt det där samtalet, utan faktiskt också var den som skjutit Sven-Gunnar Erlandsson. Då fanns det faktiskt en minimal chans att han sökte hjälp just här. Att det var här han först sökte efter ett vapen. Att han bad om råd angående hantering och skötsel av vapnet. Att han ville avyttra vapnet efter mordet. Eller – med tanke på den triumferande ton han använt under samtalet – att han kanske hade behov av att berätta vad han gjort. Att skryta.

♣

Simon gick ner till bottenvåningen för att få i sig något ätbart, i tron att han skulle få en stund för sig själv vid köksbordet. Men yngste brodern, Jakob, satt där, tomt stirrande framför sig medan han drack sitt kaffe. Han tittade inte ens upp när Simon klev in i köket.

De två äldre bröderna var lätta att ha att göra med. De var buffliga, bullriga, hårdhänta, men det var rakt på sak och inga konstigheter. Med Jakob var det annorlunda. Han var bara ett par år äldre än han själv, men trots att de vuxit upp tillsammans hade de aldrig kommit överens. Kanske var det just därför. Därför att konkurrensen mellan dem alltid varit stenhård, just för att de var så nära varandra i ålder. Jakob var en sliskig typ som man aldrig visste var man hade. Han kunde vara schyst en stund, nästan som en kompis. Bara för att strax därpå vilja ha något i gengäld. Något som var fan så mycket jobbigare, ofta rent av farligt. Visst hade Simon många gånger sprungit de äldre brödernas ärenden, men det var så det skulle vara. Var de missnöjda med honom fick han sig en fet smäll, och så var det bra med det. Men Jakob, han kunde plåga en i timmar, i dagar. Bara för nöjes skull.

Men det skulle snart vara över. Det *var* över, det kände han nu. Simon hade vuxit ifatt och om sin bror och han tänkte aldrig mer låta någon sätta sig på honom. Även Andreas och Matteus, de äldre bröderna, skulle strax inrätta sig i ledet. De skulle vörda honom, göra som de blev tillsagda. Som i fallet Michael Corleone. Trots att han var yngst skulle Simon snart vara familjens överhuvud. Han hade nämligen bevisligen det som krävdes.

– Res på dig, sa han bryskt till sin bror, som svarade utan att se upp.

– Vad fan då för? Skit på dig.

– Därför att jag säger det, svarade Simon lugnt. Res dig upp.

Jakob tittade på honom, med sitt breda, äckliga flin. Han reste sig långsamt upp från bordet och ställde sig med ansiktet hotfullt nära hans eget. Blixtsnabbt skallade Simon honom mitt emellan ögonen. Med ett vrål for Jakob i golvet med händerna för ansiktet.

– Vad i helvete håller du på med? skrek han. Du är fan inte klok! Näsan är ju för fan av!

Simon stod alldeles stilla och såg hur blodet pulserade fram mellan fingrarna på Jakob där han låg på köksmattan. Han kände sig helt avslappnad. Inte det minsta orolig för vad efterverkningarna kunde tänkas bli den här gången. Han tänkte nämligen se till att det inte blev några. Till ljudet av broderns ylanden gick han fram till köksbänken och skar upp två skivor bröd. Plockade fram mjukosten ur kylskåpet, bredde sina smörgåsar och hällde upp ett stort glas mjölk. Så lämnade han lugnt sin bror på golvet och gick därifrån, uppför trappan och tillbaka in på sitt rum. Där ställde han ifrån sig frukosten på skrivbordet innan han låste dörren om sig och satte sig framför datorn.

Han hade redan hunnit få ett svar på sin trådstart om den hemska mardrömmen. Signaturen Psykbryt skrev:

> *För några dagar sedan drömde jag att jag ströp min morsa med bara händerna, jag kunde riktigt känna hur livet rann ur henne. Fy fan.*

Simon kände efter. Hur det skulle kännas att klämma till med händerna runt morsans hals. Eller vrida om brödkniven i hennes rygg.

Uppenbarligen var han inte ensam om att ha konstiga, verklighetstrogna drömmar. Det kändes skönt. Även om ensam är stark.

♣

I flera timmar höll hon på, läste sida upp och sida ner om detta, i Gerdins tycke, fullständigt ointressanta ämne. Mängder av vapenentusiaster flockades på Flashback. Mestadels för att diskutera vapenval, för- och nackdelar med olika märken, olika kalibrar. Och de allra flesta ägnade sig åt sportskytte och inget annat, men även polisens vapen diskuterades flitigt. Emellanåt dök det dock upp något inlägg som verkade handla om annat. Det vill säga om vapen för mindre rumsrena syften. Inget som fick Gerdin att gå i spinn, men hon antecknade i alla fall. För säkerhets skull.

Tills hon studsade.

Det började med ett inlägg bara. Det var skrivet av signaturen Helgonet och var mycket kort:

Jag har en Glock 38.

Först när hon läst inlägget fick hon syn på trådens namn. Som var: ”Jag vill döda någon. Jag kommer att döda någon.” Och som dessutom var skapad av just Helgonet.

Hon gick tillbaka till trådstarten, började där och läste sedan alla inlägg med stort intresse.

Helgonet: *Jag har länge funderat på att bli torped, men vet inte hur jag ska börja. Jag har tillgång till vapen, så det är inga problem på den punkten. Jag har också viss rutin. Har använt pistol en gång förut men den gången valde jag att vara barmhärtig av ekonomiska skäl. I och för sig skulle jag kunna gå ut på stan och mörda första bästa person, men jag skulle hellre göra det mot betalning. Så nu undrar jag hur jag ska gå tillväga för att komma i kontakt med uppdragsgivare. Finns det någon som skulle kunna dela med sig av sina erfarenheter? Ni kanske tycker att det är en sjuk fråga, men det är ju faktiskt bara ett sätt att försörja sig och jag kan tänka mig många jobb som är värre.*

Detta följdes av mängder av hånfulla kommentarer, dock med vissa inslag av seriositet.

Broder Fuck: *You don't say. Som att dela ut post då kanske, eller klippa gräsmattor? Nej, fy fan, ett sånt kneg skulle man ju inte vilja ha. Hellre slaktar man då oskyldiga människor och tillbringar 25 år på isoleringen på Kumla. Jag ser i glaskulan en strålande framtid för dig, Helgonet.*

Helgonet:	*Vad gör du här då om ämnet inte intresserar dig?*
strm999:	*För att han vill göra sig till tolk för resten av mänskligheten och uppmärksamma dig på att du är helt jävla sjuk i huvudet.*
Helgonet:	*Skulle inte tro det. Jag är bara målinriktad. Vänta ni bara.*
strm999:	*Vart är världen på väg egentligen? Men tomma tunnor skramlar mest, som tur är.*
Helgonet:	*Snälla, kan ni inte vara lite seriösa? Frågan är allvarligt menad.*
strm999:	*Vi är seriösa. Begriper du inte att vi försöker hjälpa både dig och de stackare som du tänker ha ihjäl? Så jag skulle vilja ge dig ett gott råd: Spela lite mindre dataspel, ät sunt och börja motionera. Jag skulle till och med mot mina principer vilja råda dig att bli frälst. Det kristna budskapet skulle kunna vara räddningen i just det här fallet.*
Helgonet:	*Jag har tänkt på det också. Men samtidigt måste det ju finnas balans och jag tror att mina kvaliteter passar bättre på den andra sidan.*
strm999:	*Kvaliteter, tillåt mig att småle ... Men det känns betryggande att du har tänkt igenom saken ordentligt ... not! Nu måste jag kila iväg till mitt hederliga och helt oriskabla arbete. Det värsta som kan hända är att jag råkar skära mig i fingret på ett papper. Eller ännu värre: att någon av mina kolleger tillika medmänniskor gör det ... Hej svejs och lycka inte till.*
Broder Fuck:	*Jag har ett uppdrag åt dig, Helgonet. Gå in i badrummet och ställ dig vid handfatet. Ser du den där fula jäveln som står och blänger på dig? Sätt ett skott i pannan på honom så ska jag se till att du får betalt i natura. Tar du den i tvåan?*
Helgonet:	*Ni kan fortsätta driva med mig, det bjuder jag på.*

	Jag vet vad jag går för och att det kommer att gå vägen.
Spitfire:	*Hur mycket måste man betala för att få någon "eliminerad"?*
Helgonet:	*För 100 000 skulle jag göra det.*
Phil Bunke:	*Jag skulle inte ens krossa foten på någon för såna småpengar.*
Goyz:	*Har du ens något vapen?*
Helgonet:	*Jag har en Glock 38.*
Goyz:	*Jag tror det är dags för blöjbyte nu, Helgonet.*
Helgonet:	*Jag kommer att göra det även om ingen vill betala mig. Så är det bara. Ni får tycka vad ni vill. Jag är stark i min övertygelse.*

Och så vidare, och så vidare. Helgonets sista inlägg i debatten var daterat den tjugofemte juni 2009. Övriga intressenter höll fortfarande på, men Helgonet själv hade dragit sig ur för mer än en månad sedan.

Kunde det möjligen vara så att han bestämt sig för att göra slag i saken?

♣

Genom nyckelhålet såg han Jakob, den idioten, stå och vifta med brödkniven. Han såg ut som en pajas mer än något annat, helt nedblodad både i ansiktet och på tröjan. Och skrek gjorde han fortfarande, som en liten gris. Då och då gick rösten upp i falsett och på det hela taget gjorde han ett jävligt fjolligt intryck.

Simon satte nyckeln i låset igen, lyfte ut gallret ur ventilen ovanför sängen och plockade ner Glocken.

– Lyssna nu, lilla gumman! ropade han. Så ska du få höra ett vackert ljud. Bara så att du vet vad du har att vänta dig om du rusar in med kniven.

Och oljudet utanför dörren tystnade faktiskt. Han gjorde en mantelrörelse och pistolen gav ifrån sig det klassiska ljud som ingen kunde ta miste på.

– Vad i helvete ..., hörde han där utifrån.

Sedan gick han fram till dörren och vred om nyckeln i låset, tog tre steg tillbaka och lyfte vapnet. Såg hur handtaget trycktes ner och hur dörren försiktigt sköts upp. Jakob såg ut som en fågelholk där han stod, med armarna hängande längs sidorna, fortfarande med brödkniven i handen. Han stirrade in i pistolmynningen och verkade knappt tro sina ögon. Så släppte han kniven på golvet och satte händerna i vädret.

– Okej, vi glömmer det, fick han ur sig.

Simon sa inget på några sekunder, njöt av situationen, av övertaget. Av den skräckslagna minen i hans storebrors vedervärdiga ansikte. Maktbalansen var återställd.

– Bra, sa han lugnt. Men du får passa dig jävligt noga. Hädanefter gör du som du blir tillsagd.

Jakob nickade. Övertygande.

– Gå och tvätta dig nu. Du ser ut som en fitta i ansiktet.

Jakob nickade igen. Skamset. Sedan lommade han därifrån. I riktning mot badrummet.

Simon gick fram till dörröppningen och följde honom roat med blicken. Brodern var kuvad. För att inte säga tillintetgjord. När toalettdörren slog igen bakom Jakob böjde sig Simon ner och plockade upp kniven från golvet.

Fortfarande inget tecken på liv inifrån morsans sovrum. Den förbannade muppen märkte inte ens när sönerna nästan tog livet av varandra.

♣

Det som gjorde att Gerdin ville gå vidare med det här var, förutom grabbens uttryckliga önskan att mörda, det faktum att han sa sig vara i besittning av en Glock 38 samt att han försvann från tråden en dryg månad före mordet. Något mer av intresse hittade hon inte på signaturen Helgonets tråd om sina mördarfantasier. Men det fanns andra vägar att gå om man ville försöka ta reda på mer om honom.

Hon började med att lusläsa alla trådar han skapat. De allra flesta handlade om narkotika. Även om bara hälften av det han skrivit var sant hade han uppenbara problem. Helgonet hade prövat det mesta och var trots sin ringa ålder en luttrad narkoman. I tråden ”Runt 80 % rent amfetamin – rapport” avslöjade han nämligen en hel del om sig själv, något som kanske inte var så väl genomtänkt om han nu tänkte sig en karriär som yrkesmördare:

Kön: man
Ålder: 20 år
Vikt: ca 85 kg
Längd: 182 cm
Substans: amfetamin (80–90 % rent)
Dos: 2 gubbar
Tidigare erfarenheter: cannabis, morfin, kokain, amfetamin, bensodiazepiner, oxycontin, dolcontin, tramadol, mephedrone, methedrone, metadon, fentanyl m.m.

Sedan följde en initierad redogörelse för hur han gör en lösning på en gubbe som han skjuter i sig, hur han efter en magisk rusch sedan fixar sig ytterligare en sil som blir en bra boost på gubben. Och så vidare.

Gemensamt för alla trådar där Helgonet figurerade var att han ofta hånades för sin naiva inställning. Ju mer Gerdin lärde sig om den här ynglingen desto mer synd tyckte hon om honom. Han verkade fullständigt vilsen i tillvaron och pendlade mellan hopp och förtvivlan, kärlek och våld, fantastiska rus och djupa depressioner. Och gång på gång nedgjordes han av illasinnade och hånfulla

Flashback-användare, men svarade alltid vänligt, bad om ursäkt och tackade för de få välmenta svar han fick. Gerdin blev dyster till sinnes när bilden av den vilsne pojken började klarna. Hur hade han hamnat där?

Återigen tog hon sig en titt i den beklämmande tråden om mardrömmen. Först nu upptäckte hon att den bara var några timmar gammal. Och att det sedan hon sist tittat hade dykt upp ett antal nya inlägg. De flesta i vanlig ordning nedlåtande, nedklottrade av smileys som slår sig för pannan och LOL:ar. Det som var svårt och skrämmande för Helgonet var ett asgarv för de flesta andra som höll till på forumet. Gerdin suckade sorgset.

I samma ögonblick poppade det upp ytterligare ett inlägg framför hennes ögon. Det var trådskaparens eget svar på det hittills enda seriösa inlägget på tråden:

Psykbryt: *För några dagar sedan drömde jag att jag ströp min morsa med bara händerna, jag kunde riktigt känna hur livet rann ur henne. Fy fan.*

Helgonet: *Funderar på att göra detsamma. Jag törs, jag kan, jag har färskt blod på händerna. Hon är vidrig där hon ligger utslagen i sängen. Naken och fet. Naken och fet.*

Gerdin kände hur håren reste sig i nacken. Själva budskapet var otäckt nog. Men upprepningen … Upprepningen av den sista meningen. Det var något nästan poetiskt över det hela. På ett sätt som fick det att vända sig i magen.

♣

Vad skulle han göra nu? För säkerhets skull hade han låst dörren om sig igen; vad Jakob kunde ta sig för var omöjligt att förutspå. Jakob var nyckfull och helt jävla sinnessjuk. En psykopat. Men nu var han skakad. Han visste att Simon hade pistolen och det hade han aldrig kunnat föreställa sig. Att han skulle bli hotad till livet av sin lillebror, som han hade dragit i gruset i tjugo år. Det handlade om respekt och nu var det Simon som ingav respekt, inte tvärtom. En hederlig skallning, och så var rollerna ombytta.

Men Simon kände sig ändå inte tillfredsställd. Nu när han förlorat sin oskuld ville han ha mer. Av det som han längtat efter så länge. Även om han faktiskt inte kände sig särskilt mycket lyckligare. Stark på ett sätt, men också rastlös. Och så dessa överjävliga mardrömmar på nätterna. Men det kunde ju ha med annat att göra också. Han hade tryckt i sig en jävla massa skit sedan ... det där hände, mest för att gå ner i varv. Vilket han uppenbarligen inte lyckades något vidare med. Oberoende av vad han tog för något.

En spliff var vad han behövde nu. Så att han kunde tänka. Han plockade fram prylarna ur väggventilen, satte sig vid skrivbordet och började rulla. Medan han arbetade skenade tankarna åt olika håll. Även hjärtat galopperade i bröstet på honom. Kallsvetten trängde fram i pannan. Händerna skakade så att han fick börja om flera gånger. Vad fan var det som hände? Något slags jävla abstinens? Efter vadå exakt? Eller handlade det om något annat? En ångestattack? Ett psykbryt?

Först efter ett par bloss lugnade kroppsfunktionerna ner sig. Och tankarna började klarna. När man tänkte närmare på det var det egentligen inte så konstigt att kroppen reagerade. Det hade varit mycket på sista tiden. Han hade under den senaste veckan befunnit sig långt utanför den gamla beprövade komfortzonen. Tagit ett stort steg i livet och var på god väg att ta ett ännu större. Men det handlade om att förverkliga sina drömmar. Att leva i nuet och framtiden. Inte i det som varit. Att anpassa sig efter sin nya verklighet. Med allt vad det innebar av gott och ont. Mest gott naturligtvis. Det var ju därför han sökte sig bort från det invanda. Och ut i det riktiga livet. La dolce vita.

Simon drog ett djupt bloss på jointen, med blicken fäst vid brödkniven som låg kvar där han lagt den vid sidan av tangentbordet. Sedan slöt han ögonen. Försökte behålla så mycket som möjligt av de välgörande ångorna inom sig innan han till slut andades ut.

– Psykbryt, mumlade han för sig själv och slog upp ögonen.

Och noterade att Psykbryt fortfarande inte hade svarat på hans senaste inlägg. Så hörde han Jakob smyga ut ur badrummet och in på sitt rum. Bra, han var fortfarande rädd, försökte att inte göra för mycket väsen av sig.

Men trots att det var två stängda dörrar mellan dem trängde morsans snarkningar in till Simon där han satt. Hon låg fortfarande och sov, den efterblivna kossan.

♣

Det var enormt frustrerande att inte kunna göra någonting åt det faktum att en ung man någonstans i landet övervägde att ta livet av sin mamma. En pojke som sedan länge närt en dröm om att mörda, och som dessutom påstod sig vara i besittning av en Glock 38. Och som nu enligt egen utsago hade färskt blod på händerna. Blod som rent teoretiskt faktiskt kunde vara Sven-Gunnar Erlandssons. För hur många personer i Sverige kunde rimligen ha skjutits med en Glock 38 under den senaste veckan? Statistiskt sett – ingen. Men i praktiken rörde det sig ju åtminstone om en.

Så i stället för att bara sätta sig med armarna i kors kämpade Gerdin vidare. Nu hade hon plöjt igenom alla de trådar som Helgonet själv hade skapat och övergick därför till att gå igenom de inlägg han postat i andra trådar än sina egna. Och många inlägg var det. Helgonet tillbringade en hel del tid vid datorn, det var uppenbart. Även i det sammanhanget handlade det nästan uteslutande om droger, och i viss mån också om brottslighet. Men efter en stunds skumläsning snubblade hon över någonting helt annat. Nämligen en ett par år gammal tråd där nyfikna flashbackare följde utvecklingen av en svår brand på en gård utanför Katrineholm.

Ryktesvis saknades en person som kunde ha befunnit sig i huset, och när Helgonet postade sitt inlägg kämpade brandkåren fortfarande med att få branden under kontroll.

Helgonet: *En gammal klasskompis från grundskolan bor där. Hoppas verkligen inte att hon eller någon i familjen är kvar där inne. Jag kvistar över och kollar läget. Kanske att jag lyckas ta några bilder med mobilen som jag kan posta.*

Detta var precis vad hon behövde. Med stigande puls ögnade hon igenom resten av tråden tills det stod klart att en då artonårig flicka vid namn Veronica Bengtsson tragiskt hade omkommit i eldsvådan. Gårdens namn fanns angivet redan tidigare i tråden, och med hjälp av denna information hade hon tillräckligt med kött på benen för att gå vidare. Ivrigt loggade hon in sig på StayFriends och hade snart en hel klasslista framför sig. Ett av barnen i årskurs 6 på Forssjö Skola under läsåret 2001/2002 hette mycket riktigt Veronica Bengtsson. Med lite tur skulle alltså pseudonymen Helgonet vara en av pojkarna på listan. Frågan var bara – vilken av dem?

Gerdin for över klassfotot med blicken. Han var 182 centimeter lång idag, vägde åttiofem kilo. Det sa henne ingenting om hur lång eller tjock han kunde ha varit när han gått i sexan. Såg han kanske sorgsen ut? Eller farlig? Misshandlad, illa klädd, ovårdad? Alla pojkarna såg givetvis söta och trevliga ut. Som barn gör mest. Och trasiga knän på byxorna hörde barndomen till.

Vad sa själva signaturen – Helgonet – om vem han var? Ingenting naturligtvis, han var allt annat än ett helgon. Möjligtvis att han hade självinsikt och en gnutta humor. Återigen kastade hon ett öga på namnen på listan. Och där satt den. Klockrent.

I bakre raden näst längst upp till vänster stod han, såg ut som vem som helst. Och Gerdin hade inte misstagit sig; han hade verkligen en gnutta humor.

Hans namn var Simon Tampler.
Helgonet.

♣

Sjöberg var egentligen inte mottaglig för det som nu skedde. För det som sades i hans öra, för de fakta som lades fram och de, från hans egna, helt väsensskilda idéer som nu presenterades för honom. Han var övertygad om att det bland de teser de jobbat efter så här långt fanns en som var rätt. Att de inte allihop i samlad tropp hade rusat åt helt fel håll. Och att det inte var Gerdin som skulle servera mördarens huvud åt dem på ett silverfat.

Gerdin som ingen riktigt tog på allvar – nåja, bortsett från Sandén då förstås, men det var inte alltid han förtjänade att tas på allvar heller. Skulle hon som ingen lyssnade på vara den enda som inte gått i invanda fotspår, den enda som inte låtit sig styras av de andras övertygelse? Hon som dessutom bara ett dygn tidigare nästan hade dött ifrån dem, och som nu låg på Huddinge sjukhus och återhämtade sig efter en avancerad bukoperation? Det var helt enkelt inte vad han hade tänkt sig.

Och enda anledningen till att han faktiskt lyssnade var att han hade lite dåligt samvete för Gerdins skull. Samt att Sandén vid flera tillfällen hade rutit ifrån, vilket var högst olikt honom. Så att Sjöberg av den anledningen hade bestämt sig för att ge Gerdin en chans. Det handlade alltså ingalunda om intuition, utan enbart om förnuft. Han hade helt enkelt *bestämt sig* för att gå henne till mötes. Innan hon kom med detta häpnadsväckande utspel. Men under samtalets gång gick det upp för honom att hon faktiskt självmant hade kontaktat honom, den tväre, och inte Sandén som hon kunde vara säker på verkligen skulle ta henne på allvar. Och det var starkt, det fick han lov att erkänna.

– Lyssna nu, Conny, sa Gerdin. Han heter Simon Tampler, är tjugo år och bor i Forssjö utanför Katrineholm. Slå på honom och övriga medlemmar i familjen i brottsregistret. Du kommer garanterat att hitta något. Han har en trasig uppväxt, är en snäll och vänlig kille egentligen, men är psykiskt instabil.

– Hur säker är du på att det är honom vi letar efter?

– Nittio procent.

– Bara nittio?

– Han kan ju vara ett troll.

– Ett troll?

– En som inte är den han ger sig ut för att vara. På nätet alltså. Men jag tror inte det. Jag vet att det inte är så. Allting stämmer. Han har en Glock 38, han säger uttryckligen att han har ett behov av att döda och han påstår sig ha dödat någon alldeles nyligen. Dessutom avslöjar hans beteende att han faktiskt har gjort det också.

– Hur då?

– Jag hinner inte förklara det just nu, men tro mig. Jag är duktig på att läsa av människor.

Verkligen? tänkte Sjöberg. Kan man vara det och på samma gång ha så svårt för att uppträda på ett sätt som tilltalar omgivningen? Men visst, det kanske man kan. Och så skulle han ju inte tänka på det här viset om Gerdin. Inte vara så förbannat inskränkt.

– Jag rekommenderar å det bestämdaste att du skickar dit nationella insatsstyrkan. Nu genast.

Sjöberg suckade. Djupt.

– Jag kan inte göra det, Gäddan. Det går bara inte.

– För att bevisningen är alldeles för svag? För att du innerst inne inte tror på det här alls? Visst, jag förstår. Men åk själva då. Beväpnade till tänderna.

– För att plocka in en snäll och vänlig tjugoåring?

– Ja. För att han har en Glock. Som han dessutom inte tvekar att använda. För att han är otillräknelig, kanske psykotisk. Du har lätt för att ta folk, Conny. Du måste prata förnuft med honom. På ett snällt och vänligt sätt. Och glöm inte att respekt är ett viktigt ord för sådana här killar. Men det är bråttom.

– Hur kan du vara så säker på det? undrade Sjöberg.

– Det är jag inte. Inte på något sätt. Men jag vet att han funderar på att mörda sin egen mamma. Det pockar på. Och det vill vi inte ha på vårt samvete. Även om ingen kunde begära av oss att vi skulle ha kunnat räkna ut det innan det hände.

Sjöberg funderade en stund. Tänkte att det kanske var just det här tillfället han hade väntat på. Då han skulle visa Gerdin den respekt hon ju faktiskt förtjänade. I likhet med alla andra människor. Och även om hon var ute och cyklade, så var det ingen större skada skedd. Så länge de inte blandade in nationella insatsstyrkan, utan gjorde ingripandet på egen risk så att säga, så var det inte ens någon större prestigeförlust. Och när han tänkte på hennes remarkabla insats när det gällde det där koordinatchiffret så fick han ändå erkänna att hon hade visat framfötterna ordentligt. Även om det inte hade gett dem något de hade användning för. Och vore det så att Gerdin nu faktiskt hade rätt … Att denne Simon Tampler verkligen hade mördat Sven-Gunnar Erlandsson, att de hittade vapnet och Erlandssons iPhone vid en husrannsakan … Ja, då var det bara att buga och bocka. Trots att det hela tiden dök upp nya fakta, nya ledtrådar, nya hemligheter i den här soppan så kom ingenting fram som räckte för ett gripande. Såtillvida stod utredningen mer eller mindre stilla. Han var beredd att ta risken.

– Jag måste bara fråga en sak, sa Sjöberg. Vad hade han på den där idrottsplatsen i Södertälje att göra, den här Tampler? Eller tror du fortfarande att det var Josefin Siem som lade beslag på Erlandssons mobil när hon hittade kroppen?

– Simon Tampler var inte på idrottsplatsen, svarade Gerdin. Han satt på tåget mellan Stockholm och Katrineholm. Det skulle ha lämnat Centralen 08.29 den där morgonen, men kom iväg fyrtiosex minuter för sent, det vill säga 09.15. Resan till Södertälje Syd tar tjugotvå minuter. Han befann sig alltså i Södertälje klockan 09.36 när samtalet ringdes. Och spåret löper strax intill idrottsplatsen. Trafikljuden som Malmberg trodde sig ha uppfattat var tågljud.

– Men stopp och belägg. Blandar du inte ihop två olika samtal nu? Eller menar du att bägge samtalen ringdes från samma mast vid samma tid?

– Ungefär så, ja. Det var vad jag lyckades dra ur Hamad.

Det var som tusan. Varför hade Hamad inte berättat detta för Sjöberg? Han hade i och för sig inte frågat, vilket antagligen Gerdin hade gjort, men ändå. Tankarna snurrade runt i skallen på honom och för några sekunder satt han bara och skakade på huvudet. Sjöberg var förstummad. Tänk om hon verkligen hade knäckt fallet? Det var bara att samla ihop sig och gruppen och packa sig iväg till Katrineholm.

– Imponerande arbete, Gäddan. Det måste jag säga. Jag tar över nu. Och du kanske skulle passa på att vila upp dig lite, så vi får tillbaka dig snart?

– Absolut, det ska jag göra! skrattade Gerdin i andra änden.

Lite för högt. Men det gjorde kanske inte så mycket.

– Jag håller dig uppdaterad, sa Sjöberg. Om det är okej att ringa och störa?

– Inga problem. Men du, sa hon, plötsligt allvarlig igen på det där typiskt gerdinska viset. Det var förresten en grej till. Inte för att det har någon större betydelse längre, men i alla fall. De där korten Erlandsson hade i fickan var inte vilka kort som helst. Det var död mans hand. De kort Wild Bill Hickok hade på hand när han blev skjuten 1876. Den andra augusti, vilket är värt att notera. Ville bara att du skulle veta.

– Eh ... tack.

– Ta det försiktigt nu och lycka till, avslutade Gerdin samtalet.

Sjöberg bara skakade på huvudet.

Torsdag eftermiddag

När spliffen hade gått ur kroppen kom de där svettningarna över honom igen. Skenande hjärtrytm och händer som inte ville lyda. Vallningar. Svallningar. Som en jävla klimakteriekärring. Han hörde motorcykelljud utifrån, Matteus och Andreas var hemma igen. Han måste bli av med de här konstiga besvären, ville vara i form när han skulle träffa brorsorna. Därför gjorde han sig en fix med halvdant tjack, bankat med dextropur och kreatin, men det var vad han hade hemma.

Medan han grejade med den lyssnade han på ljuden i huset. Han hörde morsan ta sig upp ur sängen, ut ur sovrummet och nedför trappan. Brorsorna var på ingång, det smällde i ytterdörren och strax därpå hörde han dem växla några ord med morsan i köket. Från Jakobs rum hade det inte hörts ett ljud på flera timmar. Han låg väl och tryckte – slickade sina sår.

Nu fick han sig en skjuts av amfetaminet, kände sig på hugget och reste sig upp. Lyfte handen framför sig och konstaterade att den nästan inte darrade alls längre. Svettningarna hade upphört. Han städade undan efter sig, drog på sig ett par jeans och öppnade ett fönster. Rummet behövde vädras. Sedan gick han ut i hallen och började gå nedför den knarrande trappan. Hörde hur rösterna tystnade i köket – det lät olycksbådande på något sätt, som att det skulle ha med honom att göra. Inte för att morsan brukade säga särskilt mycket, men Matteus och Andreas förde desto mer liv när de var tillsammans. Vilket de nästan alltid var.

När han kom in i köket stod morsan med ryggen mot honom

och doserade kaffe till bryggaren. Brorsorna satt på varsin sida av bordet på stolar som var vinklade ut mot rummet, mot honom. Bredbenta, framåtlutade med sina grova underarmar lagda över låren och händerna fritt hängande mellan knäna. De såg allvarliga ut. Logiskt sett förstod han att detta inte var bra. Men kroppen och hjärnan var inställda på något annat, tjacket rusade runt i ådrorna och ville att han skulle koppla bort logiken, skratta och vara stark. Logiken sa att Jakob, den förbannade råttan, inte hade funnit sig i behandlingen, att han som den lilla snorunge han var hade skvallrat för de äldre bröderna i stället för att bara svälja förtreten. Och det var inte bra. Inte bra alls. Logiskt sett.

– Läget? sa han bara, och spankulerade helt avslappnat bort mot kylskåpet.

– Är du påtänd nu igen, din lilla tattarunge? sa Matteus.

– So what? Ska bara hämta lite cola, sedan går jag igen.

– Stanna. Se mig i ögonen.

Simon stannade. Såg Matteus i ögonen. Med ett fånigt leende som han inte kunde göra sig av med.

– Du har ju blivit så blåst av den där skiten att du fan inte vet vad du gör längre.

Simon höll inte med. Men svarade inte.

– Fattar du vad du har gjort? frågade Andreas. Begriper du vad du har ställt till med? Det handlar ju om liv och död, för fan. Hela verksamheten kan ju gå åt helvete.

Morsan pysslade vid köksbänken. Hon hade fortfarande inte vänt sig om.

– Synd för affärerna, svarade Simon. Men jag bryr mig inte ett skit om liv och död.

Bröderna utbytte blickar. Två skalliga huvuden, två stora skägg.

– Då gör det kanske inte så mycket att vi måste slå ihjäl dig? För det är vad vi gör med sådana som du. Sådana som stjäl våra prylar, sa Andreas och reste sig upp, tog ett steg emot honom.

Kraftig, ilsken, hotfull. Men Simon kände ingenting. Han sket i alltihop.

– Jakob är en liten fitta, sa han.

– Jakob är lojal. Han begriper vad man kan göra och inte, sa Matteus och reste sig upp han också.

– Det var bara ett lån. Ni kan få tillbaka pistolen. Jag behöver den inte längre.

– Man lånar inte saker av oss utan att be om lov, fräste Andreas och tog ytterligare ett steg i Simons riktning. Kom ihåg det. Om du vaknar upp igen.

Matteus satte upp handen just som Andreas skulle ge sig på Simon.

– Vad menar du med att du inte behöver den längre? frågade han misstänksamt. Du har väl för i helvete inte använt den?

– Det kanske jag har, svarade Simon med en axelryckning.

Fortfarande med det där leendet som han inte själv visste var det kom ifrån. Han borde vara rädd, men han kände sig bara … avtrubbad. Det spelade liksom ingen roll vad som hände, det var skit samma.

– Vad har du gjort, din jävla idiot? röt Matteus och måttade en spark rätt i magen på honom.

Dubbelvikt föll han ihop på golvet, men Andreas fick snabbt upp honom på fötter igen och höll honom under armarna medan Matteus gav sig på honom med knytnävarna.

Det sista han såg innan det svartnade var morsan, som nu hade vänt sig om och bevittnade skådespelet med ett enfaldigt leende i ansiktet.

♣

Sjöberg bestämde sig för att det fick räcka med de fem poliser som arbetade med utredningen. Gerdin borträknad då naturligtvis. Hon var i och för sig mycket övertygande i sin argumentation, men det rörde sig om en ensam tjugoåring som inte tidigare var dömd för några brott. De hade packat ihop sig i en buss allihop och Westman körde. Under resans gång fick de kontakt med kommissarie Torstensson vid Katrineholmspolisen. Några av dem hade haft med honom att göra förut, under det intensiva arbetet med ett antal mord på olika platser i Mellansverige för några år sedan. Han var visserligen på semester, men hade trots det inget emot att svara på de frågor de hade.

– Tamplers, ja, ekade hans röst ur högtalartelefonen. Dem känner jag till. Mycket väl dessvärre. De håller till i Forssjötrakten, på en gård som ligger ganska avskilt. De är fyra bröder, den ene värre än den andre.

– Simon, sa Sjöberg, vad vet du om honom?

– Det måste vara den yngste. Honom har jag just inte haft något med att göra. Han är nog den minst jävliga av dem. Än så länge i alla fall. Jag tror att han håller på en hel del med droger, men han har mig veterligen aldrig åkt dit för något. De två äldsta är inga dunungar precis. Motorcykelkillar som ägnar sig åt riktigt tunga grejer. Inbrott, rån, hot, misshandel, vapenbrott. Det finns misstankar om att de var inblandade i ett inbrott i ett militärt vapenförråd, men det är som sagt bara misstankar. Andreas och Matteus heter de. Åker in med jämna mellanrum. Så finns det en till, Jakob. De är uppkallade efter apostlar allihop, ironiskt nog. Han springer storebrödernas ärenden och är på god väg att bli en tungviktare han med. Men än så länge är han bara straffad för mindre allvarliga brott.

– Och föräldrarna?

– Mamman var gift en gång i tidernas begynnelse och nedkom då med de två äldsta. Gubben var en brutal jävel som söp och misshandlade henne. Han dog ung, i en trafikolycka vill jag minnas. Sedan har det passerat en och annan ny karl, men ingen som har stannat någon längre tid. Saken är den att hon är utvecklingsstörd, den där kvinnan. Lindrigt.

Sjöberg kunde inte låta bli att kasta en blick på Sandén som satt snett framför honom i bilen. Han såg neutral ut, men Sjöberg kunde väl föreställa sig vad som rörde sig i hans tankar. Ett lindrigt förståndshandikapp fick så mycket allvarligare konsekvenser än ett gravt. Alldeles särskilt när barn var inblandade.

– Men inte omyndigförklarad, fortsatte Torstensson. Så det gick liksom inte att ta barnen ifrån henne redan på BB. Och situationen för de här ungarna har inte varit den bästa, men inte så allvarlig att det sociala har tyckt sig ha anledning att ta dem ifrån henne. De hade mat och kläder. Gick i skolan. Det räcker väl för att man ska få kalla sig förälder nu för tiden. Svår balansgång det där. Personligen tycker jag att ...

– Det var nog allt vi behövde veta, avbröt Sjöberg. Tack ska du ha för att du tog dig tid mitt i semestern. Gå och lägg dig i hängmattan nu.

– Haha, ingen orsak. Och händer det något så får du höra av dig igen, så skickar jag en bil. Eller två.

Resan fortsatte under tystnad. Det var inte långt kvar och det fanns en hel del att fundera över angående det som Torstensson berättat.

Familjen Tamplers hemman var beläget i ett vackert område med både skog och öppna landskap. Längsmed den sista sträckan, som inte ens var asfalterad, gick korna på vykortssköna betesmarker bland ekdungar, enbackar och berg i dagen. På andra sidan vägen låg en glittrande insjö.

De ställde bussen utom synhåll och gick den sista biten upp till gården, som bestod av ett större bostadshus och ett lite mindre, några små uthus och en väl tilltagen lada. Någon boskapsskötsel syntes inga spår av och inte heller tycktes det bedrivas någon jordbruksverksamhet på egendomen. Vilket de i och för sig inte hade väntat sig heller. Med sin Sig Sauer i hölstret och den skottsäkra västen under skjortan borde Sjöberg ha känt sig någorlunda trygg, men det var något olycksbådande över hela företaget, över den uselt underhållna gården och människorna som bodde där. Och faktiskt tog han också Torstenssons erbjudande under övervägande det sista han gjorde, innan de smög sig fram till den gräsbevuxna gårdsplanen. Men slog de tankarna ifrån sig.

Plötsligt hörde han något. Han stannade upp och de andra gjorde likadant. Spetsade öronen och lyssnade. Röster. Höga mansröster trängde ut inifrån huvudbyggnaden. Sjöberg såg sig om på gårdsplanen och konstaterade att det stod två motorcyklar parkerade borta vid ladan, bara två. De två äldsta bröderna var hemma, men förhoppningsvis var ingen annan motorburen ungdom på besök. Så de var i värsta fall fem mot fyra. Om man räknade bort mamman.

– Petra, viskade han. Du smyger fram till huset och försöker se vad det är som händer. Andersson tar reda på om det finns någon annan dörr in i huset.

Andersson gjorde som han blev tillsagd och försvann hukande bort över gräsplanen och in bakom husknuten. Westman följde ljudet av rösterna och stannade under fönstret precis till höger om förstubron. Stack upp huvudet för att göra sig en bild av vad som pågick där inne, och så snabbt ner igen. Sedan halvsprang hon tillbaka till de väntande poliserna.

– De är fem personer i köket, förklarade hon. En står passiv i dörren och tittar på, och två grova bikers misshandlar en liggande man. Ni kommer inte att tro mig, men mamman står vid köksbänken och skrattar.

– Är de beväpnade? undrade Sjöberg.

– Inte vad jag kunde se.

Andersson dök upp igen.

– Det finns en dörr på baksidan också. Men den är låst.

– Vi ringer hit Katrineholmspolisen, sa Sjöberg och tryckte iväg ytterligare ett samtal till kommissarie Torstensson.

– De slår ihjäl honom, sa Westman. Vi måste gå in.

– Sjöberg här igen, sa Sjöberg i mobilen. Skicka två bilar till Tamplers gård, snabbt. Och ett par ambulanser. Det pågår en grov misshandel här. Vi kommer att ingripa, men ni får ta hand om förövarna, de äldre bröderna. Det är som taget ur *Den sista färden* här ute.

Torstensson bekräftade och Sjöberg tryckte av samtalet. Gav tecken åt sina kolleger varpå de fem poliserna sprang fram till yttertrappan med dragna vapen.

– Ett, två, tre, sa Sjöberg, och så stormade de in i hallen.

Sandén, som var först, tog hand om grabben i dörren, en lång rackare med dålig hållning som faktiskt på allvar förde tankarna till banjoduellen. Han var helt oförberedd och lade sig platt ner på hallgolvet på Sandéns order.

Samtidigt rusade Hamad in i köket, tätt följd av Sjöberg, Westman och Andersson, samtliga med dragna pistoler.

– Polisen! Ner på golvet! ropade Hamad.

De båda bröderna som såg ut som urtypen för motorcykelgangsters, lätt överviktiga med rakade huvuden och blonda skägg, stod fortfarande framåtböjda över pojken på golvet. Han låg hopkurad i fosterställning med slutna ögon. Och märkligt nog någonting som såg ut som ett leende på läpparna. Lutad mot köksbänken stod en tjock kvinna i femtioårsåldern, klädd i morgonrock och tofflor med pälskant, och fnissade nervöst.

Det var Westman, som stod längst ut på högerkanten närmast köksbordet, som upptäckte vad som var på gång. Hennes vinkel var en annan och hon var därför den enda som hade någon möjlighet att se hur Andreas Tamplers högra hand letade sig in under byxbenet och ner i strumpan.

– Vi tvekar inte att skjuta! ropade hon Upp med händerna i luften! Nu!

När han sedan drog fram den lilla pistolen var det därför naturligt att det var just henne han sköt på. Hamad reagerade innan skottet hunnit avlossas, tog ett steg åt höger för att förbättra vinkeln och satte ett skott i låret på honom, bara sekunden efter att kulan träffat Westman mitt i bålen. Hon föll handlöst bakåt och slog huvudet i köksbordet innan hon landade på golvet. Strax därefter for den storvuxne gangstern in i kylskåpet med ett vrål och föll ihop på golvet, fortfarande med pistolen i handen. Andersson och Sjöberg hade för ett ögonblick släppt fokus på den andre brodern, Matteus, som nu plötsligt med en kniv i handen rusade fram och måttade ett hugg mot Anderssons överarm. Medan Hamad rusade fram och slet vapnet ur handen på den gallskrikande Andreas satte Andersson upp handen för att försvara sig och tog därför emot hugget i handflatan. Därefter gjorde han en hundraåttiograders piruett, vilket under ett kort ögonblick lämnade fri sikt åt Sjöberg som sköt ett skott som touchade Matteus Tamplers vad. Vilket räckte för att han skulle släppa kniven och sjunka ihop på golvet. Andersson gled ner på köksgolvet med blodet forsande från den skadade handen, medan Hamad satte handfängsel på Andreas. Sjöberg sprang fram till Matteus, bojade honom, och lät honom ligga för att i stället ägna sig åt Andersson som blödde ymnigare. Sandén kom inrusande från hallen och kastade sig fram till Westman som nu låg raklång på golvet.

– Andas, Petra, för helvete! Du måste andas! ropade han, medan han försökte skaka liv i henne.

När sirenerna hördes på avstånd slet Sjöberg till sig en handduk som han virade runt Anderssons hand. Medan han gjorde det förlorade Andersson medvetandet och han fick hjälpa honom ner i liggande ställning på golvet.

– Kom igen nu, Loddan, försökte han med en lätt dask på kinden.

Men Andersson ville inte vara med längre och inte heller Petra gick det att få liv i. Sandén satte sig grensle över henne och tryckte till några gånger med en handflata mot bröstkorgen och den andra som stöd bakom. Sedan böjde han sig fram och blåste in luft i munnen på henne.

Bilarna var uppe på gårdsplanen nu och Hamad skar upp byxbenet på Andreas, som nu andades ryckvis och antagligen var i chock. Sedan knöt han tygtrasan om låret på honom så hårt han kunde och vände sig mot den medvetslöse pojken på golvet.

Då gjorde poliserna entré.

– Vi behöver sjukvårdare, in med dem! ropade Sjöberg till poliserna som fick vända i dörren.

– Ett, två, tre, fyra, fem, sex, sju ..., räknade Sandén, medan han pressade händerna mot Westmans bröstkorg. Jag vet fan inte om hon andas!

Så blåste han en sista gång in luft i hennes lungor innan ambulanspersonalen tog över och han utmattad snubblade bort och satte sig på en av köksstolarna. Vid köksbänken stod mamma Tampler och fnittrade hysteriskt.

Hela dramat var över på några minuter. Nu hade ambulanserna och en av polisbilarna lämnat gårdsplanen. Kvar i köket var Hamad och Sjöberg, med den förståndshandikappade kvinnan och fyra Katrineholmspoliser. Sandén hade åkt med Westman och Andersson i ambulansen, och bröderna Tampler hårdbevakades av uniformerade poliser på Kullbergska sjukhuset i väntan på tillfrisknande. Anderssons avvärjningsskada i handen verkade enligt ambulanspersonalen vara relativt oproblematisk och redan Sjöbergs handduk hade lyckats få stopp på blödningen. Westman hade ådragit sig en lättare hjärnskakning, och i den mån det hade varit frågan om ett andningsuppehåll hade det varit över när sjukvårdaren tog vid. Han hade omedelbart kunnat konstatera att hon hade puls. Men ett rejält blåmärke under västen kunde han utlova.

Medan lokalpolisen ägnade sig åt sitt gjorde de båda Hammarbypoliserna det de kommit hit för. Förutom att förhöra Simon Tampler förstås, vilket fick anstå tills han återhämtat sig från misshandeln. Och prognosen var lovande, för sparkarna och slagen verkade uteslutande ha utdelats mot kroppens mjukdelar.

Det tog Sjöberg och Hamad tjugo minuter att hitta Simon Tamplers ventilgömma. Där hittade de – förutom cannabis, några påsar vitt pulver, ett antal tabletter av olika färg, form och storlek samt diverse redskap som hörde narkotikamissbruket till – en Glock 38 med tillhörande ammunition. En iPhone med sexton gigabyte inbyggt minne hade de hittat redan tidigare, på skrivbordet. Den hade rött skal.

Fredag förmiddag

Efter en välbehövlig sovmorgon var de allihop – utom Gerdin förstås, som ju fortfarande var kvar på sjukhuset – tillbaka på kontoret. Något som för bara sexton timmar sedan hade förefallit helt overkligt. Men här satt de nu samlade runt konferensbordet i det blå ovala rummet. Och som kronan på verket bevärdigade snuskgubben Brandt och våldtäktsmannen Malmberg dem med sin närvaro. Antagligen för att ta åt sig äran av att Sven-Gunnar Erlandssons mördare hade gripits. Samt eventuellt för att grilla dem lite angående skottlossningen. Men där hade de inget att hämta, allt hade gjorts enligt regelboken.

Men vänta du, Malmberg, tänkte Hamad. Din tid kommer. Och var har du förresten hållit hus hela veckan? Du som var så jävla intresserad av det här fallet i början, och blåste upp dig till en sprickfärdig ballong för att just du fick ta emot det där samtalet? Vad var det som gjorde att du backade ur, tappade intresset? Svaret kom fortare än han hade kunnat ana. *Ett* svar.

– Vänner, började Malmberg. Jag ber om ursäkt att jag inte har hållit mig à jour med utredningen under de senaste dagarna, men jag har varit på polis- och jämställdhetskonferens i Sankt Petersburg, och det är ju angelägna saker det också.

Mm, just det.

– Hur som helst så är jag någorlunda uppdaterad nu, och Roland och jag skulle vilja tacka er för enastående insatser. Och jag menar det verkligen. Därav tårtan på bordet. Ta för er.

– Instämmer, sa Brandt. Först skulle jag vilja höra hur ni mår allihop. Odd?

– Ingen fara, det är bara köttsår. Det gjorde helvetiskt ont, men nu går jag på smärtstillande. Det funkar väl så där att spela gitarr, avslutade han med en blinkning.

Vilket föranledde polismästaren att leverera ett hjärtligt skratt.

– Och du, Petra? fortsatte han sedan.

Westman såg aningen besvärad ut. Såvitt Hamad visste hade hon inte växlat ett ord med polismästaren sedan han dragit ner henne i knäet och försökt få till stånd en tête-à-tête på Grand Hôtel.

– Det får väl betraktas som bra, svarade Petra med viss tvekan. Det var chockartat det som hände. Enorma krafter. Och när man tänker att kulan lika gärna kunde ha träffat i huvudet ... Men Sandén visade dådkraft där. Du räddade kanske livet på mig. Också.

Lade hon till. Med sitt allra charmigaste leende.

– Äh, ville bara passa på att pussas lite, sa Sandén skämtsamt.

Generad egentligen, över all positiv uppmärksamhet han fått på sista tiden.

– Men äras den som äras bör, sa Sandén. Det var Jamal som räddade livet på Petra. Hade han inte reagerat så snabbt så hade han fortsatt att skjuta, den där Andreas Tampler.

– Härligt, svarade Brandt mekaniskt. Så hur känns dig för dig, Jamal? Har du skjutit någon förut?

Frågade han med ett tonfall som om han ville veta vad det skulle bli för väder till helgen. Vilken hycklare. Han var inte det minsta intresserad och hade ingen som helst möjlighet att sätta sig in i hur det kändes. Den där empatistörda pajasen skulle aldrig kunna förstå att i en situation som den igår, när det handlar om liv och död, agerar man på instinkt, hoppas att det man gör är rätt. Och även efteråt, när allt har gått bra och det visar sig att man hade gjort det rätta, även då kommer känslan gång på gång över en att det hade kunnat gå annorlunda, man hade kunnat göra fel, man hade kunnat bli dödad, någon annan hade kunnat bli dödad och det värsta av allt: man hade kunnat döda. Skottet hade kunnat gå någon centimeter vid sidan av och träffat pulsådern. Man hade kunnat träffa den medvetslöse mannen på golvet, den skrattande kvinnan eller vem fan som helst. En rikoschett hade kunnat ... Helvete, vilken ilska som kom över honom när han tänkte så, vilken ångest. Varvat med glädje över att allt gick bra, och tacksamhet. Han kände hur svetten trängde fram i pannan, hade lust att resa sig upp och välta bordet så att tårtjäveln flög.

– Nej, men det är lugnt.

Svarade han. Vilket Brandt var helt tillfreds med.

– Conny?

– Inte mycket att orda om. En skråma bara.

– Sköt ni varningsskott?

– Nu får du väl för fan ge dig! flög det ur Hamad. Jag ska skriva en jävligt utförlig rapport som ni ska få läsa, men nu kan vi väl för i helvete lämna det här ämnet?

– Instämmer, sa Sjöberg snabbt. Vi får låta det här sjunka in och samtidigt vara tacksamma att ...

– Jag har ritat en serie, sa Andersson varpå allas blickar riktades mot honom.

Vilket ju var det värsta han visste. Hamad kom alldeles av sig. Var det ett sammanbrott på gång där också? Andersson rodnade.

– I svartvitt. En bildruta för varje sekund. Som jag minns det. För att liksom få alla bitarna på plats. Men det var kanske fel tillfälle ...

Så knep han ihop munnen, såg sig osäkert omkring och sjönk ner i stolen. Det var alldeles tyst. Tills Sandén började skratta.

– Vilken sköning du är, Loddan! tjöt han. Helt jävla genialisk!

Och i vanlig ordning fick han alla med sig. Stämningen i rummet blev plötsligt en helt annan. Brandt och Malmberg återgick till sitt och de andra satt och småpratade en stund. Ilskan rann av Hamad, som till och med tog en tårtbit.

– Okej, sa Sjöberg en stund senare. Ska vi försöka vara lite seriösa? Simon Tampler kommer att skrivas ut från sjukhuset vid lunchtid ungefär. Då kommer han att forslas upp hit i polisbil. Beräknad ankomst 14.00. Jag kommer att leda 24:8-förhöret med honom.

– Jag sitter med, skyndade sig Hamad att säga, innan någon annan hann tänka efter.

– Bra. Ni andra jobbar med era rapporter och tar kväll. Men först kan vi väl snacka ihop oss lite om vad det är för frågor vi vill ha svar på.

– Är vi helt säkra på att han är skyldig? frågade Andersson.

– Det är vi. Bella har bekräftat att Tamplers Glock är mordvapnet. Det räcker för att åtminstone jag ska känna mig säker.

– Och mobilen, inflikade Hamad. Jag har kastat ett öga på kontaktlistan och den är definitivt Erlandssons.

– Tja, vi vill ju naturligtvis ha reda på varför han gjorde det, sa Sandén. Motivet. Var han fick tag på vapnet. Spelkorten – vad ville han ha sagt med dem? Koordinaterna. Om det nu var koordinater.

Sjöberg antecknade.

– Fråga Gäddan också, föreslog Sandén. Hon har säkert något vettigt att komma med.

– Visst, hade tänkt göra det, sa Sjöberg.

– Telefonsamtalet från Erlandssons mobil, sa Westman. Vart ringde han och varför? Och var det Tampler som ringde till Malmberg och skröt om mordet?

Hamad kände hur det fladdrade till i magen.

– Var mordet planerat? sa han snabbt. Eller bara ett infall? Varför i Stockholm, vad gjorde han i Stockholm?

– Var han ensam om det? sa Sjöberg medan han skrev. Eller hade han medhjälpare? Någon av bröderna kanske? Eller allihop?

Sedan var det ingen som på rak arm kom på något mer att fråga Simon Tampler om.

– Hör av er till mig om ni kommer att tänka på något, sa Sjöberg. Nu tänker i alla fall jag gå och sätta mig i solen på Thaibåten med en gaeng khiew wan goong.

Han syftade på vikingaskeppet som låg vid kajen alldeles utanför polishusets entré. Här serverades thailändsk mat i en ganska unik miljö, och man hade till och med ställt ut solstolar på däck där gästerna kunde ligga och suga på en paraplydrink om de så önskade.

– Och kräftskivan? undrade Sandén. Den blir av nu då, när Tampler är gripen?

– Absolut, sa Sjöberg. Alla är välkomna från 15.00 imorgon. Medtag sängkläder och ett glatt humör, lade han till med en blinkning.

Fredag eftermiddag

Efter en god och avslappnad lunch i chilins tecken satt nu Hamad och Sjöberg i ett av förhörsrummen i källaren, tillsammans med en blåslagen och olycklig pojke. Utanför stod två beväpnade uniformer, och alltihop kändes något överspänt. Men det var det ju naturligtvis inte, med tanke på att grabben var en tung narkotikamissbrukare, med största sannolikhet labil och dessutom misstänkt för att med berått mod ha mördat en till synes godtyckligt vald person med ett nackskott.

– Hur mår du? frågade Sjöberg.

– Äh. Inte så bra.

– På grund av misshandeln?

– Nejdå, det är lugnt. Det är bara det att jag har varit så jävla skakig på sista tiden. Darrhänt. Svettas som fan och pulsen skenar.

Sjöberg lade märke till att Simon Tampler såg honom i ögonen när han pratade. Det hade han inte väntat sig.

– Kollade de inte upp det på sjukhuset då?

– Jo, men de skyllde bara på missbruket. Sa att jag hade abstinens.

– Och det tror du inte på?

– Nej, jag gör faktiskt inte det. Jag tror mer på något slags psykbryt. Känner mig lite svajig i humöret och så.

Grabben var öppenhjärtig, förde dialog. Sjöberg visste inte vilket ben han skulle stå på. Det var enklare att tampas med osympatiska brottslingar. Den här kändes mer som ett offer.

– Men det är klart, fortsatte Tampler, att knarket kan ha med saken att göra också. Det kan ju vara en kombination.

– Mm, sa Sjöberg. Du är medveten om att du sitter här för att du har begått ett väldigt allvarligt brott?

– Ja, jag fattar faktiskt inte hur ni fick tag i mig, svarade pojken med ett roat uttryck som inte var särskilt klädsamt med tanke på omständigheterna.

Begrep han inte vad han hade gjort?

– Jag tyckte att jag gjorde allting rätt.

– Rätt? inföll Hamad. Det kan väl aldrig vara rätt att döda en annan människa?

– Det beror väl på vem det är och hur man ser det. Men jag menade inte så. Jag trodde att jag inte hade begått några misstag, att ni aldrig skulle kunna spåra mig. Hur gjorde ni?

– Det är vår egen lilla hemlighet, svarade Sjöberg. Men du kan väl berätta hur du ser på det här med att döda? Och vem man har rätt att döda.

– Jag skulle aldrig döda ett barn till exempel. Där går gränsen. Annars är det väl inte så noga.

Han såg trevlig ut, svarade vänligt på frågorna, verkade intresserad. Såg dem båda i ögonen trots att det hittills mest varit Sjöberg som ställt frågorna, och det var mer än vad de flesta normalt funtade människor klarade av. Han var socialt kompetent, som det så vackert hette. Det var onekligen en udda upplevelse att sitta och filosofera tillsammans med en sådan märklig sammansättning av egenskaper.

– Skulle man kunna säga att du saknar empati? frågade Sjöberg.

Tampler tänkte efter ett tag innan han svarade.

– Nej, det tycker jag inte. Jag är schyst mot folk, en bra kompis. Hjälpsam. Men det där med att döda har jag kanske en lite annorlunda inställning till. Oempatisk.

– Du ser det kanske som ett jobb? föreslog Sjöberg.

Pojken skakade på huvudet.

– Nej. Som något jag har behov av att göra.

– Du sa att du känner dig lite svajig i humöret, sa Hamad. Jag ska berätta något för dig. Igår sköt jag en människa i benet. Din bror. *I benet.* Jag var tvungen, för att rädda liv. Det gick bra för honom, det blev bara ett köttsår.

Sjöberg lyssnade uppmärksamt, trodde sig ha en aning om vart han var på väg.

– Trots det mår jag inte särskilt bra idag, fortsatte Hamad. Jag känner mig lite svajig i humöret. Tror du att det kan vara frågan om något liknande för dig? Att det kanske inte var så jävla kul att döda någon i alla fall?

Simon Tampler såg eftertänksamt på Hamad. Grabben var faktiskt ... söt, tänkte Sjöberg. Uttrycksfulla bruna ögon och en ljusbrun kalufs, lite på ända. På ett ungdomligt och charmigt sätt. Hur i helvete kunde det gå så fel?

– Jag har tänkt lite i de banorna, svarade han. Men det var något jag hade fått för mig att jag skulle prova. Så då gjorde jag det. Jag är ganska målmedveten.

– Tänker du fortsätta?

– Tveksamt. Men nu ska jag väl sitta i fängelse ett tag. Får väl tänka över saken. Ordentligt.

Sjöberg och Hamad utbytte blickar.

– Det var alltså en fantasi som du levde ut? undrade Sjöberg.

Tampler bekräftade med en nick.

– Varför just Sven-Gunnar Erlandsson?

– Jag tyckte han såg ut som en jävla sprätt.

– Han var familjefar. Gjorde ett fint arbete med att hjälpa hemlösa och engagerade sig väldigt i barn och ungdomar. Som fotbollstränare bland annat.

– Jag visste inte det.

– Nej, jag förstår det, sa Sjöberg. För du verkar ju vara en hygglig kille egentligen. Men det är just det som begreppet oempatisk innebär. Att man har lite svårt för att se en människa som just en människa. Utan snarare som ett objekt. Förstår du vad jag menar?

Det trodde sig Simon Tampler göra.

– Hade du planerat dådet? frågade Hamad.

– Nej. Jag var ute och gick bara. Tänkte mycket på det där med att döda någon. Och så dök han upp där framför mig i mörkret. Så jag passade på. Tog mod till mig, för jag var jävligt nervös. Och så sköt jag. Ett dåligt skott som träffade i ryggen. Sedan gick jag fram och gav honom ett nackskott. Så att han skulle dö.

– Hade du handskar på dig?

– Nej, log Tampler. Varför skulle jag ha det? Det var varmt ute.

– För att inte lämna några fingeravtryck.

– Men jag tog ju inte i honom. Jag höll ju bara i pistolen, sedan gick jag därifrån.

– Mobilen då? undrade Sjöberg.

– Den låg bredvid honom. Han gick och messade eller något när jag sköt. Så jag tog den.

– Inget annat?

– Nej, jag lovar. Vad fan, han var död. Han såg lite creepy ut.

– Vi hittade nämligen några saker i hans ficka som vi inte tror att han hade lagt dit själv.

– Jaså, vadå?

– Några spelkort och en papperslapp. Är du alldeles säker på att du inte stoppade ner handen i fickan på honom?

– Jag svär.

Och Simon Tampler såg verkligen helt uppriktig ut. Det verkade osannolikt att han skulle ljuga om detta när han utan en tillstymmelse till undanflykt tog på sig själva mordet. Och de här detaljerna var ju inte heller särskilt viktiga längre.

– Hur fick du tag på vapnet? undrade Hamad.

– Det kan jag inte svara på. Jag vill men jag kan inte. Ni får förlåta mig för det.

Han såg verkligen slokörad ut, och Sjöberg trodde sig nog ha en idé om varför han inte ville avslöja varifrån pistolen kom.

– Det är brorsorna, eller hur?

Axelryckning.

– Och du vill inte branda dem?

Ytterligare en axelryckning.

– Var de inblandade på något sätt? Eller någon av dem?

– Nej, för helvete. Bara jag.

– Vad gjorde du i Stockholm? undrade Hamad.

– Jag var på DN-galan.

– Kul. Vilken dag var det?

– I fredags.

– Var du där ensam?

– Ja.

– Så du är idrottsintresserad?

– Ganska. Ibland.

– Har du kvar biljetten?

– Nej.

– Hur gick det då?

– För svenskarna? Åt helvete.

– Berätta något minnesvärt.

– Tyson Gay slog Asafa Powell på 100 meter. Han sprang på 9,78, nytt Stadionrekord. Men det blev underkänt på grund av medvind.

– Åh fan. Är du säker på att du var där? Att du inte bara har läst det där i tidningen?

Simon Tampler skrattade.

– Try me.

– Hur gick det i damernas 200 meter?

– Hon, amerikanskan, vann. Allyson Felix. På 21,88 har jag för mig.

– Vad duktig du är.

– Ja, jag har lätt för sådant där. Att komma ihåg saker.

– Men du stannade alltså kvar ända till söndagen? fortsatte Hamad. Hur kom det sig?

– Jag tyckte det var skönt att vara i Stockholm ett tag. Att komma ifrån.

– Och så hade du ju pistolen med dig.

Tampler log. Utan att svara. Han var nog inte så dum den här killen. Fast besluten att inte gå i några fällor.

– Så klockan halv ett på natten drev du omkring bara? sa Sjöberg. I Älvsjö?

– Ja, det kanske låter lite weird, skrattade Tampler. Men så var det faktiskt. Jag hade gått omkring på stan hela dagen och visste inte vad jag skulle hitta på. Så jag satte mig på en tunnelbana vilken som helst och bara åkte till ändstationen. Det råkade vara Fruängen. Så gick jag omkring lite där. Bland husen först och sedan in i någon skog. Så fick jag syn på den där gubben framför mig, det var ingen annan i närheten och då bestämde jag mig för att det var dags.

Sjöberg satt tyst en stund, försökte begripa. En riktigt otäck historia. Tanken på att man när man minst anade det kunde stöta på en fullständig galning hade han ju tänkt många gånger förut. Men det var inte så här han hade föreställt sig galningen. En söt och trevlig pojke, ostraffad och hyfsat intelligent vad det verkade, som mördade för nöjes skull. En lustmördare. En lönnmördare. Som inte ens fann någon njutning i att se sitt offer lida, det var inte det det handlade om. Han ville bara döda. Ofattbart. Hamad hade tystnat och Sjöberg kom inte på någon mer fråga att ställa just nu, så han bestämde sig för att avrunda mötet och fortsätta veckan därpå, när grabben hade fått en offentlig försvarare.

– Du kommer att föras till Kronobergshäktet nu, sa han.

Tampler såg oberörd ut. Nästan lite nyfiken.

– Där kommer du att bli kvar ett tag. Jag vill att du ska veta att det inte är någon lek. Och det här säger jag inte för att skrämma upp dig. Men jag vill informera dig om att det är mycket grova brottslingar du kommer att få tillbringa de närmsta åren tillsammans med. Du är ung, förstagångsförbrytare, oskuldsfull. Det kommer att bli tufft.

– Tack så mycket för varningen, sa Simon Tampler.

Med sitt milda, vänliga uttryck i ansiktet. Herregud. Hur skulle han se ut när han kom ut? Man fick verkligen hoppas att grabben hamnade på psyket i stället, men Sjöberg tvivlade. Han var alldeles för anpassningsbar, för normal. Och för trevlig. Trots det han hade gjort. Stackars sate. Att man kunde ställa till det så för sig. Hamad skrapade med stolen och började resa sig. Sjöberg var på väg att göra detsamma när han plötsligt kom på att han glömt att fråga om telefonsamtalet. Telefonsamtalen.

– Förresten, sa han. En fråga till. Eller två, rättare sagt. De där telefonsamtalen.

– Ja, sa Tampler beredvilligt. Vad vill du veta?

Hamad satte sig igen. Med ansiktet i händerna.

– Var det du som ringde till den ställföreträdande polismästaren, Gunnar Malmberg?

Hamad rörde sig inte. Varför satt han på det där viset? Var han inte också nyfiken?

– Ja, det var dumt. Jag vet, svarade Tampler. Jag kände mig lite kaxig där. Uppumpad. Men det var väl inte det ni tog mig på, va?

– Nej, det var det inte, dristade sig Sjöberg till att svara.

Väl medveten om att han inte borde svara på sådana frågor överhuvudtaget. Men om grabben nu mådde bättre av det, så okej. Fallet var avslutat. Hamad kliade sig i hårbotten, men tittade fortfarande inte upp. Mådde han inte bra?

– Och det andra samtalet, vart ringde du då?

– Vilket andra samtal?

– Det som du ringde från offrets mobil.

Tampler såg frågande ut, ville verkligen vara till lags.

– Nu är jag inte riktigt med.

– Äh, vi bryter där, sa Hamad, som plötsligt reste sig upp med en yvig, irriterad rörelse.

Sjöberg visste inte vad han skulle tro. Han ville ju ha svar på den här frågan. Men Hamad gick målmedvetet bort till dörren och kallade in vakterna, och Sjöberg hann knappt reagera innan grabben var på väg ut ur rummet.

– Tack ska du ha, Simon, sa han. Lycka till i fortsättningen.

– Tack själva, svarade Simon Tampler. Ni har varit väldigt vänliga mot mig.

Så försvann han ut genom dörren med de båda konstaplarna under armarna. En bedrövlig syn. Hamad slog igen dörren efter dem med en smäll och slog sig ner vid bordet igen. Sjöberg tittade förundrat på honom, kunde inte för sitt liv begripa vad det här handlade om.

– Så här är det, suckade Hamad. Jag vet vem som våldtog Petra. Vem Den andre mannen är.

– Du skojar, sa Sjöberg, utan att för ett ögonblick tro det. Vem är det då?

– Det är Gunnar Malmberg.

– Gunnar Malmberg? Det är inte möjligt ... Varför har du inte sagt något?

– För Petras skull. Det här får bara inte komma ut. Det är ingen annan än jag som känner till det. Och du nu då.

– Hur länge har du vetat om det här? frågade Sjöberg, som fortfarande inte hade lyckats inse den fulla vidden av det Hamad nu berättade.

– I ett och ett halvt år.

– Och du har inte berättat det för Petra? Jag trodde ni var nära ...

– Det är vi. Så nära att hon i förtroende har berättat för mig att hon har haft ett kortvarigt förhållande med Malmberg. Efter våldtäkten.

– Efter våldtäkten? utbrast Sjöberg. Det var det jävligaste!

– Du vet hur de fungerar, sådana där. Det handlar inte om sex, bara om makt. Och när Petra skickade Peder Fryhk i fängelse blev

Den andre mannen hämndlysten. Det minns du väl?

Sjöberg nickade. Naturligtvis mindes han det, han var ju i högsta grad inblandad själv.

– Han ringde henne på nätterna, fortsatte Hamad, skickade de där vidriga bilderna till Brandt så att hon skulle få sparken, och lade till och med ut en filmsekvens från våldtäkten på en porrsajt. Det sistnämnda är det bara jag som känner till, jag stoppade eländet innan Petra hann upptäcka det. Eller någon annan vi känner, hoppas jag. Vad mera är så såg han till att rikta alla misstankar mot mig. Petra gick i sex månader och trodde att det var jag som hade våldtagit henne, jag som hade skickat bilderna och så vidare.

– Jag tyckte väl att det var lite kyligt där ett tag, mumlade Sjöberg.

– Det kan du ge dig fan på. Hon höll på att slå ihjäl mig i träningslokalen. Och jag begrep ingenting. Förrän det gick upp för mig hur det förhöll sig och gjorde det till en personlig sak mellan mig och honom. Och eftersom vi hela tiden satte käppar i hjulet för honom så iscensatte han till slut den mest djävulska plan. Han inledde ett förhållande med henne. Men eftersom han inte är intresserad av sex med tjejer som är med på det så var förhållandet strax över. Petra såg det som ett spännande och lite dumdristigt äventyr, men Malmberg såg det som ett tillfälle att utöva sin makt, att hämnas. Petra skulle bli helt förstörd om hon fick reda på det här. Riva upp himmel och jord. Och det alldeles för tidigt. För eftersom vi inte har några bevis skulle vi aldrig lyckas sätta dit den jäveln. Den enda förloraren skulle vara Petra. Min plan är att ligga lågt, att lurpassa på honom. Förr eller senare kommer det att dyka upp ett tillfälle …

– Men om vi inte har några bevis, avbröt Sjöberg, hur kan du då vara så säker på att det verkligen är Malmberg?

– Som du säkert minns åkte Petra till Linköping och lät DNA-testa kondomerna från våldtäkten. Det var ju så Fryhk fälldes. Innehållet i den andra kondomen matchade inte DNA från något tidigare begånget brott. Men när jag fick upp ögonen för Malmberg skickade jag ett prov från honom till SKL. Som verifierade att det stämde överens med Den andre mannens.

– Men Petra gjorde ingen anmälan och proverna är inofficiella, fyllde Sjöberg i.

– Precis.

De satt tysta en stund och stirrade på de kala väggarna, medan Sjöberg lät det hela sjunka in.

– Jag var och lyssnade på honom i lördags kväll, sa Hamad dystert. På Pride-festivalen. Vet du vad han sa? ”All erfarenhet visar att jämställdhet är en oerhört verksam kraft mot våldet”, sa han. Jag tror han råkade kasta om orden.

Sjöberg log sorgset. Han kände sig inte ens arg. Bara fruktansvärt besviken. Gunnar Malmberg hade aldrig varit någon direkt favorit. Lite för polerad, lite för mycket urban cowboy i Sjöbergs smak. Men han var en duktig karl; driftig, framåt, med stor begåvning, både socialt och intellektuellt. Som hade våldtagit otaliga kvinnor, att döma av alla de filmer som beslagtagits hemma hos Peder Fryhk. Och Malmberg var nyss hemkommen från en jämställdhetskonferens i Sankt Petersburg. Hade han våldtagit där också?

– Men vad i hela världen har det här med Simon Tampler att göra? slog det plötsligt Sjöberg. Varför avbröt du? Han skulle ju precis ...

– Därför att jag redan visste svaret, svarade Hamad. Jag insåg att jag var tvungen att avslöja hela den här historien för dig för att du skulle förstå, så jag kunde lika gärna skicka iväg honom.

Tankarna snurrade i Sjöbergs huvud. Visst var det så att Hamad under hela utredningen hade varit mer än lovligt tystlåten, för att inte säga hemlighetsfull, kring allt som hade med det där mobilsamtalet att göra. Att han kastat sig över alla telefonirelaterade uppgifter. Trots att alla och envar visste att Telia var fullständigt hopplösa att ha att göra med. Och att han hade hållit sig framme också igår när det skulle letas iPhone i Forssjö. Sjöberg var snubblande nära nu, men han lyckades inte riktigt få bitarna på plats.

– Det ringdes bara ett samtal, sa Hamad. Simon Tampler ringde Gunnar Malmberg från Erlandssons mobil. *Denna information måste till varje pris hemlighållas.*

Lördag kväll

För Sjöberg var Knekttorpet en dröm som förverkligats. Under två somrar och många helger hade han och Åsa slitit för att få det som det nu var. En lokal byggfirma hade anlitats för att bygga själva huset, men de hade själva drivit projektet och i hög grad engagerat sig i planeringsarbetet. Mängder av val måste göras: färger, material, kranar, vitvaror, tapeter etcetera. Dessutom hade inredningen och framför allt iordningställandet av trädgården krävt betydande insatser av dem.

Men här var de nu, hela familjen i sitt eget semesterparadis. Ett etthundratjugo kvadratmeter stort sommarhus av modernt svenskt snitt, med många och stora fönster och öppen planlösning. Enkelt, snyggt, funktionellt. Och fullständigt underbart.

Huset låg på en höjd och de hade varit tvungna att ta bort en del träd på den sydvästliga sidan av huset för att få tillgång till den formidabla utsikten. Och den nedgående solen. Det hade kostat några kronor, men var värt vartenda öre. Och ved till den öppna spisen var inget de skulle behöva betala för på många år. Här hade ungarna nu dukat upp till fest, och vräkt på ordentligt med det de tyckte var fint. Det var kräftdukar, papperstallrikar med kräftmotiv, kräftservetter, kräftlyktor och till barnens stora förtjusning till och med en slinga med kulörta lyktor som Sjöberg lyckats få tag på i Stockholm innan de åkte. Det var dukat vid två bord. Det ena, som för närvarande var tomt, för barnen och det andra för de vuxna. Barnen Sjöberg hade dagen till ära sällskap av Mörten Andersson, och nu befann de sig allihop vid studsmattan.

Vid vuxenbordet satt Conny och Åsa Sjöberg, Andersson, Hamad, Westman samt Jens och Sonja Sandén. Även Jenny var med, men hon var för tillfället borta vid studsmattan och övervakade att allt gick rätt till. Vilket framför allt handlade om att bara två barn åt gången befann sig på den.

Klockan var halv åtta och stämningen var hög. Gästerna hade dykt upp redan på eftermiddagen och eftersom vädret var vackert hade man gått ner till badplatsen. Där det hade noterats att Andersson simmade mycket bra med bara en hand samt att Westman hade ett sjuhelvetes blåmärke på magen. Sedan hade man suttit i trädgården och druckit saft och tvingats äta sju sorters kakor av skiftande kvalitet och smak, alla bakade av Simon, Sara och Maja Sjöberg. Därefter hade man övergått till öl och rosévin, alltmedan Hamad sopade banan med resten av gästerna i såväl krocket och boccia som dart. Nu var det paus mellan förrätten, som var en av Sjöberg tillagad västerbottenpaj med forellrom, och kräftorna.

– *To our absent friends*, sa Sjöberg och höjde ölglaset.

– För Gäddan, sa Sandén och gjorde detsamma. Eller var det någon annan du tänkte på?

– Brandt kanske? sa Westman och gav Hamad en armbåge i sidan. Veckans favorit.

– För Gäddan, sa Hamad, och de övriga instämde.

– Hon hälsar så mycket till allesammans, sa Sandén. Jag var och hälsade på henne i förmiddags, hon blir utskriven imorgon. Hon mådde mycket bättre nu, var till och med uppe och gick. Men ni skulle se hennes mage. Hon ser ut som … Petra ungefär. Fast värre.

– Det går inte, skrattade Sonja.

– Det går visst, jag lovar. Hon var enormt besviken över att hon inte kunde komma. Det var nästan så att hon var beredd att ringa färdtjänst för att få vara med.

– Vad var det för operation egentligen? frågade Åsa. Var det magsår eller?

– Tror det var något sådant. Men hon kommer på måndag.

– Du skojar! sa Sjöberg. Hon måste ta det lugnt, så att det läker. Vila upp sig. Det sa jag ju till henne i telefon.

– Hon känner väl att ni inte klarar er utan henne, sa Åsa med ett leende.

– Det gör vi ju inte heller, sa Sandén. Den kvinnan har en intellektuell kapacitet som resten av oss tillsammans. Inser ni det?

Han riktade sig till alla kollegerna runt bordet och frågan var seriöst menad. Sandén ville ha ett svar. Sjöberg tog en klunk av sin öl. Hamad och Westman utbytte blickar.

– Jag börjar tro att det faktiskt är så, sa Hamad.

– Jag också, sa Petra. Det tog lite tid, men ja. Jag inser att Gäddan är något lite extra.

– Jag har varit orättvis mot henne, sa Sjöberg. Vi har varit orättvisa allihop. Utom du, Jens. Frågan är bara varför. Jag kan inte riktigt sätta ord på det.

– Hon är annorlunda på något sätt, sa Westman. Hon klär sig konstigt, pratar konstigt, och så är hon lite flamsig.

– Jag trodde ni hade högt i tak i gruppen, sa Åsa allvarligt. Det där låter som mellanstadieresonemang.

– Hon pratar konstigt för att hon inte har bott i Sverige på trettio år, sa Sandén. Hon har ingen dialekt och varvar något slags lite ålderdomlig svenska med moderna, ungdomliga uttryck. Huruvida hon klär sig konstigt är inte jag rätt person att bedöma. Jag tycker Loddan klär sig konstigt. Men vi gillar ju honom ändå.

Och där satt Loddan med håret i hästsvans, ring i örat, tatueringar på överarmarna, T-shirt med Rolling Stones-tunga och denimväst med tryck på ryggen. Alla skrattade åt honom, men han tog det med jämnmod.

– Det är min stil, svarade han med ett snett leende. Gäddans stil är att inte ha någon stil.

– Hjälp henne med det då, föreslog Sonja. Petra, du kan väl gå och shoppa lite kläder med henne och styla till henne i håret?

– Varför det? sa Sandén och kastade en irriterad blick på sin hustru. Gäddan duger väl som hon är? Måste vi ”styla” om henne för att hon ska få en plats i gruppen? Snacka om mellanstadienivå.

Åsa applåderade.

– Bra rutet, Jens.

– Gäddan patrullerade i några år innan hon flyttade till Schweiz, fortsatte Sandén. Så flyttar hon tillbaka efter att ha varit hemmafru i trettio år, fullständigt uppdaterad på allt teoretiskt inom det polisiära och dessutom med en juridisk doktorsgrad. Och ni tvivlar på att hon har något att komma med för att hon har ”ful” frisyr? Herrejävlar! Ni borde ha varsin örfil allihop. Skål!

– Jag håller helt med, sa Sjöberg. Nu skärper vi till oss. Skål för Jens som har gett oss en lektion i hur man behandlar människor. Och som dessutom har räddat livet på två poliser på tre dagar!

Efter ett samstämt ”skål” drack de allihop, och när de ställt ner glasen på bordet blev det spontana applåder.

Det hade varit en tuff vecka, med fysiska och mentala prövningar som gick utanpå det mesta. När solen för länge sedan hade försvunnit i de rosa molnslöjorna bortom grantopparna nere i dalen, ungarna hade stupat och fleecefiltarna åkt på hade anspänningen släppt. Hamad hade träningsvärk i käkmuskulaturen efter allt skrattande. När han summerade kvällen konstaterade han att det hade varit något smått desperat över hela tillställningen. De hade ätit lite för fort, druckit lite för mycket, avverkat lite för många samtalsämnen på lite för kort tid, skrattat lite för högt och lite för ofta. Om man nu kunde göra det.

Med alkoholen och skymningsljuset hade lättnaden smugit sig på dem, lättnaden över att de alla var i livet, att allt hade gått bra. Lättnaden över att fallet var löst. Men framför allt trodde han att det handlade om att de hade varandra. Sonja, Åsa och Jenny hade nästan helt kommit bort i samtalen. Så brukade det inte vara, inte alls. Men den här gången var det annorlunda. De hade varit en hårsmån från katastrof och hade bara ögon och öron för varandra. Och även Gerdin var inkluderad i den gemensamma omfamningen. I högsta grad. Utan henne hade de överhuvudtaget inte varit här idag. Det hade varit en ljuvlig kväll på alla sätt, han älskade de här människorna, älskade sitt jobb, älskade livet. Men det räckte ändå inte för Hamad, han ville ha mer. Av vad visste han inte. Mer av allt. Mer av livet, mer av nuet.

Därför gjorde han som han alltid brukade göra när det kändes på det här viset, när han hungrade efter något han inte visste vad det var. Han gjorde motsatsen i stället. Tonade ner det underbara, stängde av tillförselkranarna. När ingen såg honom smet han iväg ner till badplatsen för att kyla av sig. Gick på upptrampade stigar genom barrskogen, fyllde näsborrarna med daggfuktig augustiluft. Lät ficklampans ljuskägla leka inne bland trädstammarna och snubblade på en rot som kröp över stigen. Lyssnade på tystnaden och kände sig mycket liten, mycket obetydlig. Vilket var precis vad han behövde. Dämpa intresset för sig själv, för sitt eget välbefinnande. Etablera en känsla i kroppen av att allt var bra; han hade allt, saknade inget. Erkänna sig som en liten del av allt det här, av naturen, människorna, universum. Acceptera att allting inte kretsade kring honom.

Han slängde ifrån sig kläderna och filten på stranden, och vadade ut i sjön tills vattnet nådde honom till naveln. Då sänkte han ner kroppen och tog emot kylan med en djup inandning. Månen som hade varit uppe tidigare under kvällen var nu helt borta. Det var kolmörkt, sånär som på ljusen från några fönster på andra sidan sjön och stjärnorna på himlen. Det var bara han, vattnet och mörkret. I en underbar kravlös förening. Han lade sig på rygg i vattnet och släppte ut armarna. Lät öronen täppas till av vattnet, och krafterna underifrån hålla honom uppe. Utan att röra sig flöt han omkring under stjärnorna med ett leende på läpparna och var fullständigt tillfreds med sig själv och sin litenhet. När han plötsligt kände en rörelse i vattnet.

Han blev inte rädd, men nyfikenheten fick honom att låta underkroppen sjunka ner under ytan tills fötterna hittade botten. Han ställde sig upp, vattnet nådde honom till hakan nu. Lyssnade, spejade, hörde ljudet av en kropp som rörde sig i vattnet, någon som simmade i riktning mot honom. Tyckte sig se en siluett, huvud, axlar, rörelse. Närmare och närmare, inga ord, bara ljudet av porlande vatten, händer som pressade undan motverkande krafter. Han rörde sig inte, stod bara där och tog utan ett ord emot livet när det simmade in i hans famn. När dess armar slingrade sig om hans nakna kropp, dess händer knäpptes bakom hans nacke och dess ben låste sig om honom. Detta var allt och mycket mer än han någonsin hade vågat drömma om.

Sedan bar han in henne till stranden och släppte ner henne i vattenbrynet. Tillsammans bredde de ut filten på sanden och älskade under stjärnorna igen. Och igen.

När klockan var halv sex kröp de ner i sina sängar uppe i gäststugan. Bara så att Andersson inte skulle få för sig att ingen hade sovit i dem.

Måndag eftermiddag

Odd Andersson satt bokstavligen och rullade tummarna vid skrivbordet. På söndagskvällen hade han lämnat Mercury hos hans mamma, Molly, och han lämnade alltid ett stort tomrum efter sig. Men veckoslutet hade varit fantastiskt, sonen älskade att umgås med barnen Sjöberg och de hade bägge två varit trötta men lyckliga när de kom tillbaka till Stockholm. Idag kändes det dock helt annorlunda. Helgens eufori hade lagt sig och ersatts med något som närmast liknade en baksmälla. Torsdagens dramatik, allvaret i situationen, hade väl krupit närmare inpå, blivit verkligare så här i efterhand än i stridens hetta.

Förmiddagen hade han ägnat åt pappersarbete. Det var hans sämsta gren, men hans teckningar hade hjälpt både honom själv och de andra att sortera händelserna i Forssjö och sätta dem på pränt. Sedan hade han sett till att komma ifatt med övrig rapportering, men nu när det var gjort kände han sig ändå inte nöjd. I normala fall var det en stor lättnad att ha klarat av det betungande skrivjobbet, men inte idag.

Han hade vaknat på morgonen med en låt i huvudet, det gjorde han ofta. Då kunde det hända att han satte sig på sängkanten med gitarren och plockade ut ackorden, för att sedan riva av låten på sitt eget sätt. Som morgongymnastik. Det brukade få honom på gott humör. Men den här morgonen hade han inte rört gitarren, låten hade bara gjort honom nedstämd. Varför visste han inte, han hade inte hört den på många herrans år och kom inte ens ihåg texten. Men den lämnade honom inte. Jeff Lynne talade till honom från det undermedvetna och Andersson var inte säker på att han ville veta vad han hade att säga till tonerna av den melankoliska melodin. Till slut satte han i alla fall hörsnäckorna i öronen och letade fram Electric Light Orchestras ”Latitude 88 North” på iPod:en.

The iceman came to me tonight,
So very near but out of sight.
I heard the footsteps in the hall
And I heard a cold voice call,
It's such a lonely world.

Han kände hur håren reste sig på armarna när han lyssnade vidare.

♣

Sandén var uttråkad. Det var bara en vanlig måndag och man var tillbaka i verkligheten igen, med pappersarbete och andra mindre väsentliga uppgifter. Han kände sig tom på energi, urblåst på konstruktiva tankar. Dock hade Andersson i vanlig ordning lättat upp tillvaron. Den här gången med sina teckningar över skottlossningen i Forssjö, som var som hämtade ur ”Agent X9”. Att Loddan vid sidan av musiken även roade sig med att teckna lite grand kände Sandén till, men att han var så in i helvete duktig på det också hade han inte begripit. Utan Anderssons förlaga hade arbetet med rapporten varit betydligt mer krävande, så när han var klar med pappersexercisen gick Sandén bort till Anderssons rum för att betyga honom sin tacksamhet och snacka lite skit.

Andersson märkte honom inte när han kom in, han satt med ryggen mot skrivbordet och stirrade ut genom fönstret. Från hans öron hängde två vita sladdar, så Sandén gick fram och knackade honom lite lätt på axeln. Andersson ryckte till och vände sig emot honom med en allvarsrynka mellan ögonen.

– Den här låten måste du lyssna på, sa han, drog ur hörsnäckorna och sträckte fram dem mot Sandén. Den ringde i öronen på mig när jag vaknade imorse.

Sandén, som inte på något sätt delade Anderssons stora intresse för musik, visste inte vad han skulle tro, men han gjorde som han blev tillsagd. Och ljudkvaliteten var god, så han lyckades dessutom tillgodogöra sig texten.

Then I knew that you were gone,
It came to me, I was alone.
Now I'm left out in the cold
But the story's far from told,
It's such a lonely world.

It's like Latitude 88 North,
It's so cold, cold as hell.
35 below and falling,
How I wish that she was calling me.

– Nå, vad tänker du när du hör de här orden? ville Andersson veta när musiken hade tystnat i Sandéns öron.

– Jag tänker att vi nog borde ta ett snack med Sjöberg, svarade Sandén med ett snett leende. Att vi åtminstone är två som tycker att …

– … *the story's far from told*, fyllde Andersson i.

♣

Westman hade på sin höjd lyckats skrapa ihop ett par timmars sömn under natten, ändå kände hon sig full av energi. Energi som hon dessvärre var tvungen att kanalisera åt ett helt annat håll än det önskvärda. Men så skulle det förhoppningsvis vara ett tag framöver. Om hennes instinkter inte lurade henne, om känslorna var lika himlastormande från bägge håll. Men de hade tillbringat natten tillsammans hemma hos henne, så det var i alla fall inte ett omedelbart "tack och hej, nästa tjej". Och diverse blickar hade utväxlats under dagen, till synes oskyldig beröring hade förekommit. I pentryt, när de möttes i korridoren, på promenaden upp till Lisas Café där de hade ätit lunch tillsammans med de andra.

Det skulle bli en utmaning. Att arbeta professionellt sida vid sida och försöka bortse från vad som hände vid sidan av jobbet, vad som hände inuti kroppen och i tankarna. De måste förhålla sig objektiva i sakfrågor, ifrågasätta, jobba som två individer i gruppen, inte som ett par. Och inte överkompensera. Som att till exempel undvika att prata med varandra under en hel arbetsdag trots att de egentligen hade en hel del att avhandla. Arbetsrelaterat.

Hon försökte känna efter vad hon egentligen tyckte om saker och ting. Försökte se igenom det ljuva skimret som lagt sig över tillvaron och tänka konstruktivt. Och konstaterade medan hon satte samman sin rapport att allt det arbete hon ägnat sig åt under den föregående veckan hade varit förgäves. Fullständigt bortkastat. Eftersom varken Siem, Wiklund eller Jenner var på minsta sätt inblandade i mordet på Sven-Gunnar Erlandsson. Eftersom ett försvunnet ryskt sommarbarn inte hade någonting med Simon Tampler och hans mördarfantasier att göra, ingenting med henne själv och kollegerna att göra. Och följaktligen inte heller den nervöse Staffan Jenner eller flicktjusaren Lennart Wiklund, småflickor på cykel eller gatunätet i Älvsjö. Så fruktansvärt meningslöst det hade varit om Gerdin strukit med där ute i Huddingeskogarna, i jakten på någonting som inte var något annat än ett par utflutna anteckningar i fickan på en otursdrabbad man.

♣

Det var med nöd och näppe han överhuvudtaget lyckades hålla ögonen öppna. Ända sedan i torsdags hade det varit uppochnervända världen, och humöret hade pendlat mellan höga toppar och avgrundsdjupa dalar. Och han hade knappt fått en blund i ögonen på hela natten. Av angenäma skäl. Hamad visste knappt var han skulle göra av sig där han satt och klippte med ögonen över en rapport som till största delen avhandlade insatser av noll och inget intresse. Om det nu verkligen var så enkelt. Vilket han hade lite svårt att smälta. Men han var för trött för att riktigt orka tänka tanken till slut. Han lyckades i alla fall färdigställa sina rapporter, delvis tack vare Anderssons geniala serietidningsperspektiv på hela Forssjödramat. Sedan blev han sittande med blicken riktad ner mot Hammarbykanalens glittrande vatten, försjunken i tankar som var så långt ifrån skottväxlingar och internutredningar som man kunde komma.

Hamad var lycklig. Han var alldeles varm inombords och kände hur kinderna blossade. Efter alla dessa år, och efter allt som varit av missförstånd och annat elände, hade de till slut hamnat där de nu befann sig. I ett rus av uppdämda känslor som av olika skäl hållits tillbaka under så lång tid. Det var bara att tacka och ta emot. Fånga dagen och njuta i fulla drag. Och samtidigt försöka upprätthålla något slags professionalism. Vilket krävde sömn, bland annat. Något som han under alla omständigheter skulle se till att få tillräckligt av i natt. Dessförinnan skulle han ta mod till sig och växla några ord med Petra, precis som vanligt.

Han samlade ihop sina saker och lämnade rummet, gick med spelat målmedvetna steg bort till hennes rum i korridoren och knackade lite formellt i dörrposten innan han steg på. Hon välkomnade honom med ett nyfiket leende. Läste honom antagligen som en öppen bok. Han log tillbaka.

– Jag tror jag skiter i det här för idag, sa han och sjönk ner i halvliggande ställning i besöksstolen. Jag måste hem och sova.

– Ojdå, så pass, svarade Petra. Hur känns det annars då? Förutom att du är trött?

Han visste inte vad han skulle svara. Skulle de vara formella nu, eller hur var det tänkt egentligen?

– Är du klar med rapporteringen, har du reflekterat färdigt över vår bortkastade vecka? fortsatte Petra.

Formellt alltså. Hon kanske var klar med det här nu? Eller så var hon lika osäker som han. Fast hon aldrig visade det. Men friskt vågat, hälften vunnet – var det inte så?

– Jag är klar med rapporteringen. Jag har inte reflekterat färdigt över vår meningslösa arbetsvecka. Det tänkte jag ägna mig åt imorgon, när jag hoppas vara utsövd. Jag har heller inte reflekterat färdigt över de mer meningsfulla saker vi sysslade med i slutet av veckan. Men du är välkommen att hjälpa mig med det. I Årsta. Under förutsättning att det är släckt före tio.

Det föll i god jord. Hon gav honom ett insinuant leende och sträckte fram foten under skrivbordet så att den snuddade vid hans. Det högg till i magen på honom, gjorde nästan ont.

De befann sig i kärlekens första fas, ett sjukdomstillstånd.

Blixtsnabbt drog hon åt sig foten igen när Sjöberg utan förvarning kom inklampande i rummet. Hamad satt kvar i samma ställning men vände ansiktet mot honom. Sjöberg såg trött ut han också, och lite bekymrad.

– Vi behöver snacka lite allihop, sa han. Kommer ni in en sväng på mitt rum?

♣

– Jag hinner inte vara med, sa Gerdin. Jag ska på återbesök på sjukhuset och måste bara avsluta en liten sak här innan jag sticker. Kan vi ta det imorgon?

– Visst, sa Sjöberg, inga problem. Vi är så tacksamma att du är här överhuvudtaget.

Utan knussel gick han ut ur rummet och lämnade henne ifred. För nu började det dra ihop sig på allvar. Plötsligt hade hon hittat något.

Snabbt hade hon slängt ihop rapporten redan på morgonen

och sedan släckt skärmen, stängt dörren och lutat sig tillbaka i stolen med händerna knäppta bakom nacken för att tänka igenom alltihop. Och konstaterat att utredningen inte höll måttet. Att det var för många lösa trådar. Att de i uppståndelsen under och efter gripandet av Simon Tampler inte hade varit vid sina sunda vätskor, lämnat för mycket åt slumpen. Men ingen skada skedd, det var aldrig för sent att göra rätt. Tampler var mördaren, det var ingen tvekan om den saken. Men allt det andra? Det fanns fler frågetecken som behövde rätas ut. Varför hade någon placerat en uppsättning spelkort i Erlandssons ficka? För denne någon kunde ju inte rimligen vara Erlandsson själv, eftersom de saknade fingeravtryck. Och mördaren själv blånekade. Skulle någon annan ha smugit ner dem i bröstfickan? Vem och varför i så fall? Eller var det kanske i själva verket så att den gode Tampler ljög? Varför i all världen skulle han göra det – erkänna ett mord, men neka till att ha stoppat fyra spelkort i offrets ficka? Död mans hand dessutom, vilket ju inte gärna kunde vara en slump. Men kanske funderade hon i för snäva tankebanor. Dessa kort måste fylla en funktion.

Därför hade hon återigen satt sig vid datorn och försökt vidga sina vyer, och nu började det lossna. Medan hon scrollade sig nedför skärmen och bläddrade bland sidorna av träffar hade det helt plötsligt dykt upp något helt annat än Wild Bill Hickoks dödsbringande pokerhand. Något till synes så långt ifrån ond bråd död som man bara kunde tänka sig. Nämligen en korall. ”Död mans hand, fingerkorall, *Alcyonium digitatum*, art i underklassen åttaarmade koralldjur. Död mans hand bildar omkring decimeterhöga, bleka, förgrenade kolonier som kan påminna om en uppsvälld människohand. Arten är vanlig på klippbottnar från Bohuslän till Halland.” Allt enligt nätversionen av Nationalencyklopedin.

Hon letade vidare på nätet, ivrig att ta reda på så mycket som möjligt om denna koloni av små koralldjur, men utan att finna något av större intresse. Tills hon i stället började söka på *Alcyonium digitatum*. Och helt plötsligt var tillbaka på Flashback igen.

♣

– Innan vi börjar vill jag att Petra och Jamal också lyssnar på den här låten, sa Sjöberg. Lite oortodoxt kanske, men ändå. Ta det seriöst och se det som ren inspiration inför fortsatt arbete.

Westman och Hamad utbytte förvånade blickar när Andersson gav dem varsin hörsnäcka, men de lyssnade. Till en början med ett leende på läpparna, men sedan med större allvar. Sjöberg lade märke till att Hamad svalde. Vilket stämde väl överens med andra iakttagelser han hade gjort under de senaste dagarna, att Hamad inte var riktigt i balans efter skottlossningen. Men budskapet hade förvisso satt sig som en klump i halsen på Sjöberg också. På dem allihop, förmodade han.

Frozen shadows in the doorways,
They will linger there always.
And as the dawn begins to break,
She's gone it's hard to take,
It's such a lonely world.

It's like Latitude 88 North,
It's so cold, cold as hell.
35 below and falling,
How I wish that she was calling me.

– Loddan, sa Sjöberg. Hur går vi vidare?

– Vi söker reda på Rebecka Magnusson, svarade Andersson med en beslutsamhet i rösten som var olik honom. Och vi ska leta tills vi hittar henne.

– Petra?

– Vi tar reda på vad som hände med Larissa Sotnikova, svarade Westman.

– Och Dewi Kusamasari, fyllde Sjöberg i. Vi har tre försvunna flickor. Det är klart att vi ska hitta dem.

– Alla flickorna får betraktas som särskilt utsatta, påpekade Sandén. Två av dem är handikappade och en är ett ryskt barnhemsbarn, mycket ung vid bortförandet och utan vidare språkkunskaper.

– Vi har dessutom ytterligare ett antal obesvarade frågor, tog Hamad vid. Vem var den mindre flickan som lånat Laras cykel? Spelkorten – varför saknade de fingeravtryck? Vem hade placerat dem i Erlandssons ficka och varför?

– Och koordinaterna, sa Sandén. Vad gjorde lappen i fickan och var det överhuvudtaget koordinater? Det är ju nästan så man börjar tro att vi ska ta upp det där med positionsbestämningen igen när nu ELO har talat ur Loddans själsliga gömmor.

Samtliga i rummet log instämmande. Men ingen skrattade. Nu var det på allvar.

Då dök plötsligt Gerdin upp i dörröppningen.

– Sorry, jag måste dra med en gång, sa hon upphetsat. Men jag har viktiga nyheter. Något för den hugade att bita i.

Alla stirrade på henne med spänd förväntan. Det var inte längre någon som tvivlade på att det var viktigt om Gerdin sa att det var det. Sjöberg log inombords.

– Död mans hand är en så kallad fingerkorall, en koloni av små koralldjur. På latin heter den *Alcyonium digitatum. Alcyonium digitatum* är också namnet på en användare på Flashback. En användare som registrerades den tjugoandra juni och har ett enda inlägg registrerat. Nämligen en fråga rörande hur stor felmarginalen är på en hand-GPS av ett särskilt märke.

Sandén visslade till.

– Samtliga som svarade på frågan var eniga om att det kunde röra sig om en radie på femtio till sextio meter. Vilket var precis vad Jens och jag utgick ifrån. Detta inlägg är daterat den tjugofemte juni. Det tar tre dagar från det att man registreras som användare tills kontot aktiveras. Det tolkar jag som att Alcyonium digitatums syfte med att registrera sig på Flashback i andra hand var att få svar på just denna fråga.

– I andra hand? frågade Hamad tveksamt.

– Yes. Lyssna, så ska ni få höra. En annan intressant iakttagelse är att Helgonets sista inlägg på sin egen tråd, ”Jag vill döda någon. Jag kommer att döda någon”, är daterat till just den tjugofemte juni. Debatten på den tråden pågår fortfarande, men Helgonet själv drog sig alltså ur redan då. Varför? Jag gissar att han fick napp.

Alla lyssnade andäktigt på det Gerdin hade att berätta.

– Någon tog kontakt med honom via PM, det vill säga skickade honom ett personligt meddelande. Detta kan man bara göra om man är registrerad på Flashback, och alltså inte om man bara hänger där utan att vara medlem, för då kommer man inte åt den funktionen. Detta tror jag var Alcyonium digitatums huvudsakliga syfte med medlemsregistreringen. Att få kontakt med den seriöst menande Helgonet.

– Ett beställningsmord alltså? sa Sjöberg.

– Precis. Och det är också därför han erkänner mordet, men inte spelkorten och koordinaterna. Han har antagligen betalt för att tiga om det. Han är beredd att ta sitt straff för mordet, men ser gärna att pengarna finns där när han kommer ut igen.

– Men, sa Hamad och kliade sig i huvudet, varför ger anstiftaren mördaren i uppgift att placera spelkorten och koordinaterna i offrets ficka om det sedan inte får komma fram att det har med mordet att göra?

– Det var inte tänkt att Tampler skulle åka fast för mordet. Då hade vi nystat i koordinaterna i alla fall och så småningom kanske hittat det anstiftaren är ute efter.

– Och korten, död mans hand? frågade Westman.

– För det första så är det ju uppenbarligen en signatur. Men jag tror att det dessutom är en ledtråd till vad allt det här handlar om egentligen. Nämligen Larissa Sotnikova. Mordet på Erlandsson ägde rum tidigt på morgonen den andra augusti. Wild Bill Hickok blev skjuten den andra augusti. Larissa Sotnikova försvann den andra augusti. Det var viktigt att vi uppmärksammades på att den andra augusti är ett betydelsefullt datum.

– Men vem är beställaren? frågade Sjöberg tankfullt, och riktade sig till sig själv i första hand.

– Det återstår att se, svarade Gerdin med ett försåtligt leende.

– Så nu är nästa steg att pumpa Tampler, gå igenom hans dator och följa pengarna, konstaterade Sjöberg och ett instämmande mummel hördes från de övriga.

– Helvete, nu blir jag sen! utbrast Gerdin med en hastig blick på armbandsuret. Vi ses imorgon!

Och så försvann hon ut ur rummet och lämnade efter sig en doft av någon ganska sötsliskig och kvalmig parfym.

– Du spelade väl aldrig låten för Gäddan? frågade Sandén.

– Nej, det gjorde jag faktiskt inte, skrattade Andersson. Hon fick inspirationen någon annanstans ifrån. Jävla människa!

♣

Nu hade Ida också rest, om än inte längre än till Uppsala för att få vara tillsammans med sina syskon. Men om bara några veckor skulle hon försvinna iväg på sin långa resa till andra sidan jordklotet. Adrianti var ensam kvar i det stora huset. Ensam med sorgen, ensam med alla minnen efter det liv som nu definitivt var över. Alla barnen var i det närmaste utflugna och Svempa var död. Mördad. Av en galen narkoman som gjorde det för skojs skull. Begravningen skulle äga rum först om tre veckor, sådant tog tid i Sverige. Fram till dess måste hon upprätthålla den här fasaden av att allting nästan var som vanligt. Hålla rent och snyggt i villan.

baka inför begravningskaffet. Tvätta. Det lilla som nu fanns att tvätta när alla var borta. Men sedan? Vad skulle hända då?

Hon hade ingenting. Inget arbete, inga kunskaper om någonting annat än att sköta hushållet. Och inga pengar, verkade det som. När hon varit i kontakt med försäkringsbolagen hade hon fått uppfattningen att allt var barnens. Det där hade de skött dåligt, hon och Svempa. Ingen av dem hade naturligtvis räknat med att han skulle försvinna så tidigt, men de borde ha engagerat sig lite mer i arvsfrågorna, det insåg hon nu. Särskilt hon själv, som kom till det nya landet utan ett öre på fickan. Men det var det lilla problemet. Hon var van från sitt tidigare liv att ha det snålt, så hon skulle nog överleva det här också. Rent fysiskt.

Men hon längtade så oerhört efter Dewi, sin lilla fågelunge, sin egen lilla ängel. Ängel – det var vad namnet betydde där hemma, i Indonesien. Och när hon tänkte på det viset lade sig all ångest som en värkande klump i magen. För Dewi fick inte vara borta för all framtid, hon fick inte vara död. Varför hade Adrianti inte stått på sig då för länge sedan när Dewi aldrig kom hem. De svenska ungdomarna reser, men de hör av sig, skriver utförliga brev, ringer hem emellanåt. Och de kan vara borta i ett år i värsta fall, aldrig i fyra. Hon borde inte ha lyssnat på Svempa, inte ha låtit sig övertygas av hans bekymmerslösa syn på saken. Hon borde ha gått till polisen, sett till att det gått ut en efterlysning.

Tystnaden var kvävande. Hon måste ha människor omkring sig, röster. Kickis telefonröst i all ära, men hon kände henne knappt, mindes nästan inte ens hur hon såg ut. Hon behövde människor av kött och blod. Någon att prata med och få gråta ut hos. Det var därför hon till slut hade bestämt sig för att bryta mot deras tysta överenskommelse och lämnat huset för att ta kontakt med Staffan. Trots allt. Men stoppats redan utanför dörren av den där polisen, Sjöberg. Och han var väldigt sympatisk, en duktig lyssnare han också. Det hade känts bra att prata med honom, fastän han hade ställt henne till svars för det där med Staffan. Och rivit upp gamla sår. Fått henne att berätta om den krossade foten, pumpat henne på fakta om Roskildefestivalen och ältat Dewis resa, Dewis korta innehållslösa meddelanden. Men han hade förstått. Han hade begripit hur det måste kännas, begripit hur mycket hon saknade sin dotter och insett att det kanske fanns anledning att oroa sig. På riktigt. Han hade till och med utfärdat ett löfte om att han skulle ta reda på var Dewi fanns. Och han verkade trovärdig när han sa det.

Men det där hände i onsdags. Nu hade det nästan gått en hel vecka sedan dess och inget hade hänt, ingenting hade hon hört om hur det gick med sökandet efter Dewi. Adrianti började känna sig desperat. Hon klättrade på väggarna i det här fantastiskt vackra och ombonade fängelset. Därför tog hon mod till sig än en gång, kastade en sista uppgiven blick på det snabbt åldrande ansiktet i spegeln och låste dörren om det som hon sedan tretton år tillbaka kallade sitt hem. Hon måste få prata med Staffan.

♣

Sjöberg hade satt kollegerna på finanspolisen i arbete med att undersöka Simon Tamplers ekonomiska förehavanden, särskilt med avseende på insättningar och uttag av fem- och sexsiffriga belopp. Var det som det verkade, att grabben var lejd för att ta livet av Sven-Gunnar Erlandsson, borde pengarna synas någonstans. Och han hade klart och tydligt deklarerat att hundratusen kronor var vad han begärde för att utföra ett mord.

Nu skulle Sjöberg egentligen ha suttit i förhör med Tampler, i närvaro av juridiskt ombud, men Tampler var begripligt nog i dåligt skick och man hade gjort den medicinska bedömningen att förhöret fick anstå tills vidare. Sjöberg hade hur som helst en känsla av att de inte skulle få ut så mycket mer av honom, särskilt om det var som Gerdin trodde, att mer pengar väntade om han höll tand för tunga. I stället satt han nu inne på Anderssons rum och gick igenom Tamplers dator. Utan att hitta några som helst spår av någon mejlkonversation med Alcyonium digitatum.

– Vi får sätta någon som begriper sig på datorer på det här jobbet, suckade Andersson. Grabben har antagligen varit omsorgsfull och raderat allt av intresse. Dessutom skulle det inte förvåna mig om all kommunikation har skett via temporära e-postkonton, proxy-servers förlagda utomlands och annat som gör det nästan omöjligt att spåra.

Sjöberg stönade, han förstod inte tillräckligt för att ens orka fråga.

– Okej, ring hit en tekniker, sa han.

Andersson gjorde som han blev tillsagd och på samma gång kom Sandén in i rummet.

– Jag funderar över det där Gäddan sa om död mans hand och datumet, den andra augusti, började han. Om det nu är så att den som anstiftade mordet på Erlandsson ville visa polisen att mordet hade med det ryska sommarbarnets försvinnande att göra – då är det väl rimligt att tro att Erlandsson skulle vara ansvarig för försvinnandet?

Sjöberg nickade.

– Vem skulle ha anledning att mörda honom för det? frågade Sandén retoriskt.

– Staffan Jenner naturligtvis. Som har förlorat både Lara, sin hustru och sitt anseende på kuppen.

– Men då tänker jag så här: Varför låta mörda karln? Varför inte bara gå till polisen?

– Hämnd? Hat? föreslog Andersson, som nu avslutat samtalet till tekniska roteln.

– Ja, kanske, sa Sjöberg. Men varför just nu? Det är åtta år sedan det hände.

– Han kanske har fått reda på någonting alldeles nyligen. Det kanske har dykt upp ett vittne? sa Andersson.

– Eller också, fortsatte Sandén sitt resonemang, kanske det är tvärtom. *Erlandsson* kanske alldeles nyligen hade fått reda på någonting. Ställde Jenner till svars för flickans försvinnande, och röjdes ur vägen av den orsaken. Och Jenner riktar nu misstankarna för bortförandet mot Erlandsson på något vis. I bägge fallen är Staffan Jenner skyldig till grova brott.

Nu dök också Westman upp i rummet med iver i blicken, men hon lät det pågående samtalet fortlöpa utan att avbryta.

– Jag ser det som mer troligt att en och samma person har begått bägge brotten än att det skulle röra sig om två olika mördare, fortsatte Sandén. Verkar lite långsökt, tycker jag, att folk mördar varandra till höger och vänster i bekantskapskretsen.

– Ja, det är lite Midsomer över det, konstaterade Andersson.

– Dessutom, sa Sandén, så var det ju faktiskt så att Lara var Jenners sommarbarn, att Jenner följde med Erlandsson när han besökte den där husvagnscampingen där Rebecka Magnusson senast sågs och ...

– ... att Jenner var med i Roskilde för att hämta hem Dewi, fyllde Sjöberg i. Och sedan dess har hon varit försvunnen.

– Precis.

– Får jag blanda mig i samtalet? sa Westman. Jag satt och funderade över den där flickan på cykeln. Hon som enligt vittnet i fönstret på Murgrönsvägen sågs tillsammans med Lara strax före försvinnandet. Lara, lättigenkännlig i sin orange regncape, hade lånat ut cykeln till en mindre flicka som ska ha varit blond. En flicka som man aldrig lyckades lokalisera. Enligt vittnesutsagorna från Mälarhöjdens IP hade hela familjen Erlandsson pratat med Lara runt tjugo i elva när hon gjorde sitt nedslag där. Utom Ida, som låg hemma och var sjuk. Och Dewi, av någon anledning, som ju faktiskt var där.

Sjöberg lyssnade med stort intresse, utan att riktigt begripa vart hon var på väg.

– Tänk om vi har fått allting om bakfoten? fortsatte Westman. Tänk om det var så enkelt som att Lara inte lånade ut cykeln till en mindre flicka, utan att hon lånade ut regncapen till en större flicka? Till exempel Dewi.

– Briljant, Petra, sa Sandén.

– Den lilla blonda flickan på cykeln var fortfarande Lara, förtydligade Andersson, antagligen mest för sin egen skull, och bredvid henne i regncapen gick den större flickan. Som var kolsvart i håret, men det kunde inte vittnet se eftersom luvan var på.

– Men vad gjorde Dewi där, hon var ju på fotbollslägret? sa Sjöberg tankfullt.

– Hon måste ha varit på väg hem av någon anledning, svarade Petra. Men hur kom det sig att ingen lade märke till det?

– Hon kanske inte *ville* att någon skulle lägga märke till det, mumlade Sjöberg. Det kanske var därför hon hade lånat Laras regncape, trots att det inte regnade längre.

– Det betyder att Dewi är vårt viktigaste vittne i jakten på den som rövade bort Larissa Sotnikova, fastslog Andersson.

– Eller att det hände något, sa Sjöberg. En olycka kanske.

En ny tanke slog honom plötsligt.

– Adrianti Erlandsson berättade att Dewi var femton år när hon råkade ut för den där olyckan. När hon fick en tvättmaskin över sig som krossade foten. Hon hade just fått en moped i födelsedagspresent. Dewi är född i juli -86, vilket innebär att hon fyllde femton i juli -01. Det vill säga strax innan Lara försvann. Men under dagen för försvinnandet var hon på fotbollsläger, så Dewis olycka hade uppenbarligen inte skett än. Tänk om Dewi råkade döda Lara? Och strax därpå själv råkade ut för en olycka – kanske straffade hon sig själv? Dewi blev sig aldrig mer lik, flydde landet så fort hon slutat skolan.

– Vi måste hitta Larissa Sotnikova, konstaterade Westman.

– Vi måste hitta Dewi Kusamasari, sa Sjöberg.

– Så hittar vi kanske Rebecka Magnusson av bara farten, hoppades Andersson.

– Conny, vi måste genomsöka det där skogsområdet i Huddinge

igen, sa Sandén med en röst som var närmast befallande. Vi kan ha missat något, vi var kanske inte på topp någon av oss ...

– Du har rätt, sa Sjöberg beslutsamt. Vi går dit med hundar imorgon. Nu plockar vi in Staffan Jenner och Adrianti Erlandsson.

Då ringde det på telefonen i byxfickan. Dolt nummer.

– Jag vet inte om du minns mig, sa rösten i andra änden, men jag jobbar på SEB vid Kungsträdgården. Kristina Wintherfalck – vi talades vid i förra veckan.

– Visst, sa Sjöberg, tack för att du tog dig tid.

– Jag ringer för att jag är lite orolig. En överdriven reaktion kanske, men ...

– Det är inga problem, sa Sjöberg vänligt. Hellre en gång för mycket än en för lite. Vad är det som har hänt?

– Jo, det är så här att jag efter vårt förra samtal budade en kondoleansbukett till Adrianti – Svempas fru, alltså. Sedan ringde jag för att höra efter hur det var med henne. Vi känner egentligen inte varandra särskilt väl, träffas en eller ett par gånger om året bara, på julmiddagen och så. Men jag tänkte att ... Ja, att hon kanske inte har så många ... Och jag och Svempa var ju nära. Rent arbetsmässigt.

– Ja?

– Adri lät väldigt nedslagen i telefon. Hon var fruktansvärt ledsen över det som hänt, visste inte vad hon skulle ta sig till med sitt liv. Och barnen är så gott som utflugna och det ena med det andra. Så jag sa några tröstande ord, det kändes som om det var bättre än ingenting. Sedan har jag ringt henne varenda dag vid samma tid, vid fyra ungefär. De sista dagarna har hon låtit mer och mer desperat, och samtalen har i allt större utsträckning kretsat kring Dewi, hennes biologiska dotter. Hon har tydligen varit ute och rest i en massa år, men Adri hade börjat tro att hon inte var i livet längre. Vad hon nu hade fått det ifrån.

Sjöberg kände ett stråk av obehag och började nu på allvar

undra vart det här samtalet var på väg egentligen.

– Jag tyckte så fruktansvärt synd om henne, så jag övervägde att åka ut till Älvsjö och sitta ner med henne en kväll. Nu har det tyvärr inte hunnits med, men idag har jag nyheter som jag hoppades skulle pigga upp henne. Men nu svarar hon inte på telefon. Jag har försökt nå henne i över en timme, både på mobilen och hemtelefonen utan att få svar. Och hon visste att jag skulle ringa, vi pratade om det igår. För att säga som det är så är jag uppriktigt orolig att hon har gjort sig själv illa.

– Det var bra att du ringde, sa Sjöberg. Vi åker dit direkt. Tack ska du ha.

– Ingen orsak. Hoppas att det löser sig. Hej.

– Förresten, slog det Sjöberg, vad var det för goda nyheter du hade?

– Att Dewi lever, svarade Kristina Wintherfalck.

Sjöberg kände hur hjärtat hoppade över ett slag.

– Varifrån har du fått den informationen? frågade han.

– Ett par kompisar till mig som sedan många år jobbar på SEB i Singapore berättade att Dewi bodde i samma *condo* som de. De såg henne häromdagen.

– Du skämtar, sa Sjöberg utan att för ett ögonblick tro det. Är de säkra på sin sak?

– Bergsäkra. De känner henne sedan gammalt.

– Kristina, jag vill att du så fort som möjligt via sms skickar mig alla detaljer om var i Singapore den här bostaden ligger och den exakta adressen, telefonnummer till dina vänner och så vidare. Vad heter de?

– Ingrid och Calle. Håborg.

– Och så yppar du inte ett ord till dem om det här samtalet. Och inte till någon annan heller. Okej?

– Inga problem.

– Stort tack. Jag hör av mig.

Sjöberg tryckte av samtalet och mötte tre nyfikna blickar.

– Dewi är i livet, sa han med ett skevt leende.

– Det var som fan, utbrast Andersson. Och bor i Singapore?

– Precis, nickade Sjöberg. Och du, Loddan, följer med mig dit.

– Visst, sa Andersson, jag är på. När åker vi?

– Så fort som möjligt. Redan ikväll om det går. Du går och ordnar med flygbiljetter och hotell.

– Ögonaböj, sa Andersson och skyndade iväg därifrån med ett leende på läpparna.

– Och vi? undrade Westman. Ska vi åka ut till Älvsjö och skära ner Adrianti Erlandsson?

– Fort som ögat. Öppnar hon inte så går ni in. Utan order om husrannsakan, det är nödfall. Sedan åker ni och plockar in Staffan Jenner för förhör. Var fan är Hamad?

– Han … hade visst ett viktigt ärende att uträtta, svarade Westman. Ska jag ringa in honom?

Sjöberg tänkte efter ett ögonblick innan han svarade.

– Äh, låt honom vara så är han utvilad imorgon.

– Hur gör vi med Jenner? undrade Sandén. Går vi in hos honom också om han inte öppnar?

– Absolut inte. Vi har ingenting på honom än så länge.

– Misstanke om mord och eller anstiftan till mord? föreslog Sandén.

– Fria spekulationer, fnös Sjöberg.

– Så hur gör vi imorgon? frågade Westman.

– Söker av området kring den där positionen i Huddingeskogen med hundar.

– Likhundar?

– Det också. Sandén tar täten där. Gerdin skickar jag inte ut i skogen än på ett tag, så du följer med i stället, Petra. Och ett gäng kriminaltekniker, om ni skulle hitta något. Hamad och Gerdin håller ställningarna här.

Andersson kom tillbaka in i rummet med andan i halsen.

– Planet går om en och en halv timme. 18.50 med Lufthansa till

Frankfurt. Vi landar i Singapore 16.55 imorgon, 10.55 svensk tid.

– Bra. Då sätter vi oss i varsin taxi och åker hem och hämtar tandborsten. Och inga jeans nu, Loddan, det här är business.

♣

Jag ser en söt, vänlig, tillgiven och troskyldig flicka. Som de alltid är. Det är så jag har tänkt mig att hon ska vara också, så som alla flickor, alla kvinnor ska vara. Till vardags. Men vore jag en jägare – vilket jag är ibland – skulle jag inte jaga tama djur. Jag skjuter inte kon som fredligt går och betar där på ängen. Eller tiken med sina valpar. Jag skjuter inte hönan som saktmodigt går och pickar på gårdsplanen, och inte heller stoet. Nej, när jag jagar vill jag ha dem vilda, otyglade, frustande, rasande. Jag vill ha motstånd, annars ger det mig ingenting. De ska fly eller anfalla, springa, klösas, slåss och vråla. Ett rytande lejon vill jag ha, eller en fradgande buffel. En gasell kanske?

En gasell är hon, den lilla. Långa, smala, snabba ben som rör sig som trumpinnar på den där cykeln. Hon vänder sig emot mig där jag kommer upp bakom henne, kastar en skrämd blick åt sidan? Varför det? Hon är väl inte rädd för mig? Än? Inga flickor är rädda för mig. Till en början.

Tisdag

Hettan slog emot dem så fort de klev ut på gatan, en fuktig värme som stod i skarp kontrast till den kylda luften inne på hotellet. Temperaturen låg runt trettio grader, precis som under resten av året. Aldrig särskilt mycket lägre, aldrig särskilt mycket högre. De befann sig i princip mitt på ekvatorn. Hotellet där de bodde var ett litet charmigt boutiquehotell med pool på taket, och låg mitt i "business district" på en jämförelsevis lugn gata, snett mittemot det betydligt mer berömda Raffles. Ingenting kunde ha varit angenämare än att bara sätta sig ner med en Singapore Sling efter en lång natts färd mot ytterligare en natt. Men trots att solen redan försvunnit någonstans bakom skyskraporna här hade arbetsdagen bara hunnit börja där hemma.

Åsa hade inte blivit till sig av glädje när Sjöberg kommit inrusande i lägenheten föregående eftermiddag bara för att plocka åt sig några skjortor, lite underkläder och sitt pass. Det var hennes första arbetsdag efter ett långt och härligt sommarlov. Steget från sommarparadiset i Bergslagen till en full arbetsvecka som gymnasielärare, och dessutom som tillfälligt ensamstående mor till fem barn, var kanske något överdrivet, det höll Sjöberg med om. Men nu var det som det var, och Åsa bet ihop. Och Singapore var ett shoppingparadis av guds nåde, så både hon och barnen skulle nog få sitt.

Alldeles intill hotellet låg en kinesisk sylta, med enkla bord och stolar utanför på gatan. Där satt de en stund och insöp den asiatiska atmosfären med en öl och en skål med gudomliga nudlar, som inte på minsta sätt påminde om någonting man kunde beställa på kinarestaurangerna där hemma. Sjöberg studerade kartan han fått i receptionen och konstaterade – vilket conciergen för all del redan upplyst honom om – att taxi nog var det lämpligaste transportmedlet för nyduschade europeiska turister. Det var dessutom billigt, med svenska mått mätt.

Andersson hade sina funderingar angående om det de nu åt var frukost, lunch eller middag, och gemensamt kom de fram till att de skulle betrakta det som lunch tills vidare. Huruvida någon middag skulle komma ifråga fick framtiden utvisa. De kände sig hyfsat pigga efter att båda två ha lyckats skrapa ihop nästan åtta timmars sömn under flygresan. Förmodligen skulle de utan några större problem kunna trycka i sig ytterligare ett mål mat innan det var läge att gå och lägga sig.

När måltiden var avslutad promenerade de Seah Street fram i maklig takt – i ett fruktlöst försök att hålla skjortan torr – till den tungt trafikerade North Bridge Road. Efter att under en tuff ordväxling ha lyckats värja sig mot några seniga cyklister, som till varje pris skulle ha dem till att åka cykelrickshaw, lyckades de slutligen klämma sig in i en ordinär taxibil.

Färden gick till ett mindre centralt område som dock fortfarande låg i själva staden. I lika hög grad som citykärnan bestod också den här stadsdelen av skyskrapor, med låga vita kolonialbyggnader insprängda bland allt det moderna, och även ett och annat litet grönområde. Hur konstigt det än kunde låta så verkade singaporianerna värna om sina parker, trots att de byggde på höjden och till och med ute i vattnet på så kallat ”reclaimed land”, det vill säga mark som konstruerats i havet runt omkring.

Balmoral Crescent var ett komplex av eleganta tjugosjuvåningshus, inramat av smakfulla rabatter, vackra stensättningar och små porlande vattenfall. Innergården var en mindre park, med gräsmattor, buskar och tuktade träd, simbassänger och tennisbanor, sittgrupper, solstolar och parasoller – enkom för de lyckligt lottade som hade råd att bo här. Sjöberg och Andersson tog hissen upp till tolfte våningen där de togs emot av Ingrid Håborg, en kvinna i femtioårsåldern med rödlätt lockigt hår, ungdomlig kropp som tycktes gjord för att hänga snygga kläder på och en naturlig solbränna som bara är dem förunnat som vistats länge i tropikerna. Några timmar tidigare hade hon varskotts om att de skulle komma, dock utan att få reda på varför. Hon frågade med viss oro i blicken om hon kunde bjuda på något, men de tackade artigt nej och blev stående i hallen, som bara den avslöjade en hel del om vad som väntade om man tog ytterligare några steg in på mahognyparketten.

– Det var bussigt av dig att ta emot oss, sa Sjöberg med ett avväpnande leende. Och du behöver inte oroa dig, ingenting har hänt. Vi är inte här för din skull överhuvudtaget.

Hon såg med visst tvivel från den ene till den andre, men när Sjöberg förklarade sitt ärende slappnade hon av.

– Vi har fått upplysningar om att Dewi Kusamasari bor här i närheten, vad kan du berätta om henne?

– Åh, jag har inte pratat med henne på åratal. Jag jobbade tillsammans med hennes styvfar här i Singapore, vid den tiden då han träffade hennes mamma. Men då umgicks vi en hel del, härlig unge. Jag ... Jag hörde om Svempa, en förskräcklig historia ...

– Så du har inte träffat henne på tretton år?

– Jodå, Calle och jag hälsade på dem hemma i villan i Älvsjö när vi var i Sverige för ... en fem sex år sedan. Dewi gick på gymnasiet då.

– Och nu bor ni grannar – sedan hur lång tid då?

– Jag vet faktiskt inte riktigt, sa Ingrid Håborg eftertänksamt. Sedan flera år i alla fall.

– Men ni har inte pratat med henne?

– Saken är den att hon är lite hemlighetsfull av sig. Vi kallar henne Greta Garbo. Ja, lite skämtsamt så där. Hon brukar ha en stor solhatt på sig när hon går ut, och stora mörka solglasögon. Vi trodde att hon var koreanska eller japanska. Tills jag såg henne i poolen en dag för ett tag sedan. Utan vare sig hatt eller solglasögon.

– Men du talade inte med henne?

– Nej, jag var på balkongen när jag fick syn på Dewi. Jag ville ju inte ställa mig och skrika precis. Jag tänkte att jag skulle prata med henne nästa gång vi sågs.

– Var bor hon, vet du det?

– Högst upp. Jag funderade på om jag skulle ringa på faktiskt, men ...

– Men? sa Sjöberg uppfordrande.

Ingrid Håborg bytte fot.

– Ja, vi har ju mötts många gånger och hon har inte hälsat. Så hon minns oss antagligen inte. Då verkar det kanske lite väl framfusigt att ringa på. Och det är ju alltid lite jobbigt att hälsa på någon när man inte är igenkänd ... Ja, ni vet, man måste börja med att förklara vem man är. Men jag ska ge mig till känna nästa gång vi springer ihop, det ska jag.

– Vet du någonting mer om henne? frågade Andersson. Arbetar hon? Bor hon tillsammans med någon?

Ingrid Håborg slog ut med armarna och skakade på huvudet.

– Man vet ingenting om henne, det är ju det som är så märkligt. Det står Yuan på postlådan, så det är möjligt att hon är gift. Men någon man har jag inte sett till. Och själv arbetar jag på dagarna, så jag har ingen aning om vad hon har för tider.

– Men du är hundra på att det är hon? frågade Sjöberg för säkerhets skull.

– Ja, herregud, det ser man ju på foten om inte annat. Den ser ju ... lite speciell ut.

♣

Det duggregnade när de trängde sig fram genom skogen, men Sandén hade en hel drös av folk framför sig, så han slapp i alla fall göra grovjobbet. Det var nära nog en stig han gick på den här dagen, i hälarna på Hansson och två av hennes mannar från kriminaltekniska, Westman, fyra uniformerade konstaplar och en hundpatrull. Den här gången, när han visste hur långt de hade att gå, kändes det inte lika ansträngande. Det var något med den där ovissheten rörande avstånd och tid som lade sten på börda. Fångar utan tidsbestämda straff mådde sämre än de som visste att de skulle sitta i en halv livstid. Man inrättar sig, har åtminstone något avlägset som hägrar i framtiden.

När de passerade berghällen där Gerdin och han suttit ner en stund och vilat kände han hur det gick en rysning genom kroppen. Han borde ha reagerat omedelbart – så här i efterhand var det uppenbart att hon mådde riktigt risigt redan då. Blek och kraftlös, oinspirerad och helt utan den där glimten i ögat som normalt sett aldrig lämnade henne. Men som hon hade stretat. Med tanke på hur mycket blod hon förlorade var det ju rena undret att hon ens kunde stå på benen. Men det som förvånade honom mest var hans egen beslutsamhet och ork. Han kände inte igen sig själv i det där sättet att ta tag i situationen, att flytta berg när det behövdes. Han hade väldigt svårt att ta till sig det faktum att det faktiskt hade hänt, och skulle förmodligen aldrig mer lyckas mobilisera sådana krafter. Hoppades att han inte heller skulle få anledning att göra det.

När de var framme vid den punkt som Gerdin hade utgått ifrån när hon ritat upp sin imaginära cirkel rådde en spänd stämning bland alla inblandade. Här var de nu alltså. Med blandade känslor för vad de egentligen ville utverka. Bortsett från hundarna, som drog i kopplen. De ville nå resultat. Det åskade någonstans i fjärran, men några blixtar syntes inte till, och än så länge var den molntunga himlen inte särskilt dramatisk. Det var ett stilla sommarregn, helt onödigt med regnkläder egentligen, men de skyddade mot grenarnas pisksnärtar. Och mot fästingar i bästa fall. Men det var som en ångbastu i regnstället.

– Detta är alltså den angivna positionen, sa Sandén. Felmarginalen kan enligt uppgift ligga runt en femtio sextio meter. Så vi mäter upp ett cirkelformat område med en diameter på hundratjugo och söker inom det. Hittar vi inget så utvidgar vi området. Jag har ingen aning om vad det är vi letar efter egentligen, eller ens om vi är på rätt ställe. Det skulle kunna röra sig om knark, vapen, tjuvgömmor eller döda kroppar. Men den som söker skall finna. I bästa fall. Eller sämsta. Nu kör vi.

Så drog de iväg åt varsitt håll allihop, stegade upp sina sextio meter på lagom avstånd från varandra och med hundarna jämnt utspridda över cirkelsektorerna. Sandén gick med metalldetektor. Han började i cirkelns ytterkant och arbetade sig inåt, svepte noggrant över marken till höger och vänster innan han tog ytterligare ett steg i riktning in mot cirkelns mitt. Studerade allt han passerade med skärpa. Kunde någon ha grävt här? Han kröp under trädstammar, lyfte på nedfallna grenar, baxade undan mindre stenblock och plöjde sig fram genom täta busksnår. Ingenting. Och så samma sak ut igen, med några graders förskjutning i riktningen. Instrumentet gav inte ett pip ifrån sig.

När han på sin andra vända hunnit nästan halvvägs in mot cirkelns mitt och arbetade bara ett tjugotal meter från en av hundförarna gav metalldetektorn plötsligt utslag. Hunden blev ivrig, slet och ryckte i kopplet och ville dit.

– Ja, kom igen då, Bullen, är det något där borta? Ska vi gå och kika? Pass på, sa hundföraren uppmuntrande till springer spanieln, och lät sig dras med bort till Sandén som stod och skrapade i mossan med foten.

Hunden slet som besatt i kopplet, sprang i halvcirklar runt Sandén, skällde och piskade med svansen.

– Det är något här, eller hur? frågade Sandén dumt. Reagerar han så där på metaller?

– Nix, svarade hundföraren. Han markerar lik.

♣

Själv är jag mer som en elefant. Lugn, trygg, lojal, ansvarsfull. Jag kan gå där i månader, år, och inte ägna mig åt något annat än jakten på föda och omsorgerna om de mina. Och de honor jag omger mig med är dugliga kreatur. Jag är noggrann när jag gör mina val. De vet vad jag kräver av dem och de ställer upp på det, det ingår så att säga i affären. Det är bra. Lite tråkigt, men bra.

Så kommer brunstperioden. Då händer det något i kroppen, i huvudet. Det där raseriet kommer över mig, förtvivlan över att det inte alltid kan vara så som jag vill ha det. Då måste jag ha något som inte bjuds. Så jag ser till att få det. Jag har planerat länge, vet precis vilket som är det svagaste djuret i flocken, det som är lättast att nedlägga. Det är hon som är allra räddast, som skriker högst med skräcken målad i ansiktet. Henne ska jag ha. Och hon ska skrika länge och högt, det ska göra ont.

Och där satt hon nu på cykeln och såg på mig med sina stora rädda rådjursögon. Hon hade lämnat flocken, cyklade omkring helt oskyddad från allt och alla. Och varför skulle hon tacka nej? Mig kan man lita på. För jag utstrålar trygghet. Kärlek. Så jag lade in hennes cykel i bagageutrymmet och satte flickungen i framsätet. Hon tyckte bara det var trevligt.

– Jag ska visa dig ett ställe där det är mycket roligare att cykla, sa jag. Där finns inga bilar, inga faror. Men det blir ett spännande äventyr.

Jag körde henne bort till skogen där jag lekte som barn, parkerade en bra bit från bebyggelsen och så följde vi kraftledningsgatan en bit in i skogen, och därefter röjde vi väg själva. Jag bar cykeln och hon sprang framför mig och tjattrade.

Tills vi var nästan framme. Utom synhåll för omvärldens misstrogna blickar.

Nu ville jag inte ha henne så längre, nu ville jag jaga. Det var enkelt, bara att slå. Jag slog henne i ansiktet, hon blev ledsen först och grät. Sedan röt jag och slog hårdare, höll i henne så att hon skulle bitas, klösa sig loss, vråla och skrika. Sedan lät jag henne löpa en bit. Hon var så liten, jag var ikapp henne på ingen tid alls. Men jag lät henne springa i tron att det fanns en möjlighet att hon skulle lyckas ta sig därifrån. Hon ramlade, slog upp knäna, trasade sönder kläderna, men det var så jag ville ha henne, som ett vilddjur.

Till slut orkade hon inte längre, gav upp. Låg bara och grät på marken, otröstlig. Hela hennes väsen bad mig att jag skulle ta henne, göra vad jag ville med henne.

Så jag gjorde det.

Hon bad om det, den lilla horan.

Jag kastade upp henne över axeln och bar henne till jordkällaren. Hon gjorde inget motstånd längre, lät sig kastas in i mörkret och kylan. Sedan förvarade jag henne där, att återvända till när andan föll på.

I min egen skattgömma.

♣

De tackade så mycket för hjälpen och tog hissen ända upp till översta våningen, den tjugosjunde.

– Är det här en skyskrapa? undrade Andersson på sitt finurliga vis. Eller bara ett vanligt höghus? Tjugosju våningar är rena skämtet i Singapore.

– Skatteskrapan är en skyskrapa, konstaterade Sjöberg. Det hörs ju på namnet. Och den har tjugosex.

De ringde på dörren, men inifrån hördes inte ett ljud. Det var en chansning, det var de väl medvetna om. Ingenting talade för att hon skulle vara hemma. Klockan var halv åtta, hon kunde knappast ha gått och lagt sig. Men hon kunde jobba natt och hon kunde vara ute och festa på någon av kajerna, som alla andra västerlänningar enligt vad taxichauffören berättat. Det kunde också vara så att hon stod och såg på dem genom tittögat och bestämde sig för att inte släppa in dem. Den unga kvinnan verkade ju tämligen ljusskygg, om man fick tro Ingrid Håborg.

Men så hördes det plötsligt ett pipande ljud där inifrån, vad nu det kunde betyda. Flera pip och därefter rassel som från en kedja. Och så öppnades dörren.

– Hej, Dewi, sa Sjöberg med ett vänligt leende. Jag heter Conny Sjöberg och kommer från Hammarbypolisen i Stockholm.

Nyfiket mötte honom ett par pigga, mörkbruna ögon. Hon kastade en blick på polislegitimationen i hans hand och såg sedan på Andersson. Just som han öppnade munnen för att presentera sig, förekom hon honom.

– Och du måste vara Odd Andersson, känd från Idol 2008.

Andersson kom alldeles av sig och såg rent fånig ut där han stod med halvöppen mun utan att få fram ett ljud.

– Så du följer den svenska nyhetsrapporteringen från andra sidan jordklotet? sa Sjöberg roat.

– Bara de allra viktigaste nyheterna, svarade Dewi, nu med ett brett leende i ansiktet. TV4Play, vet ni. Kom in.

Så tog hon ett steg åt sidan och släppte in dem med en välkomnande gest. I ena handen hade hon en krycka som hon lutade sig emot. Sjöberg vågade inte sänka blicken, han fick ont i foten bara han tänkte på den där krosskadan.

– Man tar väl av sig skorna? frågade Andersson med en tveksam blick åt Sjöbergs håll.

– Känn er som hemma, svarade Dewi och stängde dörren bakom dem, lade på dubbla säkerhetskedjor och tryckte in en sexsiffrig kod på en panel på väggen.

Sedan linkade hon iväg inåt lägenheten, som i varje fall i hallen påminde en hel del om den de nyss besökt.

– Känner du dig jagad? vågade sig Sjöberg på att fråga.

– Du tänker på alla låsen? svarade Dewi som lät allt annat än jagad. En gammal vana bara.

De följde efter henne fram till ett räcke, och framför och nedanför dem öppnade sig ett fantastiskt rum – eller snarare en sal – med uppskattningsvis sju meter i tak. Rummet upptogs av en elegant soffgrupp som såg synnerligen bekväm ut, bakom den hängde smakfull asiatisk konst och på den motstående väggen tronade en 60-tums platt-tv. Rakt fram, sett från där de stod, öppnades skjutbara glasdörrar ut mot en stor balkong med prunkande växter, vädertåliga rottingmöbler och en hisnande utsikt över skyskrapor, grönområden och vatten.

– Ska vi sätta oss? föreslog Dewi.

– Det låter som en god idé, tyckte Sjöberg, som hade en underlig känsla av att de var väntade.

Den unga kvinnan visade inga som helst tecken på nervositet. Hon ledde dem vidare förbi ett modernt utrustat kök som Sjöberg gissade var i miljonklassen, genom en matsal med stilfulla möbler i avskalad indonesisk stil och nedför en trappa i samma parkett som de övriga golven på övervåningen.

– Ute eller inne?

– Ute verkar ju helt fantastiskt, sa Sjöberg. Vilken utsikt.

– Vad får jag bjuda på? Te? Eller ett glas vin kanske?

– Mineralvatten blir bra, svarade Sjöberg. Vi är här å tjänstens vägnar.

– Oj, det låter allvarligt, sa Dewi med ett behagligt litet skratt.

Hela hon var behaglig. Söt som en docka med en mild och vacker röst, axellångt, gnistrande svart hår och livliga, intelligenta ögon.

De följde efter henne ut på balkongen där hon visade dem på varsin rottingfåtölj med mjuka dynor. De stora blockljusen på bordet var redan tända, så Sjöberg drog slutsatsen att det var här hon hade hållit till när de ringde på. Ur ett kylskåp på balkongen plockade hon fram varsin flaska kolsyrat vatten åt dem, tre kylda glas och en skål med is, innan hon sjönk ner i en fåtölj mittemot dem med ett strålande leende på läpparna.

– Bor du ensam här? frågade Andersson.

Dewi nickade till svar.

– Du måste ha väldigt gott om pengar?

– Det går ingen nöd på mig, medgav hon.

– Hur livnär du dig?

– Är det ett förhör det här, eller vad är det frågan om egentligen? undrade Dewi, fortfarande leende.

– Ja, det får vi nog lov att kalla det, tog Sjöberg vid. Hur livnär du dig?

– Poker, svarade Dewi Kusamasari. Jag spelar nätpoker.

♣

Det hade blåst upp. Medan hundförarna sökte vidare efter ytterligare markeringar från sina väldresserade djur ägnade sig övriga poliser åt att gräva. Och det var ett inte helt okomplicerat jobb. Det var hårt i marken och både träd och buskar hade låtit sina rötter pressa sig fram genom jordlagren de hade att ta sig förbi. Det måste vara åratal sedan någon grävde här senast. Förhoppningsvis minst åtta år sedan, tänkte Westman. Men den som gjorde det hade gjort ett gediget arbete. Efter att de grävt sig en och en halv meter ner i marken dök det upp ett cykelstyre. Det bådade inte gott. Det vände sig i magen på henne, men det var bara att fortsätta.

Under ödesmättad tystnad grävde sig nio poliser vidare ner i underjorden tills cykeln var uppe. Det var en röd cykel i en storlek som såg ut att passa en elvaåring. Och hjälmen låg där också. Med försiktigare spadtag fortsatte de sedan att göra det som måste göras, några av dem grävde djupare och de övriga sidledes för att vidga gropen. Regnet tilltog och himlen ovanför trädtopparna lystes plötsligt upp av en blixt. Westman räknade till åtta innan hon hörde åskan mullra. Hansson beordrade dem att spänna upp ett undersökningstält över området där man grävde.

Tio minuter senare blixtrade det överallt omkring dem, i varje väderstreck. Regnet smattrade mot tältduken och det var ett nästan öronbedövande oväsen för dem som jobbade där innanför. Men det var ingen som klagade, man arbetade sammanbitet vidare med små känsliga spadtag för att när som helst kunna hejda sig i rörelsen om man stötte på något skört. *När* man stötte på något skört.

Och det gjorde man också, efter ytterligare ett par minuter. Någon halvmeter från cykeln, på ungefär samma djup. Han orkade inte gräva djupare än så, tänkte Westman. Han grävde en vidare grav i stället, det var enklare än att stå nere i gropen och gräva. Men när Hansson en stund senare med bara händerna grävt fram tillräckligt mycket av kroppen, och borstat bort de sista jordresterna ur det som var kvar av ansiktet på den döda människan, stod det klart för dem att detta inte kunde vara Larissa Sotnikova. Det var en kvinna. Att döma av skelettets storlek och det som fanns kvar av hennes kläder var det möjligen en mycket ung kvinna, men inte en späd elvaåring. Rebecka Magnusson, tänkte Westman uppgivet.

Men någonstans måste också Lara finnas. Så man fortsatte att gräva. Och strax under den plats där cykeln legat uppenbarades snart resterna av ytterligare en kropp. Denna gång rörde det sig tveklöst om en liten flicka. Det lät som om blixten slog ner någonstans alldeles i närheten.

Och nu började också hundarna skälla en bit bort. Fler kroppar, tänkte Westman.

– Vi befinner oss på ett jävla gravfält, sa hon till Sandén.

♣

Hon var en fantastisk leksak. Underbara lilla Lara. Men underbart är kort. Jag insåg inte hur lite de tål, sådana där små. Jag åkte dit med mat åt henne, såg till att hon inte behövde frysa. Hon låg mjukt på madrassen och jag tömde hinken när jag var på besök. När jag misshandlade henne gjorde jag det med stor försiktighet, hon skulle ju finnas där för mig, länge. Jag släppte till och med ut henne några gånger, men då orkade hon inte springa längre, orkade knappt stå på benen.

Det var då jag insåg att det var dags att börja gräva. När den dagen kom var det bäst att vara förberedd. Och den kom fortare än man hade kunnat gissa. I två veckor kunde jag ha henne, min lilla gasell. Sedan var det slut på det roliga.

Men fram till dess njöt jag i fulla drag. Så ofta jag hade möjlighet tog jag mig dit ut, till min skattgömma. Blodet rusade i ådrorna när jag lyfte bort rishögen, låste upp hänglåset och klättrade ner till henne där hon låg och tryckte sig mot väggen med uppspärrade ögon. I början skrek hon, gjorde motstånd, men ju längre tiden led desto mer fick jag plåga henne för att hon skulle protestera.

Annars vore ju allting förgäves.

De sista dagarna fick jag knappt liv i henne överhuvudtaget. Hon opponerade sig inte, öppnade inte ens ögonen. Därför var det lika bra det som skedde. Den allra sista gången fick jag fantisera. Det räcker inte, duger inte på långa vägar. Men jag ville äga henne en sista gång. Jag tänkte att hon ändå hade det där vilddjuret kvar inom sig, låtsades att hon kämpade emot. Jag skakade henne, slängde henne ner på madrassen och tog det jag ville ha.

När jag var färdig andades hon inte längre.

Graven var redo att ta emot henne och jag kände mig tom inombords. Lite melankolisk.

♣

Hamad var utsövd. Visserligen hade Petra jagat tillbaka honom i tjänst föregående eftermiddag – trots att Sjöberg tydligen uttryckligen hade sagt ifrån – men det hela var snart avklarat. Efter påringningen på Blåklintsvägen i Herrängen hade han och Petra tillsammans åkt hem till hans lägenhet i Årsta, ägnat några timmar åt varandra och sovit. Och sedan ägnat ett par timmar åt varandra igen. Men han hade fått tillräckligt med sömn. Tillräckligt med energi för ett helt regemente.

Adrianti Erlandsson och Staffan Jenner var vuxna människor båda två, och ingen av dem hade några konkreta hot eller brottsmisstankar riktade emot sig. Därför var de i sin fulla rätt att befinna sig var de ville, när de ville. Och personligen hade han svårt att tro att Adrianti skulle ta sitt liv innan man gått till botten med vad som hade hänt med Dewi.

Det var helt andra saker som upptog Hamads tankar. Han satt nämligen med Sven-Gunnar Erlandssons iPhone i handen och gick post för post igenom hela kontaktlistan. Någonstans här skulle han hitta det han sökt efter i ett och ett halvt år, det var han övertygad om. Det han skulle bygga sitt case på. Han bläddrade sig ner bland kontakterna och jämförde med de anteckningar han fört i förra veckan, då han sett över Erlandssons utgående och inkommande samtal. Här fanns SEB-interna nummer, mobil- och hemnummer till arbetskamrater, fotbollsföräldrar, fotbollstjejer, familjemedlemmar. Ofta innehöll posterna både telefonnummer, gatuadresser och e-postadresser. Staffan Jenner fanns naturligtvis där, Lennart Wiklund och Jan Siem likaså. Han hittade också kontaktuppgifter till hantverkare, pianostämmare, tandläkare, bilverkstad och annat som då och då behövde anlitas. Alla med namn, nummer, e-postadress och eventuellt också gatuadress.

Utom ... ”Byggmästaren”? Vem i helvete var byggmästaren som varken hade något namn eller någon adress? Eller ”Magistern”? ”IT-gurun”? Och vem var ”Kommunalrådet”?

Hamad lyfte luren och ringde Telia som gav honom beskedet att ”Byggmästarens” nummer tillhörde ett kontantkortsabonnemang. Något annat hade han heller inte väntat sig. Även ”Magistern" och "IT-gurun" ringde från ospårbara kontantkort. Givetvis.

Och så var det "Kommunalrådet". Han hette Lars Karlsson och var hemmahörande i Huddinge. Och var uppenbarligen en fullständig idiot, om det var som Hamad misstänkte. Strax var det bekräftat att han mycket riktigt också var kommunalråd. Tyvärr visade han sig dessutom vara ordförande i skolnämnden.

När han några minuter senare hade loggat in sig i misstankeregistret kunde han bara slå fast att kommunalrådet var mer idiotiskt än Hamad någonsin kunnat önska sig. Han var nämligen skäligen misstänkt för försök till sex med minderårig. Tillsammans med en mellanstadielärare – kunde det vara "Magistern" månntro? Femtonhundra kronor var vad kommunalrådet hade varit beredd att betala för att den politiska karriären skulle vara ett minne blott, för att familjen och vännerna skulle vända honom ryggen.

♣

– En skogskyrkogård, muttrade Sandén när han och Westman smet ur tältet, ut i ösregnet för att söka rätt på hunden som gett skall.

Det var skymningsdager där utanför, ett helvetiskt regnande, men åskan tycktes ha dragit förbi.

– Det är syndafloden, sa Westman. Som ger sig på fel personer.

Det lät som om flera hundar skällde nu, men det måste vara en bra bit bort, utanför sökområdet. De såg inte skymten av några poliser och skallen var avlägsna. De följde det ilskna ljudet, slog sig fram genom den täta vegetationen, klättrade över ett omkullfallet träd, kröp under ett annat. Fanns det möjlighet tog de sig småspringande fram mellan träden, snavande i blåbärsriset. Ibland fick de ta omvägar förbi stora stenblock som kastats ut av urtida krafter. Vad gjorde hundpatrullen så långt bort, hade de släppt hundarna lösa?

Till slut fick de syn på dem, de befann sig på en lite öppnare plats, en skogsglänta där träden dragit sig tillbaka. I en cirkel stod de allihop, samlade runt någonting på marken. Hundarna hade lugnat ner sig nu och strök förväntansfullt omkring med spetsade öron och betraktade en av förarna som stod på huk och arbetade med något. I handen hade han ett verktyg av något slag, när Westman och Sandén kom närmare såg de att han satt och försökte klippa av en tjock kedja med en bultsax.

Springer spanielns förare informerade dem om att hundarna markerat vid en stor rishög, som man hade flyttat på. Under grenarna hade två överlappande metalluckor, som man nu arbetade med att få upp, uppenbarat sig. Kedjan var länkad till ett rejält hänglås och hade dragits mellan två byglar som tillhörde luckorna. Knackade man så ekade det där nedifrån.

– Det måste vara en gammal smuggelgömma, konstaterade en av poliserna.

– Här kanske vi hittar orsaken till kropparna där borta, sa Sandén hoppfullt.

– Eller något bättre, sa den hukande polisen, som i samma ögonblick med en grimas lyckades dela kedjan i två delar, dra den ur byglarna och slita upp luckorna. Upp emot dem slog en fruktansvärd stank, men han svingade sig vigt ner genom öppningen och landade med en duns på jordgolvet.

– Men vad fan ..., hördes det där nedifrån.

Ett desillusionerat mumlande. Några sekunders tystnad, sedan ett helt annat tonfall.

– Det ligger en människa här nere! ropade han. En ung tjej! Jag vet fan inte om hon lever, men jag kommer upp med henne, ni får vara med där uppe!

Så hörde de ett stön och strax syntes han i öppningen med flickan i famnen. Två par händer sträcktes ner emot honom, tog den lealösa kroppen under armarna och lyfte. Hon tycktes lätt som en fjäder när de drog upp henne ur underjorden och lade henne på marken vid sidan av den plats där hon tillbringat de senaste fem månaderna av sitt unga liv. För detta var definitivt Rebecka Magnusson. Utmärglad och fullkomligt sönderslagen. Men hon levde.

En halvtimme senare gick Sandén och Westman över jordkällaren i sällskap av två av Hanssons tekniker. Snabbt hade man ordnat med ambulans, och Sandén hade för andra gången på kort tid lyckats med bedriften att leverera en livlös kropp till ambulanssjukvårdarna i Glömsta. Denna gång var han dock inte ensam, utan hela hundpatrullen hade hjälpt till, så de hade nått ambulansen på bara tio minuter.

Jordkällaren var en svinstia. Hinken som flickan använt som avträde var full, och exkrementerna hade flutit ut på golvet. Stanken var kväljande. Sandén föreställde sig hur hon slutligen hade gett upp. Under fem månader hade hon fått regelbundna besök av en man som misshandlade och med all sannolikhet också våldtog henne. Utan hopp om frigivning. Ett straff som inte var tidsbestämt. Nu hade han lämnat henne att dö. Det fanns inte längre någonting att äta. Vatten fanns det fortfarande kvar i en tioliters plastdunk, men av det hon fått att äta återstod bara tomma förpackningar. Hon var uttjänt, inget att behålla längre, så han lät henne självdö. Det hade varit mindre omänskligt att skjuta henne.

Och de andra offren för den här mannens lustar, hur lång tid hade det tagit för dem innan det var över? Lilla Lara, bara elva år gammal? Han orkade inte tänka på hur hon hade haft det under sina sista månader i livet. Eller rörde det sig bara om veckor, kanske rent av dagar?

På en madrass på golvet hade de tillbringat sin sista tid. Filtar och täcken fanns det gott om, i ett hörn hade någon slängt en stickad tröja. Det hade tydligen räckt för att hålla Rebecka Magnusson vid liv, hon som tillbringat delar av vintern här. Avsikten var alltså att hålla liv i dem så länge som möjligt, i alla fall så länge han hade användning för dem. Bredvid madrassen låg en ficklampa. Det var det lilla ljus de hade haft. Och tog batterierna slut fick de vara helt utan. Det måste ha varit fruktansvärt. Fruktansvärt ensamt.

Det blixtrade till emellanåt när en av teknikerna fotograferade. Den andra arbetade med att samla bevis. Hår, blod, kroppsvätskor, fingeravtryck. Blod hade de redan hittat på mängder av ställen i det ogästvänliga rummet. Frågan var bara vems. Hur många hade de varit, de som mist livet här? Rörde det sig bara om de två som de funnit resterna av eller fanns det fler? Fanns det fler gravar där ute, fler offer för den sjuke jäveln som hade gjort det här? Och vem var den okända kvinnan som delade grav med Larissa Sotnikova? Var hon saknad av någon? Det kanske de aldrig skulle få veta. För den som hade gjort det här visste vad han gjorde. Han specialiserade sig på de svagaste och mest utsatta i samhället, de som saknade skyddsnät, de som inte saknades av någon. Så där jättemycket. De som just inte dög någonting till och som därför kunde undvaras utan att det gjorde så mycket. Han var en riktig cyniker med andra ord. En feg cyniker med ett enda för ögonen: att tillgodose sina egna perversa behov.

– Kom hit så ska ni få se, sa Westman.

Hon hade dragit ut madrassen en bit från väggen och låg på knä och studerade en trälist på golvnivå. Sandén satte sig på huk vid hennes sida. Trots att de hade satt upp starka lampor i rummet såg han inte vad hon syftade på förrän hon riktade en LED-ficklampa rakt emot listen.

– Jag drog fingret över trät, sa Westman. Annars hade jag aldrig upptäckt det. Det är väldigt smått och väldigt grunt. Någon har ristat här.

– Det är bara några streck, sa Sandén.

– Jag tror att det är bokstäver. Kyrilliska bokstäver.

Sandén såg frågande på Westman. Så ramlade polletten ner.

– Ryska bokstäver, menar du? Är det lilla Lara som har legat här och karvat?

Westman nickade tankfullt och såg sig omkring. Löpte med blicken över väggar och golv, sängkläder och skräp. Skakade sedan på huvudet.

– Ingenting, sa hon. Det finns ingenting här som hon hade kunnat använda. Jag tror att hon gjorde det med naglarna.

– Det måste ha gjort jävligt ont, suckade Sandén.

– Det måste ha varit jävligt viktigt, sa Westman.

♣

Men sådan är jag nu en gång för alla. Var och en står sig själv närmast. Jag vill våldta, behöver våldta för att livet ska kännas meningsfullt. Och vad gör det? Fnask som fnask. Kvinnor är horor av naturen, kamouflerar det bara på mer eller mindre uppenbara sätt. Och den där ryska flickan, min lilla gasell, vad skulle det ha blivit av henne? En hora naturligtvis. En föräldralös barnhemsunge och från Ryssland dessutom. Nu finns hon inte längre, kommer inte att ligga samhället till last mer. Jag saknar henne naturligtvis, på mitt eget sätt, men det var ju oundvikligt att det gick som det gick.

Men mister du en så står dig tusen åter. Hon var inte den enda. Jorden är full av kvinnor och flickor som ber om att bli våldtagna. Man kan till och med betala för det, och visst duger det till nöds. Men tjusningen är inte riktigt densamma som när man lurar sitt byte i en fälla.

Larissa Sotnikova. Hon gav mig allt jag någonsin kunde drömma om.

Men Adrianti, det rutinerade gamla ludret. Hon försökte till en början. Ställde upp på precis allt man bad om. Det gjorde ont och hon grät och ojade sig, men lät det ändå hända igen. Och efteråt det där beskäftiga leendet, den där vädjande blicken som ber om bekräftelse. Det står mig upp i halsen. Jag tål knappt att se människan, känner bara förakt. Illamående.

Förr eller senare kommer jag att slå ihjäl henne. Det är ofrånkomligt.

♣

– Poker? sa Sjöberg häpet och utbytte en hastig blick med Andersson, som såg lika förvånad ut. Livnär du dig på att spela poker?

Dewi Kusamasari nickade troskyldigt och lade en isbit i botten på sitt glas.

– Och med det finansierar du allt det här? fortsatte Sjöberg med en rörelse i riktning in mot lägenheten.

Hon nickade igen och slog upp vatten i glaset.

– Jag trodde att det var mycket rigorösa bestämmelser kring uppehållstillstånd och långtidsvisa i det här landet. Som till exempel att man måste ha en fast anställning.

– Det är det också, svarade Dewi, men medborgarskap är naturligtvis det enklaste sättet.

– Menar du att du är singaporiansk medborgare? Då är du alltså gift med en singaporian?

– Nej, skrattade Dewi. Inte ens då är det säkert att man får medborgarskap, och dessutom tar det i så fall många år. Jag blev medborgare i landet när min biologiska pappa erkände faderskapet.

– Åh. Och det gjorde han så där bara? undrade Sjöberg och knäppte med fingrarna.

– Jag kan vara ganska övertygande när jag sätter den sidan till. *I gave him an offer he couldn't refuse.* Han är finansman, ägnar sig åt olika typer av investeringar. Han erkände faderskapet och lånade mig en summa pengar. Vilket jag kompenserade honom väl för när jag hade fått ihop tillräckligt på egen hand.

– Det var som fan, utbrast Andersson som hade svårt att dölja sin förtjusning.

– Vet du varför vi är här? frågade Sjöberg.

– Det tror jag att jag har en idé om, ja.

Sjöberg studerade henne i skenet från stearinljusen under några sekunder, hoppades att hon skulle presentera den idén. Cikadorna sjöng intensivt nere på gården, inte ens storstadstrafiken lyckades överrösta dem. Med ögon som glimmade i mörkret såg Dewi tillbaka på honom utan att säga något. Han drabbades av en känsla av att hon låg steget före på något sätt, att han hamnat i mentalt underläge.

– Din styvfar, Sven-Gunnar Erlandsson, hittades död i Herrängsskogen för en dryg vecka sedan, sa Sjöberg. Men det känner du redan till?

– Jag läste om det i tidningen. På nätet.

– Du har ingen kontakt med dem där hemma? I Sverige?

– Nej, det har varit lite skralt på den fronten på sistone.

Sjöberg drack en klunk vatten ur glaset, Andersson gjorde detsamma.

– Is? sa Dewi och sträckte fram ishinken på asiatiskt sätt, med bägge händerna.

– Tack, det är bra. Du skulle inte kunna tänka dig att berätta för oss vad som hände?

Hon vandrade med blicken från Sjöberg till Andersson och tillbaka igen. Ett litet leende spelade hela tiden i hennes ansikte. Sjöberg visste inte hur han skulle tolka det, men gjorde sig inga förhoppningar om att frågan han hade ställt faktiskt skulle ge upphov till ett intressant svar. Han misstog sig å det grövsta.

– Var vill du att jag ska börja? frågade hon överrumplande.

Men Sjöberg fann sig omedelbart.

– Varför inte börja från början, föreslog han.

Och Dewi Kusamasari berättade:

Det var en förmiddag i början av augusti 2001. Dewi var femton år gammal, hade nyss fyllt och det var stort. I födelsedagspresent hade hon fått en moped av sin pappa och hon var överlycklig. Den här dagen var hela familjen på fotbollsläger på Mälarhöjdens IP. Utom Ida som låg sjuk hemma i sängen. Men mamma, pappa, Rasmus, Anna och Dewi var på idrottsplatsen. Det hade regnat hela morgonen, så trots att det inte var långt att åka hade hela familjen packat ihop sig i bilen. Sikten var dålig och det kunde vara halt, så den glänsande nya mopeden hade fått stå kvar i garaget hemma på Vaktelstigen. I övrigt spelade det ingen roll att det öste ner. Dewi älskade att spela fotboll, oavsett väder.

Men vid kvart i elva hände det något som Dewi inte hade räknat med. Hon fick mens. Det var en bara några månader gammal erfarenhet för henne och blödningarna var ymniga och oregelbundna. Hon var inte alls förberedd på att det skulle komma och hade inga skydd med sig. Vad skulle hon göra? Smyga sig in i omklädningsrummet och rota igenom de andra flickornas väskor för att se om hon hittade något? Nej, det var inte aktuellt; hon kunde bli påkommen, avslöjad som tjuv. Hon hade kunnat prata med någon lagkamrat, sin mamma eller någon annan av de kvinnliga funktionärerna, men det kändes inte bra. Situationen var fruktansvärt pinsam och hon skämdes för att ta upp det med någon, ville inte att någon skulle veta. Hon kastade en blick på klockan och konstaterade att det bara var en kvart kvar till lunchrasten. Hon kanske skulle försöka uthärda den kvarten och sedan springa hem? Men nej, det skulle inte fungera, under de femton minuterna skulle hon garanterat hinna blöda igenom. Hon vacklade en stund mellan de olika alternativen, men det höll ju inte. Snabbt var hon tvungen att fatta ett beslut, och till sist bestämde hon sig för att smita därifrån. Omedelbart. Om någon sedan frågade var hon hade varit kunde hon säga att hon varit tvungen att gå på toaletten, att hon fått vänta en stund eftersom det varit upptaget. Under lunchen skulle ingen sakna henne, det var hur mycket folk som helst som skulle utfodras med korv. Hon skulle ha försvunnit i mängden.

Med en sista blick över axeln tog hon sig ut från idrottsplatsen utan att någon lade märke till henne – hoppades hon i alla fall – och halvsprang sedan Vantörsvägen bort mot Herrängen. För varje steg kände hon hur blodet pumpade, hon kastade ett öga ner på sina shorts och såg hur en mörk fläck började ta form i det blå tyget. Vände bort ansiktet så fort en bil passerade och hoppades att ingen skulle se henne. Tog hon sig bara in bland smågatorna skulle hon nog undgå allmänhetens nyfikna blickar. I villaområdet höll man sig antagligen inomhus en regntung dag som den här.

Precis när hon skulle vika in på Isbergavägen dök Jenners sommarbarn upp på sin nya cykel. Stackars lilla Lara, som varit så ledsen under de sista dagarna för att återresan till Ryssland närmade sig så fort. Och det var fullt begripligt, Lara var föräldralös och bodde tillsammans med en massa andra barn i samma situation på ett barnhem. Dewi kunde väl föreställa sig hur det var att växa upp på ett ryskt barnhem, och hon rös vid tanken på det. Lara brukade vara blek och mager när hon dök upp i Älvsjö i juni, det var klart att hon var ledsen när hon tvingades åka tillbaka några månader senare. Och att hon inte riktigt vågade tro på att hon kanske skulle få bo hos Jenners på riktigt, att de skulle adoptera henne. Men nu hade Staffan gett henne en cykel för att hon skulle förstå hur välkommen hon var, det hade Marie ringt och berättat för mamma.

Och här var hon nu på sin fina röda cykel, gulliga lilla Lara. Trots att det hade slutat regna hade hon fortfarande regnrocken på sig, den som hon hade fått på Gröna Lund tidigare under sommaren. Hon verkade mycket gladare nu.

– Hej, Dewi! ropade hon, långt innan Dewi hade fått syn på henne.

Dewi ryckte till och vände sig ett kvarts varv. Ville inte till något pris bli iakttagen bakifrån. Eller framifrån.

– Hej, Lara. Vilken fin cykel du har fått.

– Pappa Staffan, sa Lara på sitt karakteristiska sätt.

Hon förstod svenska utan problem, men gjorde det enkelt för sig när hon talade. Nu saktade hon ner farten så att hon kunde cykla vid sidan av Dewi som började gå igen.

– Du blöder, sa Lara sedan och pekade på Dewis fotbollsshorts, där fläcken nu hunnit bli så stor att den syntes från alla håll. Slagit dig?

Så var Dewi nu där i alla fall, i ett läge där hon måste dra till med jordens mest krystade nödlögn. Eller helt enkelt bara berätta hur det låg till. Hur svårt kunde det vara egentligen? Vad kunde hända? Ingenting. Så hon valde det senare.

– Det är sådant som tjejer får ibland, svarade hon. Det vet du va?

Lara nickade storögt.

– Jag måste hem och byta byxor. Vill du följa med och se hur det är med Ida?

– Jag ska till Ida, sa Lara. Regnrock?

Dewi tittade på flickan som pekade på sin orange regnkappa och sedan på Dewi med en fråga i ansiktet.

– Får jag låna den? Gud, vad du är söt!

Så stannade Lara, klev av cykeln och tryckte ner stödet med foten. Krånglade av sig regnrocken och räckte den till Dewi som tacksamt tog emot den och drog den över huvudet. Luvan behöll hon på, för att inte bli igenkänd, för att slippa förklara.

– Du är bäst, Lara! sa hon och gav henne en stor kram innan de fortsatte sin färd hemåt.

De följde Isbergavägen, Murgrönsvägen och sedan Konvaljestigen, i riktning ner mot skolan och skogen. En större flicka i orange regncape och en lite mindre på en splitter ny röd cykel. Hennes blonda hästsvans tittade fram under hjälmen.

När Dewi först uppfattade motorbullret vände hon sig om för att försäkra sig om att det inte var någon hon kände. Men hon behövde bara se fronten på bilen där den svängde runt hörnet i riktning emot dem för att konstatera att hon inte hade turen med sig. Reflexmässigt kastade hon sig då in i snöbärshäcken som råkade befinna sig mellan henne och tomten de just passerade. Hon pressade sig igenom den, och till Lara som förvånat och nästan skräckslaget såg efter henne väste hon:

– Säg inte att jag är här! Snälla Lara, berätta inte för någon att du träffade mig!

Genom grenverket bevittnade hon sedan hur bilen körde upp intill

Lara, som då stannade och steg av cykeln. Sedan hur den välbekanta figuren klev ur bilen och med ett varmt leende gick fram till flickan och strök henne över kinden.

– Hej gumman, så du är ute med nya cykeln? Hoppa in i bilen så ska jag skjutsa dig.

– Bara till Ida, svarade Lara. Cykla. Inte bil.

– Ida är ju sjuk, hon kan inte leka idag. Jag ska visa dig ett ställe där det är mycket roligare att cykla. Där finns inga bilar, inga faror. Men det blir ett spännande äventyr.

Lilla Lara sken upp, glömde kanske bort Dewi som låg där och tryckte i buskarna. Glatt hoppade hon in i framsätet medan han lade in hennes cykel i bagageutrymmet. Och så rullade de iväg, försvann därifrån. Larissa Sotnikova var försvunnen. För alltid.

– Några timmar senare, när Lara fortfarande inte hade återfunnits, blinkade han åt mig. Han blinkade under skallgången, blinkade också när han svarade på en av polisens frågor: "Så du har inte sett henne sedan i förmiddags?". "Nej, sista gången jag såg henne var klockan tjugo i elva på Mälarhöjdens IP." Det var väl en yttring av samhörighet i allmänhet, med samma innebörd som en klapp på axeln kanske. Men jag drog slutsatsen att den där blinkningen innehöll ett hemligt löfte. Till mig och till alla andra som tyckte om Lara. Han hade sett till så att hon inte skulle behöva åka tillbaka till Ryssland. Han gömde henne tills adoptionspappren var påskrivna, såg till att hon hade det bra under tiden. Om jag ändå hade förstått bättre, begripit att man inte ljuger för polisen om man har rent mjöl i påsen. Jag var femton år, för ung för att inse att människor kan vara något helt annat än vad de ger sig ut för att vara.

– Så i ert hemliga samförstånd valde du att inte heller berätta något för polisen, sammanfattade Sjöberg.

– Då, svarade Dewi. Till en början.

♣

När Adrianti slog upp ögonen visste hon först inte var hon var. Hur hade hon hamnat här och varför? Det var kolmörkt och alldeles tyst. Inte en strimma ljus någonstans, rummet hon befann sig i var helt utan fönster. Tankarna snurrade runt i huvudet på henne. Hur mycket var klockan? Vad var det för veckodag? Var höll barnen hus? Ida? Och så var det något med Dewi. Var fanns hon? Och Svempa, något hade hänt.

Så kom alltihop tillbaka. Svempa var död. Han hade blivit skjuten, mördad. Hon skulle vara tvungen att flytta ifrån huset, lämna allt hon någonsin haft i det nya landet. Och så det värsta av allt: Dewi var borta. Den där polisen, Sjöberg, hade insinuerat att Dewi kanske var försvunnen på riktigt. En tanke hon redan tänkt, men skjutit ifrån sig. Hennes älskade lilla Dewi. Hur skulle hon orka leva utan henne?

Så kände hon lukten av man. En påtaglig, påträngande lukt som fyllde hela rummet. Det var kvavt, luften syrefattig. Ju mer hon tänkte på det desto större blev behovet av att andas, behovet av att ta sig ut. Han rörde på sig, gav ifrån sig ett svagt ljud som påminde om en suck. Trots att det var så varmt i rummet kände hon hur håren reste sig på armarna. Men hon måste försöka ta sig därifrån utan att väcka honom.

Men var fanns dörren? Hon mindes inte alls i vilken riktning hon skulle söka och såg inte ens handen framför sig. Långsamt hasade hon sig upp i sittande ställning, trevade med foten efter golvet. Det var närmare än hon mindes det, hade helt glömt bort att de befann sig på en madrass på golvet. Hon sköt ifrån med ena handen och reste sig upp. Mörkret gjorde henne vimmelkantig. Hon höll händerna framför sig i luften utan att röra vid någonting, satte den ena foten framför den andra och skulle just ta ett steg till när hon reagerade på en rörelse alldeles intill sig.

Det var en hand som slöt sig kring hennes fotled.

♣

Under den närmaste tiden höll Dewi ögonen på honom. Av ren nyfikenhet och i smyg. Han kunde ju inte rimligen veta att hon hade sett honom den där förmiddagen, hon borde ju ha befunnit sig på Mälarhöjdens IP. Men hon gjorde sig osynlig och spionerade på honom när han minst anade det. Och mycket riktigt försvann han också iväg åt fel håll vid några tillfällen när han enligt egen uppgift skulle ha ägnat sig åt annat. Som att vara på sin arbetsplats. Och alltid åt samma håll.

Dewi respekterade hans beslut att hålla det hela för sig själv. I sin oskuldsfullhet tyckte hon att det verkade rimligt att inte inviga någon människa alls i en sådan viktig och livsavgörande hemlighet. För hur skulle det gå för stackars Lara om sanningen kom fram? Och inte minst för honom? Så det var lika bra att tiga. Och att le i mjugg över att allt blev så mycket bättre för Lara än det var tänkt från början.

Men efter ett par veckor blev nyfikenheten för stor. Det var fortfarande sommarlov så hon hade ju all tid i världen. Och en moped som hon mer än gärna åkte långa sträckor med. Därför bestämde hon sig för att lurpassa på honom vid korsningen där hon tidigare sett honom ta av åt fel håll. Hoppades att han skulle göra det också den här gången. Och det gjorde han. Hon följde honom på behörigt avstånd, tog skydd bakom andra fordon så att han inte skulle upptäcka henne och önskade att han inte tänkte ta sig ut på någon större väg, så att hon skulle bli frånåkt. Det gjorde han inte heller. Han varken upptäckte eller drog ifrån henne.

När han slutligen parkerade bilen befann de sig ute i Huddingeskogarna. Dewi var hyfsat bekant med området, för inte alltför långt därifrån låg sjön Gömmaren där hon hade varit och badat några gånger med kompisar. Hon drog in mopeden en bit från vägen, lade ner den i mossan och dolde den med granris. Sedan smög hon sig efter honom in i skogen, lämnade en stor lucka till ryggen där framför henne och var noga med att varken höras eller synas. Och hon lyckades skugga honom hela vägen fram till jordkällaren utan att han misstänkte någonting. Han kastade en blick över axeln vid ett par tillfällen, men det tycktes inte ha med Dewi att göra. Hon kände sig smått exalterad, det hela var ett kittlande äventyr. Så såg hon på det då.

Väl där tog hon skydd bakom några träd som stod tätt tillsammans. Satt på huk och betraktade honom när han med spaden som han burit med sig från bilen forslade undan rishögen han dolt dörrluckorna under. Spänningen var gastkramande när hon såg honom låsa upp hänglåset för att ta sig ner i underjorden. Men när hon såg hans huvud försvinna ner under markhöjd slog det henne att detta inte kunde ha någonting med bortförandet av Lara att göra. För inte skulle han låta henne tillbringa vecka ut och vecka in – kanske till och med månader, om administrationen kring adoptionen drog ut på tiden – under jord? Det var ju ett omänskligt sätt att behandla ett barn. En människa. Även om det var för att göra gott. Nej, då skulle Lara ha haft det bättre på barnhemmet till och med, det var Dewi övertygad om. Alltså var det något annat han hade för sig där nere. Frågan var bara: vad hade i så fall hänt med Lara?

Men nu hördes det ljud där nedifrån. Skrik och stönanden och hon kände mycket väl igen hans röst. Vad var det som hände? Hade han gjort sig illa? Skulle hon ge sig tillkänna, springa fram och erbjuda sin hjälp? Inte riktigt än, det vågade hon inte. Hon avvaktade en stund och hoppades att oväsendet skulle klinga av, att hon bara hade inbillat sig alltihop. Och så var det kanske också, för nu hördes det ingenting längre och snart dök han upp igen i öppningen. Nu med något stort och tungt i famnen. Hon hörde hur han svor för sig själv när han baxade upp byltet genom hålet och lade det i en hög på marken ovanför sig. Dewi kunde inte riktigt urskilja vad det var för något, kanske rörde det sig om kläder. Så såg han sig än en gång omkring innan han tog ett rejält grepp under kroppen med bägge armarna och bar iväg med den. För en kropp var vad det var. Dewi såg nu att det var en liten flicka med blont hår och de kläder lilla Lara burit när hon sist hade sett henne. Fortfarande lyckades hon inte ta till sig det hon såg. Vad hade hänt med Lara? Var hon sjuk? Skadad? Vart tänkte han bära henne?

När han försvunnit iväg en bit med byltet i famnen vågade hon sig fram till jordkällarens öppning. Försiktigt klättrade hon nedför stegen och såg sig omkring. Det första hon lade märke till var cykeln. En alldeles ny röd cykel som hon mycket väl kände igen. Och hjälmen som hängde över styret. Sedan såg hon madrassen på golvet, täcken och mat. Hinken som uppenbarligen hade fungerat som toalett. Lara hade alltså tillbringat tiden efter försvinnandet här. Dewi begrep ingenting, men kände hur illamåendet kom över henne. Någonting var väldigt fel. Så tog hon sig uppför stegen igen, spejade efter rörelse i den riktning han hade gått och smög iväg åt samma håll.

Och det var nu det blev riktigt otäckt. Från sin position bakom en stor sten såg hon honom släppa Lara. Han lät henne bara falla, utan hänsyn till att det handlade om en människa. Hade han lagt henne ner, försiktigt sänkt ner henne, hade det ändå funnits någon form av respekt, men det här ... Lara var bara ett kolli, sopor, någonting han gjorde sig av med. Och det var inte på marken han släppte henne. Dewi såg Laras kropp försvinna ner i en grop – en grav. Och bredvid den fanns en stor hög med jord. Hon kände hur blicken blev suddig, drog med handen under näsan och sjönk ihop i mossan, oförmögen att ta sig för någonting.

Han försvann iväg igen. Efter en stund hörde hon på avstånd hur de tunga luckorna slogs igen med en metallisk smäll som ekade mellan träden. Några minuter senare var han tillbaka med cykeln, hjälmen fortfarande på styret. Mannen som hon inte längre kände, som hon nu insåg att hon aldrig hade känt, slängde cykeln ovanpå flickan med ett ljud som aldrig skulle lämna Dewi. En dov duns och något så oskyldigt som skramlet av cykeltrampor. Sedan grävde han igen gropen och försvann obekymrat därifrån.

♣

Gerdin tyckte att det kändes högst otillfredsställande att inte få vara med där ute i Huddingeskogarna och söka. Samtidigt, naturligtvis, som det var ett logiskt beslut för Sjöberg att fatta. Hennes läkare avrådde henne å det bestämdaste från att överhuvudtaget gå till jobbet, men det var bara larvigt, hon kunde väl lika gärna sitta här som hemma. Men okej, att springa omkring i den där fördömda sjumilaskogen var kanske inte det mest begåvade hon kunde ta sig för, det höll hon med om. Visst värkte det i snittet – eller snitten, det var tydligen ett antal olika lager som snittats och sytts – och det måste ju få läka ordentligt innan man ägnade sig åt alltför fysiska aktiviteter. Som att gräva.

Morgonen – och även gårdagskvällen – hade hon tillbringat i Älvsjö. När Westman ringt in henne igår efter läkarbesöket hade de alla fyra kastat sig iväg ut till Herrängen med det värsta för ögonen. Medan Hamad och Westman utan framgång letade efter liv i det jennerska residenset hade Sandén och hon själv brutit sig in i det erlandssonska. Tack och lov utan att hitta något oönskat där, men dessvärre var Adrianti fortfarande försvunnen. Inte heller nu på morgonen hade de lyckats få kontakt med någon av dem. Och det gnagde inom henne. Adrianti hade verkat så sårbar. Ensam och skör. Och om det nu visade sig att Dewi var vid liv så vore det ju en tragedi av stora mått om Adrianti tog sitt eget efter fyra år av saknad i samma ögonblick som den älskade dottern stod upp från de döda.

Men det fanns ytterligare ett tänkbart scenario, och det var lika skrämmande. Att Adrianti till slut hade bestämt sig för att återuppta kontakten med sin gamla älskare och öppnat sitt hjärta för honom, vädrat sina farhågor om vad som kunde ha hänt Dewi, vad Dewi kunde ha sett och hört och dragit för slutsatser. Var det som Sandén sa – att Staffan Jenner antingen låg bakom mordet på Erlandsson eller också såväl mordet på Erlandsson som de på en handfull utsatta flickor, unga kvinnor. Ja, då låg det nära till hands att Adrianti i det läget stod näst på tur. En kvinna utan skyddsnät som pratade för mycket, spekulerade för mycket och som i allra högsta grad var utsatt. Adrianti Erlandsson var ett lätt byte för en kvinnohatare.

En gång i kvarten ringde Gerdin både Adrianti och Jenner i förhoppning om att någon av dem skulle svara på någon av sina telefoner, så att de kunde ta in dem för förhör. Men fortfarande utan resultat. I stället fick hon ägna sig åt andra saker, lunchen hoppade hon över. Hon hade i alla fall ingen ro att äta, det pågick för mycket intressanta saker samtidigt i den här utredningen. Och det irriterade henne fruktansvärt att hon inte befann sig i händelsernas centrum. Så hon grävde på sitt håll. Det vill säga vid datorn.

Eftersom teknikern alldeles nyss hade varit och hämtat Simon Tamplers dator skulle det dröja innan de kunde få något besked om hur kommunikationen mellan honom och anstiftaren hade sett ut. Om någonsin. För det verkade osannolikt att utbytet av så hemligstämplad information skulle ha skett på något sätt som enkelt kunde upptäckas och som skulle få dem fällda bägge två. Följaktligen hyste Gerdin inga större förhoppningar om att teknikerns analys av Tamplers dator skulle leda någonvart. Därför tog hon tag i saken på sitt eget sätt, och försökte i stället förstå hur den som låg bakom mordet på Erlandsson hade *hittat* Simon Tampler. Än en gång gick hon igenom alla trådar där det talades om torpeder och beställningsmord utan att någonting trillade ut av det. Än en gång gick hon igenom alla trådar där Simon Tampler varit aktiv eller rent av initiativtagare. Nu satt hon med den redan många gånger nagelfarna tråd framför ögonen som först uppmärksammat henne på Tampler. "Jag vill döda någon. Jag kommer att döda någon."

Då ringde det på telefonen. Det var kollegan från finanspolisen som bara hade dåliga nyheter att komma med. Nej, det hade inte inkommit några större belopp på något av Simon Tamplers konton, och nej, det hade inte heller betalats in småsummor från oväntat håll som sammanlagt kunde utgöra ett större belopp. Tampler hade kort och gott inga pengar.

Hur, frågade hon sig, hade den som anstiftade mordet på Erlandsson betalat Simon Tampler? Troligtvis kontant i handen. När? Tja, varför inte omedelbart före och omedelbart efter att uppdraget verkställts? Vilket ju bara ännu tydligare pekade på Staffan Jenner. Han var ju den som hade följt Erlandsson längst på vägen hem från Långbro Värdshus. Jenner hade utan större problem kunnat möta Tampler i mörkret i Herrängsskogen, sticka till honom femtiotusen och stå kvar och vänta tills det var över, då den resterande summan bytte ägare. Och säkerligen med löfte om mera pengar om Tampler knep käft om att han var lejd. Ifall olyckan var framme och han skulle åka dit. Gerdin hade hört Hamad och Westman beskriva hur Jenner under det första förhöret hade rabblat upp den ena gatan efter den andra när han skulle beskriva hur han tagit sig hem efter middagen på Långbro Värdshus. Inrepeterat så det visslade om det.

Å andra sidan verkade Jenner vara lite av ett nervöst vrak, och när hon tänkte sig in i situationen var det kanske inte alltför troligt att han skulle ha stämt träff med en man som bevisligen var ute efter att ha ihjäl precis vad som helst på två ben. Så kanske inte ändå. Då slog det henne plötsligt att det ju faktiskt fanns ett sätt för mindre välbeställda människor att föra pengar från ett hörn av världen till ett annat. Hur gick det till? Med ivriga fingrar klickade hon sig fram till Western Unions svenska hemsida och möttes av texten: ”Snabbt – dina pengar är framme på några minuter. Smidigt – mer än 370 000 ombud i fler än 200 länder och det krävs inget bankkonto.” Svårare än så var det alltså inte. Med falska legitimationer och så vidare. Inga som helst problem. Att hon inte tänkt på det förut. Det var väl för att det var så osvenskt på något vis. Oschweiziskt.

Hon backade sig tillbaka till mördartråden som hon suttit och stirrat på innan FiPo ringde. Fastnade med blicken på skärmen framför sig:

Helgonet:	*Ni kan fortsätta driva med mig, det bjuder jag på. Jag vet vad jag går för och att det kommer att gå vägen.*
Spitfire:	*Hur mycket måste man betala för att få någon "eliminerad"?*
Helgonet:	*För 100 000 skulle jag göra det.*
Phil Bunke:	*Jag skulle inte ens krossa foten på någon för såna småpengar.*
Goyz:	*Har du ens något vapen?*
Helgonet:	*Jag har en Glock 38.*
Goyz:	*Jag tror det är dags för blöjbyte nu, Helgonet.*
Helgonet:	*Jag kommer att göra det även om ingen vill betala mig. Så är det bara. Ni får tycka vad ni vill. Jag är stark i min övertygelse.*

Och med ens var det kristallklart för Gerdin hur det hade gått till när den som hade beordrat mordet på Sven-Gunnar Erlandsson hade hittat den vilsekomne Simon Templer. Ordet "osvenskt" gjorde sig påmint i hennes tankar.

Telefonen ringde igen. Den här gången var det Westman. Hon lät upphetsad.

– Vi har grävt fram två kroppar, meddelade hon. Den ena är utan tvekan Larissa Sotnikovas.

Gerdin gav ifrån sig en djup suck. Kommentarer var överflödiga.

– Cykeln hade han slängt ovanpå henne, fortsatte Westman. Den andra är kroppen efter en okänd kvinna, förmodligen ung, kanske en tonåring.

– Rebecka Magnusson? föreslog Gerdin.

– Nej. Henne hittade vi levande i en jordkällare en bit därifrån.

– Fantastiskt! Så hon levde efter så lång tid?

– Nätt och jämnt. Du anar inte hur jävligt hon har haft det. Fem månader under jord. Kallt som satan, en ficklampa som enda ljuskälla. Och alldeles bortsett från att hon nu hade lämnats att svälta ihjäl så var hon illa tilltygad på alla upptänkliga sätt. Han hade slagit henne halvt fördärvad.

– Och förmodligen våldtagit henne, fyllde Gerdin i. Gick det att tala med henne?

– Nej, hon var medvetslös. Men Lara har något att berätta.

– Lara?

– Vi hittade någonting som vi tror är ryska bokstäver inristade i trä. Kan du ta reda på vad de betyder?

– Visst. Messar du dem till mig?

– De är på väg. Vi hörs.

Strax därpå pep det till i mobilen och Gerdin fann sig plötsligt sittande med de för henne ovanliga verktygen papper och penna, i ett försök att rita av de ryska tecknen.

ПАПА ИДЫ

För en lekman var det nästan omöjligt att föreställa sig hur orden skulle uttalas eller vad de kunde tänkas betyda. Men det föreföll åtminstone röra sig om två ord. Vilket ju i och för sig kunde bli både fler och färre när man översatte dem till ett annat språk.

Hon började med att leta efter ett översättningsprogram mellan ryska och svenska på nätet och hittade utan besvär diverse alternativ. Bekymret var att hon inte kom på någon metod att skriva in ryska tecken på tangentbordet. Efter en stunds googlande hittade hon ett flertal intressanta tips rörande ASCII-konvertering i Windows, men kom till sin egen förvåning plötsligt till insikt om att hon kanske inte behövde utbilda sig till fullfjädrad dataprogrammerare med teckentabeller som specialitet bara för att lösa detta rimligen enkla problem. I stället skrev hon in ”översättning, ryska” i sökfältet på Google, varpå det första hon fick syn på var en artikel i Dagens Nyheter om en kvinna som var anställd på SVT för att översätta bland annat ryska tv-program till svenska.

Och det var ju egentligen allt hon behövde. Följaktligen ringde hon upp SVT:s växel och lät sig kopplas till översättaren i fråga.

– Malin Westfeldt.

– Hedvig Gerdin heter jag och är kriminalinspektör vid Hammarbypolisen. Jag skulle behöva din hjälp, om det går för sig?

– Visst, inga problem. Vad gäller saken?

– Översättning. Från ryska till svenska.

– Så mycket enklare då. Det kan jag nämligen lite om.

– Jag misstänkte det. Det rör sig om två ord bara. Kan jag skicka dem till dig på mobilen?

– Absolut, sa Malin Westfeldt och uppgav sitt mobilnummer utan anmodan.

Hon lät väldigt trevlig på rösten. Hon kanske extraknäcker som väderflicka emellanåt, tänkte Gerdin medan hon vidarebefordrade meddelandet hon strax dessförinnan mottagit från Westman. Det ringde till i luren när de kyrilliska tecknen nådde sin mottagare.

– Där kom det, sa Malin Westfeldt och dröjde några sekunder innan hon fortsatte. Det här är enkelt, sa hon glatt. Mycket enkelt.

♣

Länge, länge blev hon sittande där ute i skogen innan hon tog sig samman och reste sig upp. Med tårarna rinnande utefter kinderna tog sig Dewi tillbaka ut till vägen där hon hade lämnat sin moped. Kastade undan granriset hon täckt den med och tog på sig hjälmen. Egentligen kunde hon lika gärna strunta i den. Vad spelade det för roll om något hände henne? Livet skulle i alla fall aldrig mer bli sig likt. Allt var förstört. Och hade hon inte haft mopeden hade hon aldrig kunnat följa efter honom hit, aldrig kunnat bevittna detta fasansfulla. Då hade hon levt resten av sitt liv lyckligt ovetande om vad som egentligen hade hänt med stackars Lara. För hur det än var så skulle hon inte komma tillbaka.

Vad skulle hon ta sig till? Röra om i ankdammen där i Herränger och gå till polisen? Förstöra livet för en massa människor genom att avslöja alltihop? För det var ju inte bara han som skulle dras i fördärvet, utan alla i hans omedelbara närhet. Hon satte sig på mopeden och körde hemåt. Först var hon bara ledsen. Förtvivlad när hon tänkte på vad lilla Lara hade utsatts för, hur hon hade haft det under de två veckor som förflutit sedan hon försvann. Sedan blev hon arg. På honom först, men sedan på sig själv. För att hon var så blåögd och alltid trodde alla om gott. Ondskan hade uppenbarligen många ansikten, det hade hon fått lära sig idag. Varför hade hon inte bara sagt som det var när polisen frågade henne? Då hade man hittat Lara med en gång; hon hade levt idag, inte behövt lida.

Men under färden bestämde hon sig. Hon hade att välja mellan pest och kolera, men hon måste också kunna leva med sig själv, trots att världen skulle rasa samman runt henne. Och när hon till slut öppnade garageporten och rullade in mopeden var hon så arg att hon ville slå sönder, sparka. Vilket egentligen var så långt ifrån Dewis natur som det bara gick att komma. Med tårarna forsande fällde hon ner stödet och hängde hjälmen på styret, snörvlande och svärande. Hon visste vad hon hade att göra. Det var svårt, men hon skulle göra det, måste bara lugna ner sig först. Andas, tvätta av sig. Innan hon skulle ringa till polisen.

Plötsligt stod han bara där. Leende i öppningen. Det var hon inte alls beredd på, det var inte vad hon hade tänkt sig.

– Hur är det fatt? frågade han mjukt och tog ett steg emot henne. Du ser helt förstörd ut.

Ett steg till, han var alldeles inpå henne nu.

– Men lilla gumman, vad har du råkat ut för?

Då brast det för Dewi. Hon blev ... hysterisk. I ordets rätta bemärkelse. Som ett vilddjur kastade hon sig över honom, slog och slog med knutna nävar mot bröst och bål. Han pressades mot väggen, sträckte ut en hand mot strömbrytaren och lyckades få garageporten att skjutas ner.

– Stäng du, din sjuka jävel! skrek Dewi. Om du tror att det hjälper! Men det gör det inte, för jag ska se till att du får sitta inne för resten av livet! Jag vet vad du har gjort! Jag vet att du har mördat Lara! Och jag vet var du har grävt ner henne! Hur kan du göra så? Mot Lara? Mot oss? Du är ta mig fan inte klok!

Trots att hon oupphörligen slog honom såg han smått road ut där han stod och tog emot den ena smällen efter den andra utan att slå tillbaka. Till slut gav hon upp, vände sig om och rusade iväg mot dörren som ledde in till huset. Den var alltid låst, han visste att det skulle ta henne en stund att krångla fram nyckarna ur fickan och få upp låset. Så med lugna steg gick han efter henne, men inte ända fram. För till vänster om Dewi stod traven med trall, med den gamla tvättmaskinen ovanpå. Till höger stod bilen. Hade hon bara vänt sig om hade hon sett vad som skulle komma, men i stället stod hon och fumlade med låset med darriga händer. Plötsligt såg hon i ögonvrån hur någonting rörde sig till vänster, strax ovanför henne. Och då var det för sent. Han hade lyckats välta tvättmaskinen och den var på väg rakt emot henne. Hon tryckte sig mot bilen, försökte tränga sig in i det lilla utrymmet som fanns mellan fronten och innerväggen. Det var snudd på att hon också hade klarat det, men foten kom i kläm. Högerfoten hamnade under ett av tvättmaskinens hörn, och sedan blev det svart.

När hon trots de svåra smärtorna så småningom kom till sans stod han lutad över henne. Och han hade inte flyttat undan den stora tyngden från hennes fot. Det som var kvar av hennes fot. När han öppnade munnen för att tala var det med mild röst. Det slog blixtar ur ögonen på honom, men rösten var sammetslen.

– Nästa gång gör jag det på rätt sätt, förklarade han. Men jag börjar med mamma. Glöm aldrig det, Dewi. Jag börjar med mamma. Först när jag är klar med henne är det din tur. Och det kommer att ta tid.

Hon skulle sedan inte minnas någonting av vad som hände fram till dess att hon vaknade upp på sjukhuset. Suddiga bilder, smärtstillande mediciner, dropp och operationer. Det berättades att det var Anna som kommit hem och hittat henne i garaget. Familjen var förkrossad, vakade vid hennes sida dag som natt den första tiden. Själv var hon helt tom på känslor.

Sjöberg satt länge och tittade ut över stadens glittrande ljus utan att säga något. Han var fullständigt tagen av Dewis berättelse, hittade inga ord. Kände en lätt bris fladdra förbi ansiktet, dofter av curry någonstans ifrån. Ingen annan sa någonting heller. Andersson var förmodligen i samma stämning som han själv. Dewi kände kanske lättnad över att för första gången ha fått berätta om detta förskräckliga för någon. Det var vad Sjöberg hoppades i alla fall. Så blev han avbruten i sina funderingar av ett inkommande sms på mobilen. Det var från Gerdin: ”Kropparna efter Lara och en okänd kvinna nu uppgrävda. Rebecka Magnusson hittad vid liv i jordkällare i närheten. Lara lämnade meddelande i jordkällaren, ristat med naglarna i trä: ’Idas pappa’. Dewi anstiftade mordet på Erlandsson (inga bevis)”. Med ett sorgset leende räckte Sjöberg över mobilen till Andersson. Det var dags att gå vidare.

– Så du höll tyst, sa han mjukt. I alla år. För mammas skull. Och kanske lite grand för din egen också?

Dewi ryckte på axlarna. Sjöberg tyckte sig se ett blänk i hennes ögon som inte funnits där tidigare.

– Trivs du här? I Singapore?

– Jag tror det. Ja. Nu gör jag det.

– När han är borta?

Hon nickade.

– Vill du berätta om tiden efteråt? När du fortfarande bodde hemma?

Hon svarade inte utan satt och tittade in i ljusen en stund. Sjöberg betraktade henne under tystnad, ägnade en tanke åt kodlåset i hallen.

– Min mamma var en hora, sa hon oväntat.

Sjöberg och Andersson utbytte en hastig blick.

– Hon levde i stor fattigdom och gjorde det hon måste för att överleva. Till Batam åker rika singaporianer och spelar golf när de är lediga, hyr en obligatorisk caddie och får sig en mer eller mindre obligatorisk avsugning efteråt. Det har jag tagit reda på under min tid här. Det var med största säkerhet så hon träffade min pappa. Han hade redan en familj i Singapore, skaffade en till på Batam. Många gör så. Men när de tröttnar finns inga papper skrivna, det är bara över. Så mamma fick börja jobba igen. Och det var då hon träffade ... honom. Till allas stora glädje. Inklusive min.

– En riktig win-win-situation, inföll Sjöberg.

Dewi nickade och log ett glädjelöst leende.

– Men efter det där med Lara såg jag allt med nya ögon. Plötsligt förstod jag vad de där kvävda skriken från sovrummet innebar. Varför mamma hade svårt att gå ibland på mornarna. Det handlade inte om kärleksfullt nojsande och besvär med lederna, utan om något helt annat. Nämligen att han regelbundet under dessa tretton år utsatte henne för brutala våldtäkter. Det var det han gick igång på, det var därför han släpade med sig henne till Sverige. Oss. Hon var trevlig, gullig med barnen, snygg att titta på och ställde upp på precis vad som helst. Till exempel våldtäkt. En sådan fru hittar man inte i brådrasket. Men det var inte nog för honom. Det räckte inte med kvävda skrik och lite smärta för att det skulle vara roligt, han ville ha mer. Så kom lilla Lara i hans väg, och han tog tillfället i flykten.

– Och hon var inte den enda, avslöjade Sjöberg. Våra kolleger har just hittat kroppen efter en person till, en ung kvinna. I jordkällaren hittades en femtonårig flicka som har varit försvunnen i fem månader. Vid liv.

Dewis ögon fylldes av tårar. Hon slog händerna för munnen.

– Vad skulle jag göra? sa hon. Hur jag än hade gjort hade det blivit fel.

– Du kan trösta dig med att den femtonåriga flickan antagligen aldrig hade hittats om du inte tagit livet av Sven-Gunnar Erlandsson.

Sjöberg kände Anderssons blick, kanske var han orolig för hur situationen skulle utveckla sig. Men han gjorde inga ansatser att ingripa, höll sig i bakgrunden och lät Sjöberg sköta det här på sitt sätt. Vilket han var tacksam för. Dewi skrattade till, och plötsligt var hon densamma som hon först varit när hon tagit emot dem. Självsäker, oövervinnerlig.

– Något sådant är jag naturligtvis inte kapabel till, svarade hon frankt.

– På Erlandsson hittade vi några intressanta saker, fortsatte Sjöberg. Bland annat lägeskoordinaterna för den plats där kropparna var nedgrävda.

– Vilken tur då, sa Dewi, nu utan ett spår av den mjuka sida som framträtt medan hon berättade.

– Det är ju intressant, med tanke på att du var den enda som kände till vad som fanns där.

– Och han själv naturligtvis. Han var kanske orolig för att han inte skulle hitta tillbaka.

Intelligent.

– Vi hittade också en uppsättning spelkort. Närmare bestämt Död mans hand, om det säger dig något?

– Visst, svarade Dewi. De kort Wild Bill Hickok hade på handen då han blev skjuten på en saloon i Deadwood 1876. Den andra augusti, lade hon till med ett spefullt leende.

Sjöberg log tillbaka. Återhållsamt. Den unga kvinnan var en mördare, det kunde man inte komma ifrån. Men hon hade sina skäl. Och hon imponerade, fick han motvilligt erkänna för sig själv. Han var kluven.

– Så det har alltså ingenting med dig att göra? försökte Sjöberg, utan hopp om framgång. Du som verkar kunna det där med poker.

– Nej, svarade Dewi på inandning.

– Okej, sa Sjöberg. Vi lämnar det. Berätta vad som hände i Danmark. På Roskildefestivalen.

– Det hände ingenting. Lina och jag var där i ett par dagar, sedan åkte hon hem. Jag drog vidare. Var ute och reste ett tag, sedan bestämde jag mig för att det var dags för mig att slå mig ner. Här. Vilket var planen från första början.

– Så du träffade aldrig Jenner och Erlandsson när de var nere och letade efter dig?

Dewi såg på honom med djupaste allvar i blicken.

– Jag trodde att jag hade klargjort hur det låg till. Hade han hittat mig hade han dödat mig. Så länge jag bodde hemma och höll fasaden uppe var han inget hot mot mig och mamma, jag inget hot mot honom. Tvärtom, jag behövdes för familjens välbefinnande. Men så fort jag flugit ur boet var jag i fara. Som jag sa: hade han hittat mig hade han dödat mig.

Naturligtvis. Det var så det hängde ihop.

– Det var därför du aldrig tog farväl, sa Sjöberg, mest för sig själv. Det var därför du aldrig avslöjade något om var du befann dig. Men varför väntade du så länge?

– Med att flytta hemifrån? Jag behövde skaffa mig en utbildning. Hur skulle jag klara mig alldeles ensam ute i världen om jag inte ens hade gått ut grundskolan?

– Nej, sa Sjöberg kallt, det var inte det jag menade. Varför väntade du så länge med att ta livet av Sven-Gunnar Erlandsson?

Han såg hur hon stålsatte sig igen. Pendlade mellan uppriktighet och hårdnackat trots utan minsta darrning på manschetten.

– Jag är inte inblandad i mordet, log hon. Men hade jag varit det så skulle jag ha valt ett tillfälle när alla barnen var utflugna. Så att de skulle slippa stå där med skammen inför hela grannskapet när det kom fram vem han egentligen var. Som till exempel nu. Jag hade varit långt därifrån, sett till att själv inte dras med i fallet. Jag skulle ha satt någon förtappad själ på jobbet, som annars hade mördat någon annan stackare, någon som kanske inte gjort sig skyldig till någonting.

Sjöberg hällde upp nytt vatten i glaset. Vad skulle han göra nu? Han hade fått allt han behövde av Dewi Kusamasari. Utom ett erkännande. Och han var inte säker på att det var det han ville ha.

– Is? frågade hon igen, fortfarande leende.

Hon var vacker som en dag. Med utstrålning som en hel jävla nebulosa. Låt dig nu inte bedåras av det, uppmanade Sjöberg sig själv.

– Visst. Tack.

– Idol-Odd?

– Tack, gärna, svarade Andersson generat.

– Du måste sakna dem, sa Sjöberg. Din familj.

– Oerhört, svarade Dewi.

Leendet var som bortblåst. Hon såg bara sorgsen ut.

– Jag tänkte föreslå att du följer med oss tillbaka till Sverige. Din mor är utom sig av oro. Hon har börjat misstänka att du har gått samma öde till mötes som Lara.

Dewi tittade osäkert på honom.

– Nu driver du med mig?

– Det skulle jag aldrig drömma om, sa Sjöberg uppriktigt.

– Jag stannar här, sa Dewi bestämt.

– Vi behöver dig som vittne.

– Ni tänker försöka sätta dit mig för anstiftan till mord. Det kommer ni inte att lyckas med.

– Vi behöver dig också som vittne. Ditt vittnesmål är oumbärligt när det gäller Larissa Sotnikova. Det finns också människor som av privata skäl behöver få reda på sanningen. Familjen Jenner till exempel, Staffan inte minst.

– Mitt vittnesmål ska ni få. Ett detaljerat sådant dessutom. Det ligger i en skrivbordslåda och är på femtio maskinskrivna A4-sidor. Och om ni är intresserade har jag också gjort en psykologisk analys av Sven-Gunnar Erlandsson. Försökt sätta mig in i hur han tänkte, vad det var som drev honom. Amatörmässigt givetvis, men ändå. Ingen kände honom bättre än jag.

– Följ med, sa Sjöberg uppfordrande. För Adriantis skull.

Dewi skakade bedrövat på huvudet.

– Ni lär ju berätta för henne att jag mår bra. Och hur saker och ting förhåller sig. Har jag fel?

Sjöberg tänkte efter. Svepte med blicken över skyskraporna, den upplysta staden som i mörkret påminde om ett enormt tivoli. Inte hade hon fel. Visst skulle han berätta för Adrianti Erlandsson att Dewi hade det bra, att hon var fri och framgångsrik. Och visst skulle han också berätta vad hon hade gjort. Och varför. Han betraktade Dewi, hennes mörka glänsande ögon som sett så mycket som ingen människa borde behöva få se. Och en alldeles bestämd känsla kom över honom; känslan av att det faktiskt var det hon ville. Att det hon just sagt var en vädjan om att han skulle berätta sanningen, precis som den var: att det var Dewi som hade beordrat mordet på sin styvfar. Och att det då inte skulle vara alldeles självklart att Adrianti eller syskonen ville träffa henne efter det.

– Nej, svarade Sjöberg. Du har naturligtvis alldeles rätt.

– Så kan de välja själva, sa Dewi. Men berätta gärna att det finns sovrum för dem allihop. Och hur mycket jag älskar dem.

– Det ska jag göra, sa Sjöberg. Det lovar jag.

Så reste hon sig och sköt upp en av glasdörrarna in till vardagsrummet. Linkade iväg bort mot en del av undervåningen som de inte hade sett, var försvunnen en stund och kom sedan tillbaka med en pappersmapp fylld till bristningsgränsen.

De följde henne uppför trappan, såg hur hon lyfte av säkerhetskedjorna och slog in den sexsiffriga koden. Sjöberg hade aldrig för ett ögonblick trott att hon tänkte hålla dem kvar. Oavsett hur samtalet hade utvecklat sig. Måtte hon leva lycklig i alla sina dagar, tänkte han när de strax därpå lämnade Dewi Kusamasari och hennes fantastiska våning på Balmoral Crescent. Med någorlunda oförrättat värv.

♣

Adrianti kände hur värmen från hans hand spred sig i kroppen. Beröringen var mild och känslig, en fråga snarare än en befallning, och den fick håren att resa sig på hennes armar. Hon blev mjuk och medgörlig, lät sig dras tillbaka ner i sängen. Plötsligt var kanske inte luften så tunn, plötsligt var kanske inte mörkret så skrämmande.

– Stanna hos mig, viskade Staffan och strök henne över ryggen.

– Det är kvavt här inne, svarade Adrianti. Mörkt.

– Jag öppnar dörren, så får vi in lite luft.

– Det var ju precis det jag skulle göra.

– Jag gör det. Du kommer bara att riva ner någonting. Trumsetet till exempel. Lina skulle inte gilla det.

Adrianti log. Det var sant, hon kom inte ens ihåg i vilken riktning dörren ut ur Linas studio fanns. Hit hade de dragit sig tillbaka för att få vara ifred. Ifred från ljus och ljud och omvärldens alla krav; telefoner och dörrklockor, grannarnas blickar, förbipasserande bilar. Här var det absolut tyst. Och absolut mörkt om man så önskade. De hade ägnat hela kvällen och en stor del av natten åt att prata. Och att älska. De hade talat om allt det som hänt, om sina känslor inför det inträffade, inför det som ännu inte hade hänt, inför livet och inför varandra. I mörkret och tystnaden gick det att prata om allt, göra vad som helst.

Staffan reste sig ur sängen, tog stöd mot hennes axel.

– Hur mycket är klockan? frågade hon. Vad tror du?

– Jag var uppe en sväng vid sjutiden. Det känns som länge sedan. Elva kanske?

– Så länge kan jag inte sova, sa Adrianti bestämt. Mer än nio kan hon inte vara.

Så öppnades dörren och dagsljuset flödade in i rummet.

– Kvart över tre! skrattade Staffan med en blick på armbandsklockan. Klockan är kvart över tre!

– Du skojar! Så länge har jag inte sovit på många, många år.

Antagligen hade hon aldrig gjort det. När skulle hon ha haft möjlighet att sova bort en halv dag?

– Underbart, log Staffan medan han kröp ner hos henne igen. Det var antagligen precis vad vi behövde.

Så blev han allvarlig. Inte på det där stränga, myndiga, krävande sättet som hon var van vid, utan på sitt eget lite sorgsna vis.

– Jag älskar dig, Adri, sa han och strök bort en test av hennes hår som hade letat sig in i mungipan. Du vet väl att jag älskar dig?

Hon nickade. Var inte säker på att hon visste det. Men hon älskade honom också. Hade alltid gjort.

– Men vi tar det lugnt, Adri. Vi tar det i din takt. I den takt som är bäst för alla parter.

Hon kysste honom på pannan. Såg in i hans fantastiska blå ögon som alltid var alldeles uppriktiga. Adrianti orkade egentligen inte vänta, ville ha honom nu och för all framtid.

– Jag behöver dig, sa hon. Du får mig att känna mig ... viktig.

Han smekte henne över kinden, över håret. Kysste henne.

– Det är du, sa han sedan. Du är mycket viktig. Annars skulle jag ha flyttat härifrån för många år sedan. Jag vill leva tillsammans med dig.

– Staffan, jag har inget hus, inga pengar. Jag är en väldigt dålig affär.

– Jag har ett stort hus. Lite pengar har jag också. Och jag skulle väldigt gärna vilja ha en affär. Även om den är dålig.

Adrianti skrattade. Det kändes som om det var väldigt länge sedan hon gjorde det.

– Vi behöver ju inte skylta med det, fortsatte Staffan. Vi tar det lite lugnt med barnen. Men vi kan väl vara tillsammans i alla fall?

– Barnen, sa Adrianti. Jag måste slå på mobilen. De kanske har försökt nå mig.

Hon sträckte sig efter handväskan och plockade upp mobilen. Slog på strömmen och knappade in PIN-koden.

– Tycker du att jag är oansvarig? frågade hon.

Han gjorde en avvärjande gest med handen, skakade på huvudet.

– För femton år sedan hade ingen människa mobiltelefon. När blev det oansvarigt att vilja vara för sig själv en stund?

Det pep till i telefonen. Sms. Och så ett till. Ett till. Och ytterligare ett. Adrianti slog kortnumret till mobilsvaret och lyssnade uppmärksamt till de meddelanden som talats in. En glädje som inte gick att sätta ord på spred sig inuti henne och hon kände hur tårarna vällde upp i ögonen. Staffan såg på henne, begrep antagligen inte vad det var som hände. Men det spelade honom ingen roll, han tog hennes lediga hand i sin och kramade den hårt. Visade tydligt att oavsett vad som utspelade sig i hennes inre så fanns han där för henne. Som stöd, som någon att dela glädje och sorg med.

När det var klart släppte hon mobilen på golvet, lade ner huvudet på kudden och bara grät. En mycket märklig reaktion som inte alls speglade hur glad hon var. Men det var någonting inom henne som brast. Det måste bara ut och hon kunde inte hejda det. Livet hade tagit en helt ny vändning och först nu gick det upp för Adrianti hur mycket den där ovissheten hade plågat henne. Staffan ställde inga frågor, lade sig bara vid hennes sida och höll om henne. Smekte henne försiktigt över ansiktet, torkade hennes tårar med en flik av lakanet.

– Det är Dewi, sa Adrianti slutligen. Hon är inte död. Dewi lever och bor i Singapore.

Staffans ansikte sprack upp i ett stort leende.

– Han höll vad han lovade, fortsatte Adrianti. Kommissarie Sjöberg höll sitt löfte och har träffat henne.

Staffan tog hennes huvud mellan sina händer, kysste henne på pannan och såg henne länge i ögonen innan han talade.

– Det är ju fantastiskt, Adri. Underbara, älskade lilla Dewi. Vi åker dit. Vi packar våra väskor och åker dit.

– Hon har många rum och många sängar, skrattade Adrianti, samtidigt som tårarna rann. Men han vill träffa mig innan jag åker. Conny Sjöberg vill hinna prata med mig först.

– När kommer han hem då? frågade Staffan ivrigt.

– Fredag morgon.

– Då åker vi på fredag kväll.

– Oavsett vad det är han vill berätta, fyllde Adrianti i.

Staffan Jenner nickade instämmande, reste sig och drog upp henne på fötter, fångade henne i en omfamning.

♣

Och så, sist men inte minst ... Hamad var nu framme vid den femte och sista oidentifierade posten bland Sven-Gunnar Erlandssons telefonkontakter. Någon som i likhet med ”Byggmästaren”, ”Magistern”, ”IT-gurun” och ”Kommunalrådet” saknade både namn och adress. Någon som till skillnad från det på fler än ett sätt idiotiska kommunalrådet hade ett ospårbart kontantkortsabonnemang. Nämligen ”Polischefen”. Och vem det var kände sig Hamad tämligen övertygad om. För säkerhets skull verifierade han numret en extra gång. Och visst, ”Polischefens” nummer var identiskt med det nummer varifrån det triumferande samtalet inkommit på Gunnar Malmbergs tjänstemobil. Vilket var detsamma som det nummer som ringts upp från Erlandssons mobil via Södertäljemasten vid exakt samma tid. Det rörde sig kort sagt om ett och samma samtal.

När Simon Tampler suttit och undersökt sin nya leksak där han satt på tåget och fått syn på ”Polischefen” i kontaktlistan hade han inte kunnat avhålla sig från en liten busringning. Fullpumpad som han var efter mordet, med adrenalin och gud vet vad. Så han hade tryckt iväg samtalet till ”Polischefen” och hamnat, hör och häpna, hos den ställföreträdande polismästaren Gunnar Malmberg. Dock via ett nummer som var vidarekopplat till Malmbergs tjänstemobil. Nämligen Malmbergs hemliga kontantkortsnummer. Vilket i och för sig återstod att i praktiken bevisa. Men vem annars än Malmberg själv skulle vidarekoppla sina samtal till just Malmberg? Ingen, naturligtvis.

Och vad mera var, Petras nattliga påringningar efter hennes

avslöjande av våldtäktsmannen Peder Fryhk kom från just detta nummer. Det var alltså Malmberg som låg bakom dessa hotfulla samtal utan ord, som under nästan ett års tid stört Petras nattsömn. Och mentala välbefinnande. Detta var ju inte särskilt förvånande eftersom Hamad länge känt till att det var Gunnar Malmberg som var Den andre mannen. Men nu hade han fått tag i telefonnumret. Det hemliga ospårbara nummer Malmberg bara använde i sina kontakter med andra män som också hade hemligheter, som också levde dubbelliv. Exempelvis den före detta narkosöverläkaren vid Karolinska sjukhuset, Peder Fryhk.

Kanske hade också "Överläkaren" tidigare haft en egen post i Sven-Gunnar Erlandssons kontaktlista. Kanske hade den posten raderats i samband med att Fryhk hamnade på Norrtäljeanstalten. För vad detta handlade om var Hamad fullständigt övertygad om. De här herrarna ingick i ett slutet sällskap med ett alldeles speciellt intresse, nämligen våldtäkt. Det var frågan om någonting så vämjeligt som en våldtäktsring. För även så annorlunda funtade kreatur behövde nämligen lekkamrater. På samma gång som de behövde hundraprocentig mörkläggning av sina förehavanden var de i likhet med alla normalt hopskruvade människor också i behov av likasinnade. Så lika är alltså vi människor, tänkte Hamad, och ändå så olika.

Gunnar Malmberg kunde för all del vara ny i våldtäktsringen. Kanske hade det han och Fryhk haft ihop varit tillräckligt för att tillgodose Malmbergs behov. Kanske hade sedan längtan efter det förbjudna blivit outhärdlig efter det att Fryhk hamnat i fängelse. Men det kunde också vara så att Malmberg och Erlandsson hållit ihop längre än så, det var inte lätt att veta. Det som däremot stod helt klart, det var att Malmberg behövde sällskap.

Efter vad som hittills framkommit gick ringens intressen delvis isär. Fryhk och Malmberg verkade nöja sig med att emellanåt våldta vuxna kvinnor, medan kommunalrådet Lars Karlsson uppenbarligen hade en dragning också åt det yngre. Sven-Gunnar

Erlandsson å sin sida höll kanske tillgodo med våldtäkt under långa perioder, men så fick han lov att sticka emellan med något riktigt brutalt, något han inte kunde dela ens med de andra i våldtäktsringen.

Frågan var: hur hittade de varandra, de här perverterade svinen? Hur gick det till när ställföreträdande polismästare Gunnar Malmberg en dag bestämde sig för att göra slag i saken, gjorde sig beredd att offra sin karriär, sin familj och sin heder för att våldta försvarslösa kvinnor? Möttes man på nätet? På Haga Video? Började man kanske i blygsam skala, för att sedan slå in på riskablare vägar? Men kanske var ändå inte risken särskilt stor, om nätverket innefattade män i höga samhällspositioner, män med makt. Om politiker, företagsledare och höga tjänstemän inom rättsväsendet höll varandra om ryggen, hur mycket kunde då inte bara försvinna i byråkratins kvarnar? Vem vet hur många förövare som gått fria med hjälp av den genomkorrumperade Gunnar Malmberg? Kvinnornas förkämpe. Falskheten personifierad. Det svindlade när man tänkte på det.

När Hamad fått tillgång till telefonlistorna hade han lagt ihop två och två och dragit sina egna slutsatser om kopplingen mellan Erlandsson och Malmberg. Plötsligt hade det stått klart för honom att det på ett eller annat sätt var våldtäkt fallet Erlandsson handlade om. När väl den insikten var nådd hade det funnits två tänkbara scenarion: Antingen var Erlandsson – liksom Malmberg – en våldtäktsman, eller också var han en våldtäktsring på spåren. Ett sällskap där inte bara ”Polischefen”, utan också vem som helst av Lennart Wiklund, Jan Siem och Staffan Jenner kunde vara medlem. Bägge alternativen kunde fungera som mordmotiv. Hamad hade gjort vad han kunde för att driva utredningen åt det hållet, för att öppna kollegernas ögon för att det antagligen handlade om våldtäkt. Men för Petras skull var det av största vikt att det inte avslöjades vad han visste om det där telefonsamtalet. Något som var komprometterande för honom själv, för hans bidrag i den här utredningen, det var Hamad medveten om. Men han var beredd att ta den smällen. För det fick bara inte komma fram att det var Malmberg som tillsammans med Fryhk hade våldtagit Petra. Inte förrän tiden var mogen för ett gripande av Malmberg. Och det skulle den vara, förr eller senare. Det skulle Hamad se till.

Med god hjälp av Sjöberg, tänkte han när han omsorgsfullt placerade alla telefonlistorna från Erlandsson-fallet i den så kallade slasken.

♣

– Vilket oväsen! Var är ni någonstans? frågade Hamad, när han lyckats få ordning på konferenssamtalsutrustningen.

– Ni skulle inte tro era ögon om ni såg oss, svarade Andersson. Conny sitter i rullstol. Själv sitter jag i en sjukhussäng. Avböjde precis dropp.

Hamad rynkade pannan och utbytte blickar med de andra i det blå ovala rummet. Sandén, Westman, Gerdin, Rosén och Hamad hade samlats runt konferensbordet för att sammanfatta dagens händelser. Även Gunnar Malmberg hade annonserat att han tänkte delta i mötet, men han lyste för närvarande med sin frånvaro.

– Är ni på sjukhus?

– Tja, nej. Inte direkt. Vi är på en bar. Läkare och sjuksyrror serverar drinkar från droppställningar. Men vi nöjde oss med varsin hederlig öl. Ur glas.

– Ha, ha. Så ni dricker inte ur ett sådant där bäcken då? flinade Sandén.

– Inte än. Vi får väl se vad som händer senare.

– Är han vid medvetande, Sjöberg? undrade Rosén, som faktiskt i likhet med de övriga mötesdeltagarna nu hade ett leende på läpparna.

– Jag är med, svarade Sjöberg lakoniskt.

Hamad kunde riktigt höra hur Sjöberg stramade upp sig när det gick upp för honom att även åklagaren var med på mötet.

– Tack för sms, Gäddan, sa Sjöberg sedan. Berätta vad som hände.

Sandén gjorde en gest åt Westman att börja.

– Till att börja med kan jag berätta att Rebecka Magnusson är på bättringsvägen. Hon har fortfarande inte återfått medvetandet, men de håller henne sövd tills vidare. Läget är stabilt och hon kommer att bli bra. Familjen är hos henne och mamman hälsar särskilt till dig, Loddan, och tackar så mycket för att du brydde dig. Rebecka har misshandlats svårt under lång tid, men ironiskt nog var det bristen på mat efter Sven-Gunnar Erlandssons död som höll på att ta livet av henne. Det är för jävligt alltihop.

– Som ni hörde så hittade vi också två nedgrävda kroppar, fortsatte Sandén. Den ena var Larissa Sotnikovas, även hon svårt misshandlad om man får tro Hansson. Det var ju bara ben kvar av henne, men en hel del av dem var tydligen brutna. Den andra kroppen har legat ännu längre. Vi har inga ledtrådar om vem hon kan vara.

– Jag läste i tidningen imorse, inflikade Gerdin, att fyrahundranittiofyra asylsökande barn har försvunnit i Sverige sedan årsskiftet. De riskerar att utnyttjas i sexhandel och som slavar. Specialiserar man sig, som Erlandsson, på särskilt utsatta barn och kvinnor så är det bara att välja och vraka. Det är den krassa verkligheten.

– Lilla Lara pekade alltså ut Erlandsson, tog Westman vid. På ryska hade hon ristat in ”Idas pappa” i en trälist som låg dold för Erlandsson bakom madrassen på golvet. Med naglarna. Men Rebecka kommer ju att ha en del att berätta hon också, när hon vaknar.

– Och bevisen i jordkällaren lär väl tala sitt eget tydliga språk, inföll Rosén.

– Även Dewi Kusamasari pekar ut honom, sa Sjöberg. Vi har träffat henne, kommer just därifrån. En mycket angenäm bekantskap, måste jag säga. Trots de fasansfulla upplevelser hon har i bagaget.

– Trots att hon ligger bakom mordet på Erlandsson? provocerade Gerdin.

– Trots det, svarade Sjöberg. Hon har lämnat en skriftlig redogörelse för vad som hände i samband med Larissa Sotnikovas försvinnande. Vi faxar över den när vi kommer tillbaka till hotellet. Hur kom du på att det var hon, Gäddan?

– Jag tror att hon sökte på Internet angående krosskador. I fötterna specifikt. Så råkade hon hamna på Flashback, i Simon Tamplers mördartråd, och så föddes idén om hur hon skulle göra sig av med Erlandsson. Men ni fick henne inte att erkänna?

– Nej, sa Sjöberg. Men i hypotetiska ordalag redogjorde hon för hur hon skulle ha gått tillväga *om* hon skulle ha anstiftat mordet. Jag försökte övertala henne att följa med till Sverige, men det var hon inte intresserad av. Och jag förstår henne. Vi har absolut ingenting på henne, bortsett från indicier. Och jag har ingen aning om hur utlämningsavtalen ser ut med Singapore.

– Inget vidare, svarade Rosén. I synnerhet inte om det saknas bevis för brott.

– Och det är vi jävligt glada för, sammanfattade Sandén på sitt okonventionella och politiskt inkorrekta sätt det alla innerst inne tänkte. Mordet på Erlandsson är det bästa som har hänt i Älvsjö under detta millennium, tro mig. Alla är glada.

– En riktig win-win-situation, tyckte sig Hamad höra någon mumla borta i Sydostasien, han hörde inte vem av dem.

– Så fira ni, grabbar, fortsatte Sandén. Häll i er intravenös Singapore Sling så blir ni människor igen!

Och så stod han nu plötsligt där i dörröppningen, ställföreträdande polismästare Gunnar Malmberg som sent omsider dök upp till mötet. Men Hamad var beredd, hade suttit med fingret på avtryckaren under hela mötet. Så. Där gick samtalet iväg. Samtalet till ”Polischefen” från Erlandssons mobil.

Och där kom den. Eric Claptons ”Layla”. Unplugged.

– Ursäkta, jag måste bara ta det här samtalet, sa Malmberg och lämnade rummet med sitt Colgate-blänkande leende.

Tumskruvarna började dras åt. Hamad kunde inte hejda leendet som spred sig i hela hans ansikte. Hans blick mötte Petras och hon log tillbaka. En våg av värme sköljde igenom honom.

LÄS MER

Extramaterial om boken och författaren

LÄS MER

Carin Gerhardsen i korta drag

Namn: Carin Gerhardsen

Född: 1962 i Katrineholm

Bor: I Stockholm

Familj: Ja, man och två barn, en dotter och en son.

Gör: Skriver böcker.

Övriga intressen: Golf, tennis, resa, läsa böcker, spela spel, slaviskt följa serier på TV, slaviskt följa sport på TV, problemlösning som Soukoban, korsord, Sudoku, mattekluringar, tankenötter.

Bästa egenskap: Empatisk.

Sämsta egenskap: Oempatisk. I samband med att barnen gör sina matteläxor.

Blir glad av: Ordvitsar och matlagning.

Blir arg av: Tomma ord.

Favoritplats: Den filippinska övärlden bortom allfarvägarna.

Det visste du inte om Carin: Hon har slagit ut Robert Karlsson ur en golfcup, kan pi med 140 decimaler och har spelat saxofon i ett punkband som varit förband till det legendariska bandet KSMB.

Carins smultronställen i Stockholm

Bro Hof Slott Golf Club: Sveriges bästa golfanläggning och dessutom en restaurang av toppklass.

Högmarsö Skärgårdskrog: En pärla i skärgården med superbra mat på kajen utanför det gamla varvet. Magiskt!

Lisas Café: Ett mycket speciellt och personligt café på Skånegatan, och Hammarbypolisernas stammisfik.

Tennstopets surströmmingspremiär: En galen happening som jag inte skulle vilja gå miste om för allt i världen.

Långbro Värdshus: Bara ett stenkast från Fruängens tunnelbanestation, ändå känns det som om man är ute på landet. Jag tror att sannolikheten för att man ska bli mördad när man lämnar denna osedvanligt trevliga restaurang är mycket liten.

Utdrag ur Gideons ring,

del 5 i Hammarbyserien

Juni 2010, tidigt lördag morgon

Det var inte länge sedan solen först tittade fram bortom hustaken, men det var redan fullt dagsljus. Man kunde tro att en och annan morgontidig flanör skulle lägga märke till den unga kvinnan där hon sprang, men hon föreföll ensam i den svala försommarmorgonen. Bortsåg man bara från fåglarnas ideliga kvittrande i sin iver att inte låta en enda av dygnets ljusa timmar gå till spillo, var hennes ansträngda andhämtning och ljudet av de bara fötternas kontakt med asfalten det enda som hördes.

Där Grindsgatan mötte Hallandsgatan vek hon utan ett ögonblicks tvekan av till höger. Tätt följd av sin egen långa skugga i det rödskimrande motljuset rusade hon kisande vidare i riktning mot solen, med en kvast av kastanjebrunt hår fladdrande bakom sig. Hela scenen tycktes ha en poetisk innebörd, men det fanns ingen där som kunde tolka den.

Ingen där att bekymra sig om den hårda och ojämna asfaltens kärlekslösa behandling av känsliga fötter. Ingen där att lägga en filt om axlarna på en naken kvinna som såg ut att höra hemma på en annan plats i en annan tid. Ingen där att med ett par magiska ord ändra det som skett och det som skulle komma att ske.

Mitt i gatan sprang hon till en början, målmedvetet, utan att se sig om. Men strax därpå lämnade hon den för att snedda genom friluftsområdet mellan frodiga träd, skiftande i försommarens alla gröna nyanser. Omväxlande på gräs och grus tog hon sig fram till det hus på Tjustgatan som låg närmast parken, ett gulrappat sjuvåningshus från sent trettiotal med balkonger i tre väderstreck. Med van hand knappade hon in koden och tog sig in i trappuppgången, med ens uppslukad av mörkret innanför porten som slog igen med en smäll bakom henne.

Fyra dagar tidigare, tisdag eftermiddag

Flickan var ensam i gungställningen när det hände. Det fanns gott om andra barn runt omkring, och en hel del föräldrar, men det var bara hon som gungade. Mannen satt en bit bort, på en bänk i eftermiddagssolen. I händerna höll han en kvällstidning som han inte längre tittade i. Sedan några minuter ägnade han hela sin uppmärksamhet åt flickan, som kunde vara i tioårsåldern. Hon var klädd i jeans och en röd långärmad t-shirt med en ljusblå dunväst över. På fötterna hade hon ett par skinande vita gymnastikskor som såg ut att vara alldeles nya. Den friska vinden lekte i det långa mörka håret som emellanåt sveptes fram över hennes ansikte så att hon hade svårt att se. Envetet strök hon gång på gång tillbaka det bakom örat med ena handen, för att sedan på nytt, med bägge händerna i ett fast grepp runt kedjorna, ta fart för att uppnå nya och mer hisnande höjder.

Flickan såg beslutsam ut; av hållningen att döma hade hon bestämt sig för att hoppa när farten var som högst. Men efter en stund tycktes hon tänka om, slappnade av och lät de naturliga krafterna verka. Med benen fritt hängande under det pendlande däcket satt hon bara och njöt av den avtagande farten. Gungade fram och tillbaka, fram och tillbaka, obekymrad nu om att håret blåste omkring. Så ändrade hon sig plötsligt, tog fart en sista gång, släppte kedjorna och lämnade gungan strax efter att den passerat bottenläget på sin väg uppåt och framåt. Hon landade på fötterna, men det såg tveksamt ut, som om hon ångrat sig under flykten. Hon tappade balansen och föll bakåt, tänkte ta emot sig med händerna men ändrade sig i sista stund och blev liggande på rygg i några sekunder innan hon mödosamt reste sig upp, fick gungan i bakhuvudet och for framåt. Stapplande lyckades hon så småningom hitta balansen igen medan hon kastade ängsliga blickar i alla riktningar, dock utan att verka lägga märke till mannen som iakttog henne. Hon kände på huvudet med händerna och studerade dem sedan, som för att ta reda på om hon blödde. Såg sig oroligt omkring igen och gick ner på huk för att undersöka sina fotleder. Med ett olyckligt uttryck i ansiktet reste hon sig därefter upp och linkade därifrån, i riktning mot parkbänken där mannen satt.

När hon var helt nära reste han sig och sa någonting till henne. Flickan hajade till och stannade upp. Först såg hon aningen tveksam ut, men hon lyssnade på vad han hade att säga, nickade och haltade sedan fram till honom med händerna utsträckta framför sig. Försiktigt vände han upp hennes handflator och kände på dem med långa välvårdade fingrar, men hon drog åt sig händerna med en lätt huvudskakning. Sa något till honom som han begrundade innan han slog sig ner på bänken igen och med en gest bjöd henne att sätta sig bredvid. Med ryggen mot honom satte hon sig helt nära, och protesterade inte när hans fingrar letade sig in under hennes hår för att med små fina rörelser massera nacke och hårbotten. Han sa något, flickan skrattade till och han drog henne intill sig med armen nu runt hennes axlar. Ur kavajfickan drog han sedan upp en papperspåse som han höll upp framför henne. Hon kastade en blick ner i påsen och såg sig sedan omkring innan hon med viss tvekan accepterade. Men väl där försvann alla tvivel och hon tuggade glatt i sig det som fanns kvar i påsen.
Några minuter senare reste de sig upp och vandrade därifrån tillsammans. Mannen fortfarande med armen runt flickans späda skuldror.

Läs fortsättningen i Gideons ring. *Utkommer på Norstedts juni 2012.*

HAMMARBYSERIEN DEL 1

PEPPARKAKSHUSET

På kort tid inträffar flera bestialiska mord i Mellansverige. När kriminalkommissarie Conny Sjöberg vid Hammarbypolisen börjar ana att de hör ihop blir han iskall inombords. Det finns en människa därute vars drivkrafter är mycket personliga och som inte kommer att backa undan för något.

Pepparkakshuset är första delen i *Hammarbyserien*, en ny deckarserie med täta, gastkramande intriger och överraskande vändningar. När boken är slut önskar läsaren bara att berättelsen ska fortsätta. Och det gör den.

HAMMARBYSERIEN DEL 2

MAMMA, PAPPA, BARN

Hammarbypolisen i Stockholm måste handla snabbt. På kort tid inträffar det två mord som båda hamnar på kriminalkommissarie Conny Sjöbergs bord.

En sextonårig flicka hittas strypt på en Finlandsfärja och under ett joggingpass finner polisen Petra Westman ett svårt medtaget spädbarn i en buske och i närheten påträffas en kvinna utan id-handlingar död. Samtidigt vaknar en treårig flicka en morgon och finner att hon är alldeles ensam hemma.

Mamma, pappa, barn utspelas under några få koncentrerade dagar och är del två i *Hammarbyserien*.